세상의
수호자들

갈매나무
청소년문학
01

World Liberators

세상의
수호자들

시몬 스트랑게르 지음 | 손화수 옮김

갈매나무

Contents

제1부

1

빨간 티셔츠

수십만 명이 모여 사는 방글라데시의 다카 시 외곽 지역에도 동이 텄다. 슬럼가의 지붕 위로 내리쬐는 햇볕, 수천 개의 조그마한 굴뚝에서 모락모락 솟아오르는 회색 연기. 문이 열리는 소리에 장닭 한 마리가 날개를 파닥였다. 열린 문으로 복숭아 빛깔 사리를 입은 열두 살 소녀가 모습을 드러냈다. 소녀의 이름은 리나. 신나게 양팔을 흔들며 유행가 멜로디를 흥얼거리던 리나는 찢어진 비닐봉지 무더기를 지나친 후, 누군가가 창문 밖으로 버린 더러운 비눗물 웅덩이를 폴짝 뛰어 건넜다.

짐수레를 끌고 가던 비슷한 또래의 한 소년이 리나의 앞을 잠시 가로막았다. 리나는 소년이 낯설지 않다고 느꼈다. 전에도 몇 번 길에서 마주친 적 있었으니까. 검은색 눈동자와 곱슬머리. 소년은 리나를 향해 말없이 상냥한 미소를 건넨 후, 짐수레를 끌고 갔다. 리나는 그 자리에 서서 소년이 길모퉁이를 돌아 보이지 않을 때까지 그의 등을 지켜보았다.

저 아이의 이름은 뭘까? 어디에 살고 있을까? 하지만 리나는 가만히 서서 여유롭게 그런 생각을 할 시간이 없었다. 출근 시간에 맞춰 공장에 도착하려면 서둘러야 했다.

여기저기 샛길에서 모습을 드러낸 노동자들이 앞다투어 공장 안으로 들어왔다. 어느덧 아침 햇살로 환해진 길에는 공장으로 향하는 수천 명의 노동자들로 가득했다. 리나는 약 반 시간 후 공장에 도착했다. 골판지와 쇳조각으로 가득한 작업실. 남녀노소를 막론한 수많은 노동자들이 줄을 지어 작업실로 들어가고 있었다.

리나는 심호흡을 한 후 철문 안으로 들어섰다. 작업실 안에는 수백 개의 재봉틀들이 나란히 줄을 지어 다닥다닥 붙어 있었다. 그녀는 서둘러 작업복으로 갈아입고 화장실을 다녀왔다. 작업 시작을 알리는 종이 울리자 철제 격자문이 닫혔다. 이젠 일에 집중해야만 했다. 잠시도 쉬지 않고 재빨리 손을 놀려서 실수 없이 일해야 했다. 리나는 옆에 놓여 있는 상자 속에서 빨간 티셔츠의 소매 부분을 끄집어내 재봉틀 위에 올려놓고 바느질을 시작했다. 노동자들은 저마다 맡은 일이 따로 있었다. 리나가 맡은 일은 소매를 티셔츠 몸통에 꿰매는 것이었다. 하루 종일 같은 소매를 같은 몸통에 꿰매 붙이는 일. 리나의 몫인 빨간 티셔츠의 앞면에는 'Surfin' Honolulu(서핑 호놀룰루)'라는 영문 글자가 찍혀 있었다. 그게 무슨 뜻인지도 모르는 채, 리나는 소매의 가장자리를 몸통에 붙이고 실을 잘라 냈다. 그 일이 끝나면 다시 상자 속에 들어 있는 소매 부분을 꺼내 또 바느질을 하고, 실을 잘라 냈다. 리나는 이렇게 하루 종일 똑같은 일을 했다. 빨리, 빨리, 빨리. 쉴 틈이라곤 조금도 없었다.

✿✾✽✿✾

3월 말의 오슬로. 이제야 좀 봄기운이 느껴지는 것 같았다. 찻길 가장자리에 쌓여 있던 눈도 어느새 녹기 시작했고, 건물의 처마 밑에 걸려 있던 고드름도 녹아내려 자취를 감추려 하고 있었다. 칼요한 거리에 자리한 카페 앞에는 야외용 탁자와 의자들이 나란히 서 있었다. 백화점 쇼핑백과 아이스크림을 손에 든 사람들은 여유롭게 시내를 걷고 있었다. 에밀리에와 이다도 그중 한 명이었다.

에밀리에는 빨간 티셔츠가 진열된 한 옷가게의 쇼윈도 앞에서 발길을 멈췄다. 에밀리에는 새 옷이 필요했다. 옷장에서 소매 없는 셔츠와 티셔츠 등을 꺼내 놓고 보니, 낡은 티가 나는 옷이 대부분이었고, 그나마 좀 괜찮은 옷들은 유행이 지나서 입기가 싫었다. 그래서 시내에 가서 새 옷을 사겠다며 아버지를 졸라 용돈을 얻어 냈다. 아버진 내키지 않는 표정으로 100크로네짜리 지폐 몇 장을 에밀리에에게 주었다.

에밀리에는 쇼윈도의 유리창에 얼굴을 비춰 보며 화장을 고치고, 긴 금발의 꽁지머리를 더욱 단단하게 잡아맸다.

"저 티셔츠 좀 봐."

이다는 에밀리에의 말에 걸음을 멈추고, 녹아내린 아이스크림을 혀로 쓰윽 핥았다. 에밀리에는 과자 위에 녹아내리는 아이스크림을 저렇게 깔끔하게 핥아 먹는 아이는 이다밖에 없을 거라고 생각했다. 두 소녀는 초등학교 시절부터 담 하나를 사이에 두고 이웃으로 지냈다. 하지만 둘도 없는 절친한 친구 사이로 지내기 시작한 것은 겨우 1, 2년 전부터였다. 짙은 색깔 머리에 가끔은 야한 농담도 아무렇지 않은 듯 내뱉는 이다. 두 소녀는 거의 매일 함께 등교를 했고, 주말이 되면 군것질거리를 준비해서 서로의 집에서 밤늦게까지 수다를 떨고, 패션 잡지를 보며, 같은 학교에 다니는 남자아이들 이야기도 하면서 시간을 보냈다. 이다는 티셔츠 바로 옆에 걸려 있는 검은 원피스 한 벌을 가리켰다.

"저 옷은 어때?"

"파티용으로?"

"응."

이번 주 토요일에 옆 반 남자아이네 집에서 파티가 있을 예정이었다. 에밀리에는 그 파티장에 마티아스도 올 거라는 얘기를 들었다. 마티아스는 에밀리에가 쉬는 시간이나 매점에서 흘끔흘끔 곁눈질하며 살펴보는 유일한 남자아이였다. 푸른 눈과 금발의 곱슬머리, 자신만만한 눈빛과 요트 클럽에서 노 젓기를 통해 단련된 근육질의 팔. 그 마티아스가 토요일 파티에 오는 것이다.

"흠……. 꽤 괜찮은데. 우리 같이 들어가서 한번 볼래?"

이다는 남은 아이스크림을 꿀꺽 삼킨 후, 자기는 방금 그 가게에서 나오는 길이라고 대답했다.

"난 다른 옷 가게를 둘러볼까 생각 중이야."

"알았어. 그럼 이따가 여기서 다시 만나자."

"오케이."

에밀리에는 에스컬레이터를 타고 쇼핑센터의 2층으로 올라갔다. 가게

내에 진열된 옷을 둘러보던 에밀리에는 티셔츠 매장으로 발길을 돌렸다.

'아, 저 빨간 티셔츠! 저 옷이라면 청바지와 잘 어울리겠는걸.'

에밀리에는 진열된 티셔츠 중 하나를 들어 올려 앞면의 무늬를 살펴보았다. 'Surfin' Honolulu(서핑 호놀룰루)'라는 글자가 60년대에 유행했던 글씨체로 찍혀 있었고, 그 밑에는 집채만 한 크기의 하얀 파도가 그려져 있었다.

그때 짙은 갈색의 부스스한 머리를 한 어느 소년이 에밀리에의 곁으로 다가왔다. 안절부절못하며 주위를 둘러보던 소년은 에밀리에와 눈이 딱 마주쳤다.

'도대체 뭘 하고 있는 걸까? 설마 옷을 훔치려는 건 아니겠지?'

소년을 바라보던 에밀리에는 자신도 모르게 괜히 불안해지기 시작했다. 그 순간, 소년은 티셔츠를 가방 속에 몰래 집어넣는 대신, 바지 주머니에서 스티커 한 줌을 꺼내 들었다. 전혀 생각지 못했던 행동이었다. 그는 마치 에밀리에를 향해 시위라도 하듯 스티커 한 장을 치켜들고 손톱으로 뒷면을 떼어 냈다. 그러고는 그 스티커를 티셔츠의 가격표 위에 붙인 후 에밀리에 쪽으로 밀어 놓고 다시 옆에 있던 다른 티셔츠에도 스티커를 붙이기 시작했다.

에밀리에는 가격표에 붙어 있는 스티커에 과연 뭐라고 적혀 있는지 읽어 보았다.

새 옷을 사서 기분이 좋은가요?
이 옷을 만든 노예들은 그렇지 않답니다.
〈www.세상의수호자들.com〉

'이게 도대체 뭘까? 일종의 캠페인 같은 걸까?'

소년은 에밀리에가 점원에게 고자질하지 않을 것이라 믿기라도 한 듯, 계속 태연하게 스티커를 붙였다. 바로 이때, 가게의 점원이 한 무더기의 바지를 들고 이들을 향해 다가왔다. 그녀는 두 사람 앞에서 발을 멈추고 티셔츠 진열대 위로 한 손을 올렸다. 그녀가 상황을 눈치챈 건 아닐까? 만약 티셔츠를 한 벌이라도 들춰 본다면 소년의 행동이 발각될 것은 뻔한 일이었다.

당황한 에밀리에는 얼른 앞에 놓인 티셔츠를 들어 올린 후, 스티커가 눈에 띄지 않도록 점원 앞에 반대쪽을 쑥 내밀었다.

"저기요……."

에밀리에는 최대한 상냥한 미소를 지어 보려 애쓰며 점원에게 말을 건넸다.

"이 빨간색 티셔츠가 제게 잘 어울리는지 확신할 수가 없어서 그런데……. 어떻게 생각하세요?"

점원은 무관심한 표정으로 에밀리에를 바라보며, 올해는 빨간색이 유행

해서 그 티셔츠가 매우 잘 팔린다고 덤덤하게 대답해 주었다.

"아, 고맙습니다."

에밀리에의 말에 점원은 예의 바른 미소를 지으며 총총걸음으로 다음 진열대로 갔다. 점원이 발을 옮길 때마다 허리에 달린 카드 열쇠가 허벅지 부근에서 달랑거리는 것이 등 뒤에서도 보이는 것 같았다.

에밀리에는 고맙다는 한마디쯤은 들을 수 있으리라는 생각에 낯선 소년을 향해 만족스런 표정을 지었다. 묵묵히 스티커를 붙이고 있던 소년은 한참 후 눈을 들어 에밀리에를 바라보았다.

"이 티셔츠들이 어디서 어떻게 만들어지는지 알아?"

"중국에서 제조되는 거 아냐?"

"여길 좀 봐."

소년은 '메이드 인 방글라데시made in Bangladesh'라고 적힌 상표를 손가락으로 가리켰다.

"공장 노동자들의 대부분이 어린아이라는 걸 알고 있어? 그 아이들이 근무 시간에는 마음대로 화장실에 가지도 못한다는 건? 그리고 이렇게 일해서 얼마를 버는지는 알아?"

에밀리에가 아무 대답도 못 하자, 소년은 의기양양한 눈빛으로 에밀리에를 쳐다보았다.

"하루 일당이 6크로네 정도(약 천 원)밖에 안 돼. 그것도 하루에 티셔츠를 최소한 90벌을 만들어야 받을 수 있는 돈이지. 다시 말해서 티셔츠 한 장을 만드는 데 겨우 7외레(약 12원)밖에 못 받는 거야. 거기다 초과 근무는 기본이고, 근무 시간 중에 동료들과 잡담이라도 나누면 처벌을 받지. 심지어는 화장실에 가는 시간도 일당에서 제외가 된다고. 그런 환경에서 만들어진 옷을 정말 사고 싶어?"

그는 차갑게 말하며 진열대를 손가락으로 가리켰다. 소년은 에밀리에의 눈을 잠시 뚫어지게 바라본 후, 몸을 돌려 에스컬레이터 쪽으로 걸어갔다. 에밀리에는 티셔츠 옆에 진열되어 있는 여름 원피스로 눈길을 돌렸다. 그 원피스를 사고 싶은 마음이 굴뚝같았지만 무슨 이유에선지 선뜻 내키지가 않았다.

에밀리에는 원피스를 사는 대신 낯선 소년을 따라가 보기로 마음먹었다. 에스컬레이터를 타고 아래층으로 내려간 후 문을 열고 쇼핑센터 밖으로 나가니, 저 앞에서 에게르 광장 쪽을 향해 걸어가고 있는 소년이 보였다.

"잠깐만!"

에밀리에는 소리를 지르며 소년을 향해 달려갔다. 하지만 그는 들은 척도 않고 계속 앞만 보며 걸어갔다.

"'세상의 수호자들'이란 게 대체 뭐야?"

소년은 길가에서 아코디언을 연주하고 있던 한 동유럽 음악가 앞에서 걸음을 멈춘 후, 가방에서 물병을 꺼냈다. 이마 위로 앞머리가 흘러내리자 그는 익숙한 손놀림으로 앞머리를 쓸어 올렸다.

"그건 그렇고……, 네 이름은 뭐니?"

"에밀리에."

"에밀리에, 솔직히 말해서 세상의 수호자들은 너랑은 아무 상관도 없는 것 같다. 적어도 내가 보기엔 아냐. 특히 이런 동네에 산다면."

소년은 물병의 물을 들이켠 후, 뚜껑을 돌려 닫았다.

'이거 굉장히 기분 나쁜데.'

에밀리에는 자존심이 상해 당장에라도 등을 돌려 그곳을 떠나고 싶었다. 하지만 그렇게 한다면 소년의 말이 맞다는 걸 증명해 보일 뿐이라는 생각이 들었다. 에밀리에는 소년이 잘못짚었다는 걸 보여 주기 위해 무슨 말이라도 해 주고 싶었다.

"그건 그렇고, 네 이름은 뭐니?"

에밀리에는 방금 침착하게 말했던 소년의 말투를 그대로 흉내 내어 물어보았다.

"안토니오……."

"안토니오, 네가 신고 있는 그 아디다스 운동화는 어디서 만들어진 거라고 생각해?"

소년은 아무 대답도 하지 않았다.

"그 운동화는 더 나은 환경에서 만들어졌다고 생각하니?"

"난 적어도 변화를 위해 노력하고 있어. 그러는 너는?"

"난 방금 가게 안에서 곤경에 처한 너를 구해 줬어."

그 순간, 한 손에 두 개의 커다란 쇼핑백을 들고 자라Zara에서 나오는 이다의 모습이 보였다.

"이다!"

에밀리에는 큰 소리로 그녀의 이름을 외쳐 부르며 손짓을 했다. 이다는 소리가 나는 쪽을 향해 두리번거리더니 에밀리에를 발견하고 종종걸음으로 다가왔다. 그러자 안토니오는 한마디 작별 인사도 없이 재빨리 등을 돌리고 가 버렸다.

"저 애는 누구야?"

이다가 궁금한 표정으로 물었다.

"나도 잘 몰라. 지나가다 우연히 만난 아인데 꽤 멍청한 것 같아."

에밀리에는 고개를 절레절레 저으며 말했다. 하지만 말은 그렇게 했으면서도 은근슬쩍 고개를 돌려 소년의 뒷모습을 찾아 보았다. 안타깝게도 안토니오는 이미 사라진 후였다.

"마음에 드는 옷은 찾았어?"

이다는 대답 대신 쇼핑백을 열어 보였다. 바지 한 벌, 소매 없는 상의 한 벌, 그리고 토요일 파티에 입고 갈 원피스 한 벌이 들어 있었다. 두 소녀는 누런 밀이 듬성듬성 보이는 꽃밭을 지나치며 함께 길을 걸었다.

"넌 뭘 샀니?"

"난 아무것도 안 샀어……."

에밀리에는 주저하며 대답했다.

"참, 그저께 망고Mango에 들렀는데, 거기서 너한테 아주 잘 어울릴 것 같은 원피스를 봤어."

에밀리에는 손을 뻗어 풀줄기를 만져 보았다.

"예뻐?"

"응. 너한테 아주 잘 어울릴 것 같다니까."

"고마워. 집에 가서 인터넷으로 찾아볼게."

에밀리에는 쥐고 있던 풀줄기를 놓았다. 그러자 키 큰 풀줄기는 바람에 하늘하늘 흔들리기 시작했다. 이다와 에밀리에는 칼요한 거리를 향해 발걸음을 옮겼다.

✿✿⚓✿✿

리나는 길가에 자라고 있는 밀을 꺾어 입속에 넣고 잘근잘근 씹었다. 리나 앞으로 커다란 트럭 한 대가 지나갔다. 귀가 멍멍할 정도로 큰 엔진 소리와 함께 먼지 구름이 일었다. 트럭이 지나간 후, 리나는 친구들과 함께 주도로 쪽으로 발을 옮겼다. 모두들 하루 일을 마치고 집으로 향하는 중이었다. 리나는 일을 마치기가 무섭게 허리를 쭉 펴고 서둘러 화장실을 다녀왔다. 손마디가 욱신욱신 쑤셨지만, 집으로 돌아가는 두 다리는 가볍게만 느껴졌다.

약 반 시간 후, 소녀들은 복작복작한 시내에 도착해 사람들의 파도 속으로 섞여 들어갔다. 저 멀리서 숯 타는 냄새, 석유 냄새, 그리고 플라스틱이 불에 녹아내리는 역겨운 냄새에 섞여 쌀밥이 익어 가는 냄새가 흘러나왔다. 로티(남아시아에서 번철에 구워 만드는 빵의 일종−역주)와 매운 고추 냄새, 접시와 수저가 부딪혀 달그락거리는 소리, 정겹게 대화를 나누는 사람들의 목소리, 흥겨운 노랫소리, 그리고 갓난아이가 우는 소리. 리나는 대문 앞에 앉아 멍하니 거리를 바라보는 한 노인에게 인사를 건넨 후, 모퉁이를 돌아 자신의 집으로 향했다.

집에 도착하니 어머니와 여동생이 분주하게 저녁 식사 준비를 하고 있었고, 남동생은 상을 닦고 접시를 내왔다. 아버지는 아직 퇴근 전이라 볼 수 없었다. 어머니는 끝자락에 은장식이 붙어 있는 옥색 사리를 입고 냄비 속의 음식을 휘휘 젓고 있었다. 냄비 속에 담겨 있던 뜨거운 음식이 내뿜는 열기 때문인지, 어머니의 발갛게 달아오른 두 뺨은 땀으로 젖어 있었다.

"배고프니?"

"네, 어머니."

"얼른 손 씻고 오렴. 다 같이 저녁 먹자."

어머니는 리나의 뺨에 가볍게 입을 맞추며 말했다.

2

'여기'를 클릭하지 마시오

에밀리에는 현관에 들어서자마자 온 집 안을 채우고 있던 스파게티 볼로네즈 냄새를 맡을 수 있었다. 거실 안을 흘낏 들여다보니, 닌텐도 게임기 속에 얼굴을 묻고 엄지손가락을 바쁘게 움직이고 있는 남동생, 세바스티안의 모습이 보였다.

아버지는 프라이팬을 싱크대로 가져가 물에 담갔다. 그러자 뜨겁게 달아 있던 프라이팬이 치지직하는 소리와 함께 연기를 뿜었다.

"저 왔어요!"

에밀리에는 평소처럼 소리를 질러 집에 도착했다는 걸 알렸다. 아버지는 수돗물을 잠그고 자신의 뺨을 손가락으로 톡톡 쳤다. 부엌으로 와서 뺨에 입맞춤을 해 달라는 신호였다.

"10분만 있으면 식사 준비 다 끝난다."

"네. 금방 올게요."

금방 오겠다는 말은 현관에 외투를 걸어 놓고 오겠다는 뜻만이 아니라, 욕실에 가서 화장도 지우고, 책상 위에 놓인 컴퓨터를 켜서 여기저기 인터넷 사이트를 둘러보고 오겠다는 뜻도 포함되어 있었다. 아니나 다를까 이다는 벌써 망고의 올해 봄 신상품 카탈로그와 검은색 원피스 한 벌의 사진을 메일로 보내 놓았다. 광고 사진 속에는 **빼빼** 마른 여자 한 명이, 덤불이 무성한 황야에 버려진 폐차 앞에서 포즈를 취하고 있었다. 짙은 화장에 부스스한 헤어스타일. 여자가 입고 있는 원피스의 가격은 399크로네(약 6만 6천 원)라고 표시되어 있었다.

"식사 준비 다 됐다. 얼른 내려오렴."

부엌에서 소리치는 아버지의 목소리가 들렸다.

"지금 갈게요!"

에밀리에는 대답을 한 후, 재빨리 또 다른 원피스 사진을 클릭했다. 거기엔 옷에 관한 좀 더 상세한 정보가 적혀 있었다. 토요일에 있을 파티에 에밀리에가 입고 갈 바로 그 원피스. 에밀리에는 첫눈에 그 원피스에 반해 버렸다. 하지만 옷을 살 돈을 어디서 구할 수 있을까……. 만약 부모님께 용돈을 더 달라고 조른다면 가능할 수도 있겠지만, 여분의 돈이 생긴다 하더라도 우선은 휴대폰에 선불 요금부터 충전해야 했다. 어쨌든 에밀리에는 한 번에 그렇게 많은 돈을 달라고 부모님께 조르기가 싫었다. 물론 에밀리에가 새 옷을 사는 일은 그리 자주 있는 일이 아니었다. 적어도 학교의 다른 여자아이들과 비교했을 땐 말이다. 에밀리에는 이런저런 생각을 하며 계속 컴퓨터 화면 속의 다른 옷 사진을 클릭해 보았다. 바지와 블라우스. 구두와 운동화.

짙은 색의 머리카락이 인상적인 한 남자 모델이 눈에 들어왔다. 언뜻 안토니오와 닮은 것 같기도 했다. 오늘 옷가게에서 스티커를 붙이던 소년.

그런데 스티커에 적혀 있던 인터넷 홈페이지 주소가 뭐였더라?

'www.세상의수호자들.com'

에밀리에는 인터넷 주소창에 얼른 주소를 입력했다.

다시 아버지의 목소리가 들려왔다. 아버지는 다 만들어 놓은 음식이 식어 버리는 걸 제일 싫어했다. 아버지는 화를 거의 내지 않는 편이지만, 요리를 해 놓고 기다리다 음식이 식어 버리면 그때만큼은 버럭 화를 내곤 했다. 그 사이 컴퓨터 화면에 새 창이 열렸다. 티셔츠 한 장.

"에밀리에?!"

"지금 간다니까요!"

에밀리에는 얼른 거실로 뛰어갔다.

에밀리에가 방을 나선 후, 컴퓨터 화면 속의 티셔츠는 천천히 거대한 건물 안의 그림으로 바뀌기 시작했다. 수많은 노동자들이 각자의 재봉틀 앞에서 옆도 돌아보지 않고 열심히 일하고 있었다. 부엌 식탁에 앉은 에밀리에가 컵에 물을 채우고 포크로 스파게티를 돌돌 말아 올리는 순간, 그녀의 컴퓨터 화면 속 배경은 인도의 목화 농장으로 바뀌었다. 그곳에서 여덟 살, 또는 아홉 살 정도로밖에 보이지 않는 두 명의 어린 소녀가 작은 손가락으로 목화씨를 짜내고 있었다. 또 다른 사진에는 쓰러질 듯 낡고 비좁은 건물 안에서 서로 어깨를 맞대고 앉아 재봉질을 하는 사람들의 모습이 담겨 있었다. 뒤이어 천천히 모습을 드러낸 또 다른 사진 속에서는 금발의 유럽 소녀 한 명이 미소를 띤 채 방금 그 공장에서 제조한 블라우스를 입고 있었다.

아버지는 식사를 마친 에밀리에에게 오늘 시내에서 뭘 했는지 꼬치꼬치 캐물었다. 에밀리에가 대답을 하고 나자, 세바스티안은 학교에서 있었던 일을 필요 이상으로 상세하게 이야기했다. 에밀리에는 여느 때와 비슷한 속도로 접시를 비웠고, 식사를 마친 후에는 빈 접시를 물에 헹구고 식기 세척기에 넣어 두기까지 했다. 하지만 속으로는 1초라도 빨리 자기 방으로 돌아가 문을 닫고 세상의 수호자들 홈페이지를 둘러보고 싶은 생각뿐이었다. 에밀리에는 알 수 없는 긴장감과 흥분을 꾹 누르고 식구들이 식탁에서 일어날 때까지 말없이 기다렸다. 마침내 방으로 돌아온 에밀리에는 얼른 컴퓨터를 켰다. 그러자 화면에 티셔츠 그림이 나타났다.

이것이 어디서 만들어졌는지 아십니까?

정말 알고 싶나요?

만약 계속 무지 속에서 살고 싶다면 절대 '여기'를 클릭하지 마세요!

에밀리에는 '여기'라는 글자에서 눈을 뗄 수가 없었다. 결국 그녀는 몇 초간의 망설임 끝에 마우스를 글자 위로 가져가 클릭하고 말았다. 그러자 세상의 수호자들 홈페이지가 열렸다.

보아하니 홈페이지는 이미 만들어 놓은 틀에 따라 제작된 것 같았다. 배경에는 시원한 바닷가 사진과 아름다운 황혼의 하늘이 펼쳐져 있었다. 에밀리에는 홈페이지에 소개된 글을 읽기 시작했다. 재봉틀 앞에서 하루 열서너 시간씩 휴일도 없이 일하는 어린이들. 바느질을 한 땀이라도 잘못하면 구타를 당하는 작업 환경. 에밀리에는 방글라데시의 의류 공장에서 일하는 노동자들의 인터뷰 기사도 함께 읽어 보았다. 이들은 아무리 열심히 일해도 끼니를 겨우 연명할 수 있을 만큼의 최저 임금밖에 받지 못한다고 하소연했다. 이들의 하루 평균 일당은 6크로네밖에 되지 않았다. 너무도 어처구니없는 일이 아닌가? 만약 구매자가 티셔츠 한 장에 1크로네(약 150원)만 더 지불하고, 그 돈이 노동자에게 모두 돌아갈 수만 있다면 얼마나 좋을까? 그렇다면 이런 문제도 처음부터 생겨나지 않았을 텐데. 단돈 1크로네만이라도! 에밀리에처럼 이렇게 간단한 사실조차 모르는 사람들이 이 세상엔 얼마나 많을까…….

생각에 잠겨 있던 에밀리에는 책상 위에서 울리는 아이폰 진동음에 화들짝 놀랐다. 아이폰 화면을 켠 에밀리에는 회전의자를 빙 돌린 후 전화를 받았다.

"안녕, 이다?"

"안녕, 에밀리에. 너 종교 과목 숙제 다 했니?"

"아니, 이제 시작하려고."

에밀리에는 대답과 동시에 컴퓨터 화면의 새 창을 열었다. 뒤로 밀려난 세상의 수호자들 홈페이지는 가장자리만 보일 뿐이었다.

"난 지금 라마단(라마단은 이슬람력으로 아홉 번째 달이며, 이 기간에는 금식을 행한다.-역주)에 대해 리포트를 쓰고 있어."

"응, 그러니?"

에밀리에는 얼른 구글 홈페이지에서 라마단을 검색해 보았다.

"나도 뭔가를 쓰긴 써야 하는데……. 그건 그렇고, 너 내일 나랑 같이 쇼핑센터에 가지 않을래?"

"내가 보낸 원피스 사진 봤어?"

"응. 며칠 내로 그 원피스를 한번 직접 입어 봤으면 해서. 같이 갈래?"

"물론이지! 그런데, 오늘 마티아스가 너 뚫어지게 쳐다봤던 거 알아?"

"그게 정말이야?"

"응, 쉬는 시간에."

"와우!"

에밀리에는 함박웃음을 지었다.

"무슨 일이 있어도 그 원피스는 꼭 사야 되겠다. 하하."

"내일 수업 끝나고 어때?"

"좋아. 내일 보자!"

에밀리에는 검색해 놓은 라마단에 대해서 읽기 시작했다. 라마단과 관련된 모든 의식들, 가난한 자들을 생각하며 금식을 하는 무슬림들. 에밀리에는 무슬림들이 많이 살고 있는 나라들을 찾아보았다. 방글라데시는 파키스탄, 인도에 이어 세 번째를 차지하고 있었으며, 1억 4천 8백만 인구의 80퍼센트 이상이 무슬림이었다.

오늘 보았던 바로 그 빨간 티셔츠가 제조된 나라.

에밀리에는 방글라데시의 수도인 다카의 사진들도 찾아보았다. 거대한 쓰레기 무덤들로 발 디딜 틈 없이 **빽빽한** 강 주변. 어떤 쓰레기 더미들은 수명이 다 된 건전지들로 이루어져 있었고, 그 위에서 어른 아이 할 것 없이 수많은 사람들이 구부정하게 허리를 굽히고 앉아 재판매가 가능한 부품들을 가려내고 있었다. 어떤 이들은 건전지 중앙의 탄소봉을 분리하기도 했고, 또 다른 이들은 자잘한 황동 부품과 아연 부품을 분리해서 빼내기도 했다. 이것들은 다시 건전지 제조 공장으로 팔린 후, 새 건전지를 만드는 데 사용될 것이라고 했다. 이들과 좀 멀찍이 떨어진 곳에서는 역시 한 무리의 사람들이 모여 플라스틱 봉지 등을 태우고 있었다. 녹아내린 플라스틱을 모아 또 다른 산업 제조업체에 팔 수 있기 때문이었다. 하루 종일 이렇게 일해서 모을 수 있는 돈은 약 10~15타카(약 150원) 정도에 불과했다.

저 플라스틱이 장난감을 만드는 데 다시 사용되는 걸까? 에밀리에가 구입한 물건들의 포장지로 쓰이거나, 아니면 지금 쓰고 있는 컴퓨터의 포장 박스로 사용될지도 몰랐다. 에밀리에의 집에서 사용하는 온갖 종류의 건전지들 중 일부는 저 쓰레기 더미 위에서 일하는 아이들의 손을 거쳤을지도 모르는 일이다. 컴퓨터 마우스 속에 들어가는 건전지. 알람시계나 가정용 화재경보기 속에 들어가는 건전지……. 에밀리에는 또 다른 사진들을 클릭해서 확대시켜 보았다. 연기에 그을린 거뭇거뭇한 아이들의 얼굴 속에서 천진난만하고 해맑은 눈동자가 반짝이고 있었다. 그리고 쓰레기 더미 위, 한 어린 소녀에 팔에 안겨 울고 있는 젖먹이 아기…….

너무나 비참했다. 에밀리에는 너무도 먼 곳의 일이라며 컴퓨터의 창을 닫고 숙제를 하려 펜을 쥐었다. 라마단에 대해 써야 했지만, 에밀리에는 머릿속이 복잡해 단 한 글자도 쓸 수가 없었다. 여전히 열려 있는 세상의 수호자들 홈페이지는 라마단 대신 에밀리에의 머릿속을 가득 채워 버렸다. 결국 그녀는 숙제를 포기하고 컴퓨터로 시선을 돌렸다. 보아하니 어린 아이들을 노예처럼 부려먹는 곳은 의류 제조업체뿐만이 아닌 것 같았다. 완구제품, DVD나 텔레비전 같은 가전제품, 화장품 등등……. 예외가 아닌 곳이 없었다.

솔직히 에밀리에는 전에도 이런 이야기들을 대충 들어 알고 있었다. 하지만 들을 때마다 한 귀로 흘려버렸고 그 이후엔 마치 내 일이 아닌 것처럼 까맣게 잊고 지내 왔다. 더욱이 절망적인 작업 환경에 처한 노동자들의 자세한 증언과, 작업 시간 동안 화장실도 마음대로 가지 못한다는 어처구니없는 규칙들, 마치 의무인 양 너무도 당연하게 초과 근무가 이루어진다는 이야기는 들어본 적도 없었다. 대부분이 어린아이에 불과한 노동자들이 공장 안에서 먹고 자고 한다는 사실이나, 임금이 너무도 적어 끼니를 연명하는 것도 쉽지 않다는 사실 역시 까맣게 모르고 있었다.

우리는 더 살기 좋은 세상을 만들어 보려 합니다.
당신도 함께하겠습니까?
더 살기 좋은 세상을 만드는 데 동참할 분은 '여기'를 클릭해 주십시오.

클릭하면 무슨 일이 일어날까? 이 캠페인을 주도하는 사람들은 모두 안토니오처럼 나와 같은 또래일까? 대체 어떤 아이들일까? 그리고 몇 명이

나 될까?

에밀리에는 다시 인터넷 사이트를 둘러보았다. 여기저기서 '스웻숍 sweatshops(열악한 노동환경에서 낮은 임금을 주고 노동자를 착취하는 작업장이나 그러한 직업-역주)', '노예 공장' 등의 단어들이 자주 눈에 띄었다. 에밀리에는 이 영어 단어들을 구글로 검색해 보았다. 하지만 1백 80만 개의 검색 결과가 화면에 뜨자, 어디서부터 시작해야 할지 몰라 당황스러워졌다.

사실 그런 것들에 대해 자세히 알게 된다고 해도 에밀리에가 그들에게 무슨 도움을 줄 수 있을까? 시골로 이사 가서 직접 옷을 만들어 입고, 직접 키운 농작물을 먹고, 컴퓨터와 휴대폰 없이 살면 될까? 상상할 수 없는 일이었다. 아무리 생각해도 그건 불가능한 일처럼 여겨졌다. 게다가 불법도 아니고 합법적으로 내 돈을 주고 내 손으로 사 입는 옷에 대해 도대체 에밀리에가 어떤 책임을 져야 할까? 이런 캠페인을 제대로 해내려면 국제적으로 힘 있는 단체나 되어야지, 그 정도가 아니고선 좋은 결과를 얻지 못할 것이 분명했다.

에밀리에는 세상의 수호자들 사이트를 닫고, 라마단에 대한 리포트를 쓰기 시작했다.

'오늘 마티아스가 너 뚫어지게 쳐다봤던 거 알아?'

에밀리에의 머릿속에는 조금 전 들었던 이다의 말이 자꾸만 맴돌았다.

3

쇼핑센터에서

시내 쇼핑센터 거리를 거닐 때면 항상 기분이 좋았다. 어쩐 일인지 항상 땀이 날 정도로 더울 때도 없었으며, 한기로 몸을 떨어야 할 때도 없었다. 비도 내리지 않고 모퉁이를 돌 때 가끔 맞부딪치는 거센 바람 한 줄기도 만날 수 없었으니까. 구걸하는 거지도 없고, 빠른 속도로 무섭게 옆을 지나치는 버스도 없었다. 초점 없는 눈빛으로 이유 없이 뒤를 따라오다 갑자기 비틀거리며 주먹질을 하는 마약 중독자들도 볼 수 없었다.

상쾌한 공기. 어디선가 들려오는 피아노 음악. 원두커피 기계 소리에 섞여 들리는 사람들의 기분 좋은 대화 소리. 공기 중에는 은은한 커피 향과 피자 냄새가 뒤섞여 흘렀다. 향수 냄새와 향기로운 로션 냄새, 가게에 진열된 고급 신발들의 가죽 냄새도 코끝을 스쳤다. 길가에서 갖가지 물건들이 목을 빼고 자기를 사 달라며 사람들의 눈길을 끌기 위해 아우성을 치고 있는 것만 같았다.

이다는 한 옷가게에 세일로 나온 블라우스 한 벌을 가리켰다. 리쇠Risøe 라는 가게였다.

"저 옷가게 체인점을 가장 먼저 시작한 사람이 누군지 알아? 우리 나이

또래의 노르웨이 소녀래."

"그게 정말이야?"

"우리 아버지와 그 애의 아버지가 같은 직장에 다니고 있거든. 그래서 들은 이야기야. 한번 생각해 봐. 옷을 만들 때 디자인과 색깔, 옷감까지 직접 결정할 수 있다니……. 정말 꿈 같은 직업 아니야?"

"그래……."

에밀리에는 자기가 직접 가게를 경영하는 것을 상상해 보았다. 외국의 디자이너를 만나러 여행을 다니고, 천을 직접 고르고 또 치마의 길이 등을 그들과 의논하는 자신의 모습을 떠올리니 하늘을 날아오를 듯 기분이 좋아졌다. 하지만 동시에 어제 인터넷에서 보았던 열악한 공장의 모습이 머릿속을 스쳐 갔다. 고사리 같은 손으로 재봉틀 앞에서 일하는 어린아이들. 하루 온종일 일해도 겨우 6크로네밖에 벌지 못하는 노동자들. 하지만 지금은 그들을 생각할 때가 아니었다.

"난 망고에 가 보려고 하는데……. 같이 갈래?"

에밀리에는 가게 안에 들어서자마자 마음에 두고 있던 바로 그 원피스를 찾아내 탈의실로 향했다. 원피스로 바꿔 입고 거울을 바라보니, 옷은 에밀리에의 몸에 자로 잰 듯 꼭 맞았다. 몸매의 굴곡도 예쁘게 나왔고, 가슴선도 마음에 들었다. 허리선의 접음 장식은 파티용 옷으로 손색이 없었다. 그런데 가격이 무려 399크로네…….

에밀리에는 원피스를 입고 탈의실에서 나와 이다의 눈앞에서 한 바퀴 빙 돌아 보았다.

"와, 정말 예쁘다, 에밀리에! 이건 딱 네 옷이야!"

"정말 그렇지? 이젠 남자아이들이 조심해야 할걸!"

에밀리에는 한 팔을 허리에 얹고 입술을 뾰족하게 내밀었다.

원피스 값을 지불한 에밀리에는 가게의 로고가 찍힌 하얀 봉지를 들고, 다음 가게인 H&M으로 향했다. 그곳에서 일전에 보았던 빨간 티셔츠를 발견한 에밀리에는 문득 안토니오와 세상의 수호자들 홈페이지를 떠올렸다. 둘은 각자 스무디를 사 들고 작은 분수대 옆에 자리를 잡고 앉았다.

"이다⋯⋯?"

에밀리에는 빨대를 입속에서 돌리며 조심스레 말문을 열었다.

"누가 이 옷들을 만드는지 생각해 본 적 있어?"

"글쎄⋯⋯. 가끔 해 보긴 한 것 같아."

이다는 어깨를 으쓱하며 말했다.

"그런데 그건 갑자기 왜?"

"응, 그냥⋯⋯. 이런 옷을 만드는 대부분의 노동자들이 어린아이들이고, 임금 수준은 형편없다는 걸 어디서 읽은 기억이 나서 말이야."

"나도 알아."

이다는 지나가던 한 여인의 부츠를 가리키며 말을 이었다.

"하지만 창녀로 일하는 것보다는 낫지 않겠어?"

"그래⋯⋯."

"그리고 그런 형편없는 일일지라도 직업이 있다는 사실에 만족하고 있는 사람들이 대부분일걸."

"그래도……."

순간 이다의 주머니 속에 들어 있던 휴대폰이 진동음을 울리며 움직였다. 이다는 얼른 전화를 꺼내 문자 메시지를 확인했다.

"보르한테서 온 문자야. 토요일 파티에 가져갈 음료수를 벌써 준비해 놓았대!"

"정말 잘됐다."

토요일날 마티아스를 만날 생각을 하니 에밀리에는 뱃속이 간질간질해졌다.

"그런데, 맥주는 아니겠지?"

"아니야, 아니야. 거품이 가득한 샴페인이래. 샴페인 최고!"

이다가 신나게 외치자 지나가던 여인 한 명이 이들을 향해 엄한 눈길을 던졌다. 이다와 에밀리에는 재빨리 눈짓을 교환한 후 터져 나오는 웃음을 간신히 억눌렀다.

에밀리에는 혹시나 마티아스를 볼 수 있을까 싶어, 아침에 학교 가는 길은 물론 쉬는 시간에도 여기저기를 두리번거렸다. 그런데 문득, 저 멀리서 안토니오가 보였다. 안토니오를 발견한 에밀리에는 갑자기 심장이 쿵쿵 뛰기 시작하는 걸 느꼈다. 도대체 여기서 뭘 하는 걸까? 에밀리에는 안토니오를 향해 다가가며 무언가 할 말을 생각해 내려 애썼다. 지난번에 구겨진 자존심도 함께 만회할 겸. 하지만 소년과 눈을 마주친 에밀리에는 실망하지 않을 수 없었다.

그는 안토니오가 아니라 마티아스였다. 에밀리에는 왜 자기가 사람을 잘못 보았는지 이해할 수가 없었다. 안토니오와 마티아스는 닮은 구석이 하나도 없는데!

"안녕, 에밀리에!"

마티아스가 환한 웃음을 지으며 인사를 건넸다.

"토요일 파티에 갈 준비는 다 했니?"

"응."

에밀리에는 상냥하게 미소 지으며 대답했다.

"너는?"

"아주 환상적인 샴페인 한 병을 사 뒀어. 너도 그날 한잔 마셔 봐."

"고마워. 아주 기대되네. 그럼, 토요일에 보자."

에밀리에는 살짝 엉덩이를 흔들며 마티아스의 앞을 지나갔다. 혹여 그가 자신의 뒷모습에 눈길을 주지 않을까 하는 생각을 하며.

저녁이 되자 에밀리에는 침대에 누워 휴대폰으로 인터넷 사이트 여기저기를 둘러보았다. 페이스북도 열어 보았지만 에밀리에의 관심을 끌 만한 뉴스거리는 없었다. 텔레비전 프로그램에 대한 수다와 누가 뭘 먹었는지, 누가 어떤 사진을 찍었는지, 또는 누가 어떤 신발을 신고 있는지에 대한 내용이 대부분이었으니까. 에밀리에는 마티아스의 프로필 페이지를 열고, 그의 사진을 쭉 훑어보았다. 마티아스는 자기가 꽤 매력적이고 인기 있다는 걸 스스로 잘 알고 있는 것 같았다. 카메라 앞에서 취한 그의 포즈를 보면 그런 느낌을 충분히 받을 수 있었다. 예를 들어 상의를 벗어 던지고 햇볕에 멋지게 그을린 갈색 피부를 자랑하며 한 손에는 노를 쥐고 있는 사진들이 그랬다. 최근의 포스팅을 보니 이렇게 적혀 있었다.

'아버지 차, 아우디로 운전 연수를 받았음. 기분 최고!'

페이스북을 접고 뉴스 사이트를 기웃거리던 에밀리에는 문득 '세상의 수호자들'이라는 기사 제목을 보았다. 보아하니 벌써 뉴스거리로 등장한 것 같았다. 호기심을 이기지 못한 에밀리에가 얼른 기사를 펼쳐 보았더니, 세상의 수호자들이라는 청소년 클럽의 멤버들이 시내의 여러 옷가게를 돌면서 이상한 스티커를 티셔츠에 붙여 놓았다는 내용과 캠페인의 배경이 함께 설명되어 있었다.

기사는 '어떤 물건이 필요 이상으로 싸다는 생각이 든다면, 그건 분명히 누군가가 희생을 당하고 있다는 증거입니다'라는 글귀로 마무리되었다. 에밀리에는 얼른 침대에서 뛰쳐나와 소리 나지 않게 조심조심 컴퓨터를 켰다. 아직도 깨어 있냐고 걱정하는 부모님의 꾸중을 듣지 않기 위해서였다. 세상의 수호자들 홈페이지를 열어 보니 전에는 보지 못했던 새로운 문장이 눈에 띄었다. 에밀리에는 얼른 링크를 클릭해서 그 내용을 살펴보았다.

......전 세계 인구 중 10억 이상이, 국제 빈곤선인 하루 1.25달러 이하의 임금으로 생활한다고 합니다. 이들은 주로 남아메리카 쓰레기 더미 위에서 생활을 하는 사람들, 아프리카 도시 외곽 슬레이트 지붕 아래 남

루한 오두막 안에서 사는 사람들, 또는 아시아의 공장 직원이나 농사일을 하는 사람들입니다. 아무것도 가진 것이 없는 사람들. 내보일 것도 없고, 가진 자의 눈에 띄지도 않는 사람들이지요.

우리 인간들은 주변에 존재하는 온갖 재료들을 이용해 생활에 필요한 것을 만들어 냅니다. 옷을 만들기 위해 목화로 무명실을 자아내는가 하면, 거대한 농원에서 과일을 추수하고, 바느질을 하고, 길을 닦고, 광산 등지에서 동력의 원천이 되는 석탄을 채굴하기도 하지요. 하지만 우리가 여름에 입을 새 티셔츠 한 장을 생산하기 위해, 또는 우리가 사용할 새 휴대폰 한 대를 생산하기 위해 목숨이나 건강을 잃는 사람들도 있습니다.

세상의 수호자들은 억압받는 가난한 이들이 좀 더 관심을 받을 수 있도록 세상 사람들의 눈을 열어 보려 합니다. 우리가 살고 있는 이 세상의 실상을 자세히 알고 있는 사람들은 그리 많지 않습니다. 하지만 더 많은 지식과 정보를 접하게 된다면 대부분의 사람들이 이 세상을 좀 더 정의롭고 평등한 곳으로 만들기 위해 노력할 거라 믿습니다.

조그만 변화를 창조하는 데 함께 동참하실 분은 '여기'를 클릭해 주십시오.

에밀리에는 다시 침대로 돌아가 눈을 감았다. 세상의 수호자들을 주도하는 아이들은 정말 이 캠페인을 성공적으로 이끌 수 있다고 생각하는 걸까? 아무리 생각해도 이해할 수가 없었다. 하긴, 이 세상에는 변화를 꿈꾸고 희망하는 사람들이 없진 않다. 어떤 순진한 이들은 거대한 국제 기업에 혼자 힘으로 맞서기도 한다. 하지만 결과는 항상 비슷하지 않았던가? 도대체 뭘 할 수 있다는 생각인지…….

에밀리에는 이상을 지향하는 이 이상한 클럽에 대한 생각을 지워 버리고, 대신 마티아스를 떠올렸다. 운동장에서 다른 남자아이들과 함께 서 있다가 에밀리에를 향해 환한 미소를 짓는 마티아스……. 아니, 토요일 파티에서 볼 수 있을 마티아스의 모습을 상상해 보는 건 어떨까? 널찍한 거실, 은은하고 어둑어둑한 불빛, 그리고 귀를 찢을 듯한 음악 소리. 마티아스는 파티장에 막 도착한 에밀리에를 향해 환한 미소를 지어 준다. 에밀리에를 뚫어지게 바라보는 마티아스……. 어느새 둘은 함께 마주 보고 서서 춤을 추기 시작한다. 반짝이는 조명 불빛이 이들을 비추는 동안, 둘은 몸을 꼭 붙인 채 춤을 춘다. 마티아스의 손이 에밀리에의 몸을 감쌌다. 서로의 체온이 강하게 느껴진다. 곧 에밀리에는 고개를 치켜들고 그와 입을 맞춘다.

✻✻✢✿✻

리나의 어머니는 아침 기도 전에 식사를 하기 위해 이른 새벽부터 딸을 깨웠다. 탁자 위에 자리 잡은 수많은 양초에 불이 붙여졌고, 어머니의 사리 장식은 이 양초 불빛을 받아 아름답게 반짝였다. 리나는 침대에서 일어나 기지개를 켜고 온 집안을 채우고 있는 음식 냄새를 코로 들이켰다.

리나는 이른 아침의 이런 분위기를 참 좋아했다. 모든 것이 새롭게 시작되는 아침 시간, 어제와는 또 다른 현실이 새롭게 펼쳐진다는 생각이 리나를 설레게 했다. 쌀밥과 잘게 썬 망고, 그리고 처트니(과일, 설탕, 향신료와

식초로 만드는 걸쭉한 소스로 차게 식힌 고기나 치즈와 함께 먹음—역주)가 각각 담겨 있는 그릇들이 상 위에 둥그렇게 자리를 잡자, 리나는 그것이 마치 태양 같다고 생각했다. 동생들은 여전히 잠에서 덜 깬 얼굴로 아침을 삼켰다. 이들의 고요하고 평화로운 아침 시간은 저 멀리 있는 모스크(이슬람교 사원—역주)에서 간간이 들려오는 노랫소리로 채워지기도 했다. 무언가 불평을 하는 듯한 쉰 목소리의 노랫소리와, 신의 이름 아래 모여 기도를 하는 이들의 목소리도 들려왔다.

거리에 곧 행인들의 샌들 소리가 울리기 시작했다. 어떤 이는 딸깍딸깍 소리를 내며 걷기도 했고, 또 어떤 이들은 샌들을 질질 끌며 걷기도 했다. 꾹 다문 입. 진지한 표정들. 모스크에 도착할 때까지 아무 말도 없이 걷던 이들은, 모스크 앞에서 남자는 남자대로, 여자는 여자대로 따로따로 줄을 섰다. 그러고는 샌들을 벗고 발을 씻은 후, 모스크 안으로 들어가 기도를 시작했다.

4

나 혼자 춤을 추고 있어요

에밀리에는 마지막으로 한 번 더 거울을 보았다. 원피스는 몸에 꼭 맞았다. 에밀리에는 올림머리를 한 후, 잔머리를 살짝 귀 옆으로 늘어뜨렸다. 그리고 하얀 진주 귀걸이를 귀에 하고 검정색 하이힐을 신었다. 손톱에는 매니큐어를 칠하고, 눈썹에는 마스카라를, 그리고 입술에는 반짝이는 립글로스를 발랐다. 에밀리에는 거실에서 세바스티안과 함께 텔레비전을 보고 있던 부모님께 다녀오겠다고 인사를 했다.

"조심하렴, 에밀리에."

아버지가 큰 소리로 그녀의 등을 향해 외쳤다.

"알았어요!"

"너무 늦지 마라!"

어머니도 한마디 했지만, 에밀리에는 이미 문을 나서 계단을 내려가던 중이었으므로 듣지 못했다.

길모퉁이에서 에밀리에를 기다리고 있는 이다가 보였다. 그녀의 얼굴은 휴대폰의 불빛을 받아 환하게 빛나고 있었다. 무릎까지 오는 줄무늬 원피스를 입고 있던 이다도, 에밀리에처럼 올림머리를 하고 있었다.

"늦어서 미안."

에밀리에는 사과를 한 후 이다와 가벼운 포옹을 했다.

"괜찮아. 나도 방금 왔어."

이다는 핸드백에서 분홍색 음료가 든 스프라이트 병을 꺼냈다.

"스프라이트 스페셜!"

이다는 뚜껑을 열고 한 모금 마신 후 두 눈을 지그시 감았다.

"그게 뭐야?"

"부모님 몰래 장식장에 있는 마티니를 살짝 훔쳐 왔어. 마티니에 스프라이트를 섞은 거야. 한번 마셔 봐. 생각보다 훨씬 괜찮아!"

이다는 큰 소리로 웃어 젖혔다. 에밀리에는 이다를 따라 한 모금을 살짝 마셔 보았다. 생각했던 것보다 나쁘지 않았던 건 물론이고, 이전에 이다가 가져왔던 다른 음료수들보다도 한 수 위였다. 하지만 결코 맛이 좋다고 할 수는 없었다. 사실 알코올이 든 음료를 마실 땐 맛이 중요한 것 같지 않았다. 오직 맛을 보고 결정하라면, 차라리 콜라나 소다 음료수, 스무디, 또는 아이스티가 몇 배나 나을 것이다. 에밀리에가 알코올이 섞인 음료를 마시는 이유는 그저 다른 아이들이 그렇게 하기 때문이었다. 그리고 술을 마신 후엔 좀 바보 같은 짓을 하더라도 대부분 눈을 감아 주기 때문이었다. 평소에는 용기가 없어 하지 못했던 말과 행동도 술이 조금 들어가면 자연스레 할 수 있고, 낯선 사람과도 허물없이 대화를 나눌 수도 있으며, 농담을 하고 큰 소리로 웃거나 춤을 추면서 파트너와 가벼운 키스를 나누어도 용서가 되었다.

둘은 버스를 타고 네 정거장을 지나친 후, 파티가 열리는 빌라 앞에 도착했다. 널찍한 창을 통해 집 안에 빽빽하게 모여 있는 사람들이 보였고, 벽을 통해선 시끄러운 음악 소리가 흘러나왔다. 어떤 이들은 정원에 모여 담배를 피우고 있었고, 또 어떤 이들은 거실의 소파와 의자 위에 앉아서 대화를 나누고 있었다. 현관에서 신발을 벗으려던 에밀리에는 마티아스를 발견하고 순간적으로 긴장했다. 마티아스는 미국 성조기가 그려진 짤막한 원피스를 입고 있는 한 금발 머리 여자아이 옆에 딱 붙어 앉아 있었다. 옆 반인 그 여자아이는 남자아이들이 무슨 말을 하건 콧소리를 내어 웃는 아이였으며, '오사마(오사마 빈 라덴)'와 '오바마(버락 오바마 미국 대통령)'를 구별해서 발음하는 게 어렵다고 불평하는 아이였다.

그녀는 한 손으로 마티아스의 무릎을 거머쥐고 있었다. 그렇지 않아도 짤막한 원피스는 허벅지까지 올라가 있었다. 당장이라도 마티아스의 몸 위에 걸터앉을 것만 같은 자세였다. 마티아스는 에밀리에를 발견하고 맥주병을 들고 있던 손을 허공으로 치켜들어 인사를 건넸다. 하지만 금발 머리를 뿌리치고 에밀리에에게 올 생각은 전혀 없는 것 같았다.

에밀리에와 이다는 부엌으로 향했다. 그러자 그곳에 있던 한 학년 위의 남학생이 에밀리에에게 어느 학교를 다니는지, 그리고 어떤 음악을 좋아하는지 질문을 던지며 말을 걸어 왔다. 에밀리에는 술을 한 모금 마시며 예의를 갖추어 대답을 하면서도, 쉴 새 없이 거실에 앉아 있는 마티아스를 향해 곁눈질을 했다. 문득 에밀리에와 눈이 마주친 마티아스가 벌떡 일어나 부엌으로 다가왔다. 그와 함께 앉아 있던 금발 여자아이는 마티아스의

손을 잡고 따라왔다. 실내에는 요즘 인기 있는 가수 로빈Robyn의 음악이
흐르기 시작했다.

"너한테 술 한잔 맛보여 주기로 약속했었지."

마티아스는 에밀리에에게 윙크를 한 후, 냉장고에서 샴페인 한 병을 꺼
냈다. 샴페인 뚜껑을 여는 마티아스의 손놀림은 지나치게 능숙해 보여서
평생 그것만 연습해 왔던 게 아닐까 하는 생각마저 들었다. 마티아스는 샴
페인을 잔에 따른 후 에밀리에에게 건네주었다.

"나도 한 잔 마셔 보면 안 돼?"

옆 반의 금발 머리가 애교 가득한 목소리로 물었다. 그러자 마티아스는
잔 하나를 더 찾아왔다.

"이건 진짜 샴페인이야!"

마티아스는 진지한 표정으로 에밀리에를 바라보며 말했다. 그의 시선이
옆에 서 있던 금발 머리 여자아이가 아니라 자신을 향하고 있다는 걸 깨달
은 에밀리에는 은근히 기분이 좋아졌다.

"건배!"

"이 샴페인, 엄청 비싼 거 아니야?"

에밀리에는 잔을 입술로 가져가며 물었다. 이내 차가운 잔 속에 담겨 있
던 거품 가득한 샴페인이 입속을 감돌았다.

"응, 하지만 그만큼 가치가 있는 거야."

마티아스는 가지런한 치열을 보이며 환하게 미소를 지었다. 에밀리에는
샴페인을 마시며, 지난번 가족과 함께 프랑스 여행을 갔을 때 와인 창고를

방문했던 이야기를 꺼내야겠다고 생각했다. 어두컴컴한 와인 창고와, 와인이 담겨 있는 거대한 나무통들에 대한 이야기를 하면 마티아스가 얼마나 감탄하고 관심을 보일까? 그러면 둘이 좀 더 가까워지지 않을까? 하지만 에밀리에의 입에선 생각과는 전혀 다른 말이 툭 튀어나오고 말았다.

"그건 사람마다 다를 거라고 생각해. 부와 관심의 차이에 따라 얼마든지 달라질 수 있다고 생각하지 않아?"

에밀리에는 말을 내뱉자마자 후회가 되어 어쩔 줄 몰랐다. 누가 들어도 무례하게 비아냥거리는 말이라고 생각했을 테니까. 하지만 이미 내뱉은 말은 주워 담을 수 없는 법. 금발 머리 여자아이는 눈앞에서 무슨 일이 벌어지고 있는지 전혀 눈치채지 못한 것 같았다. 아니, 설사 눈치챘다고 하더라도 전혀 모르는 척 연기를 하고 있는 게 분명했다.

"아, 정말 좋은데!"

금발 머리는 미소를 지으며 잔을 내밀었다. 마티아스는 그녀의 잔을 다시 채워 주었다. 하지만 그의 시선은 여전히 에밀리에를 향하고 있었다.

"무슨 뜻이야?"

마티아스의 눈초리가 조금 전보다 날카로워진 것 같았다. 평소 에밀리에를 바라보던 밝고 기분 좋은 눈빛과는 달랐다. 에밀리에는 이쯤에서 분위기를 바꾸는 게 좋겠다고 생각했다. 미안하다고 한마디 정도 해 주는 것도 좋을 것 같았다. 하지만 가만히 생각해 보니, 자신의 말에 틀린 것도 없는 데다가 미안하다고 말할 이유도 없었다. 에밀리에는 마티아스가 눈을 뜨고 이해할 수 있기만을 바랐다.

"글쎄⋯⋯. 나도 잘 모르겠어."

에밀리에는 기어들어 가는 나직한 목소리로 말했다.

"이 세상엔 어렵게 살아가는 사람들이 많아. 그 사람들에겐 이 샴페인 한 병 값이 한 달 월급이 될 수도 있을 것 같아서⋯⋯."

"그래, 맞아."

마티아스는 샴페인을 한 모금 마시며 대답했다.

"하지만 내가 이 샴페인 한 병을 사지 않는다고 해서 도움이 될 거라고 생각해?"

"아니야, 그런 건 아니지만⋯⋯. 그 돈을 다른 데 쓸 수도 있지 않겠어?"

"아, 그런 뜻이었어? 그렇다면 최근에 가난한 이들에게 돈 몇 푼 쥐어 준 적 있니, 에밀리에?"

마티아스는 에밀리에가 자신의 말을 소화할 수 있도록 몇 초간의 여유를 준 후, 다시 말을 이었다.

"솔직히, 너도 다른 아이들처럼 옷을 사고, 음료수도 사 마시지 않았어?"

에밀리에는 달리 할 말을 찾을 수 없었다. 마티아스의 말엔 틀린 구석이 하나도 없었기 때문이었다. 에밀리에는 자신이 바보가 된 것 같은 기분이 들었다. 마티아스와 대화를 나누고 좀 더 가까워질 수 있는 기회를 손에 넣고도, 그걸 스스로 차 버렸으니까. 사실, 에밀리에는 둘 사이에는 보이지 않는 끈끈한 줄이 있다고 생각했다. 그 줄은 시간이 갈수록 점점 두꺼워졌고 끝내는 둘을 함께 꽁꽁 엮을 수도 있었다. 그런데 오늘 그 끈을 스스로 잘라 버린 셈이었다. 희망은 사라져 버렸다.

음악이 바뀌었다. 로빈의 '댄싱 온 마이 오운Dancing on My Own.' 평소 같았으면 이 음악에 맞추어 당장 몸을 흔들어 대고 춤을 출 에밀리에였지만 오늘은 달랐다. 몸이 움직이질 않았다.

"그건 그렇고 말이야, 에밀리에……."

마티아스가 에밀리에를 향해 바짝 몸을 붙여 오며 나직하게 속삭였다. 그의 숨결을 귓전에 느낄 수 있을 정도였다.

"……이 세상에 끼니를 연명하는 것도 힘들 정도로 가난하게 사는 사람들이 많다는 건 나도 잘 알고 있어. 얼마 전 노라드Norad(노르웨이 개발협력청Norwegian Agency for Development Cooperation—역주)에서 일하는 우리 이모가 인도에 다녀와서 그곳의 실상을 자세하게 이야기해 주셨거든. 그러니 내가 아무것도 모르는 멍청이라는 생각은 마!"

마티아스의 가시 돋친 말에, 에밀리에는 둘을 엮고 있던 마지막 가느다란 한 줄기 실오라기마저 끊어졌다고 생각했다. 아니, 그 실이 툭 끊어지는 소리까지 들은 것 같았다. 성조기 원피스를 입고 있던 금발 소녀는 한 손으로 잔을 거머쥐고, 다른 한 손으로는 마티아스의 손을 쥔 채 거실로 가서 춤을 추기 시작했다.

에밀리에는 식탁 위에 잔을 내려놓았다. 그러자 옆에서 다른 아이들과 함께 대화를 나누고 있던 이다가 에밀리에를 향해 다가갔다.

"잘했어, 에밀리에! 원래 마음에 두고 있는 사람일수록 은근히 관심 없는 듯 톡 쏘아 주는 것도 좋은 방법이야. 이거 아주 재밌게 돌아가는데!"

"……그래?"

에밀리에는 절망적으로 고개를 저으며 말했다.

"이젠 코가 삐뚤어질 때까지 마시는 일만 남았어, 에밀리에! 건배!"

그때 보르가 이다에게 다가와 함께 춤을 추자고 권했다. 이다는 에밀리에를 향해 눈을 찡긋해 보이며 보르의 손을 잡고 거실로 향했다. 에밀리에는 두 사람의 뒷모습을 바라보며 생각에 잠겼다. 거실은 춤을 추고 있는 아이들로 가득했다. 감은 눈. 리듬에 맞추어 흔들리는 팔과 팔들. 천장에서 비춰 내리는 현란한 조명 불빛. 에밀리에는 눈을 지그시 감아 버렸다.

"I'm in the corner, why don't you see me, oooh……(나는 여기에 있어요. 당신은 왜 나를 보지 못하나요. 오……)."

로빈의 노래가 들려왔다. 눈을 뜬 에밀리에는 금발의 소녀와 마티아스가 함께 침실로 들어가는 것을 보았다. 에밀리에는 빈 잔에 샴페인을 채우며 집으로 돌아가는 것이 낫겠다고 생각했다. 이다와 보르는 서로를 꼬옥 부둥켜안고 춤을 추고 있었다. 한 낯선 남자아이가 에밀리에 옆으로 다가와 조리대에 몸을 기대며 자신을 소개했다. 그는 아주 비싼 고급 옷을 입고 있었고, 중간 가르마를 타고 목까지 내려오는 긴 머리가 찰랑거렸다. 입가에는 자신만만한 미소가 가득했다. 에밀리에는 남자아이가 던지는 질문에 무덤덤하게 대답한 후, 화장실에 가야겠다며 자리를 빠져나왔다.

"I keep dancing on my own(나 혼자 춤을 추고 있어요)."

여전히 시끄러운 음악이 흘렀지만, 이다와 보르는 아랑곳하지 않고 서로에게 몸을 붙인 채 눈을 꼭 감고 천천히 춤을 추고 있었다. 보르의 손은 이다의 등을 쓰다듬기 시작했다. 에밀리에는 작별 인사를 건네기 위해 이다를 향해 손을 흔들어 보았지만, 이다는 거들떠보지도 않았다. 에밀리에는 외투를 걸친 후, 다시 이다를 바라보았다. 하지만 여전히 그녀와는 눈도 마주칠 수 없었다. 에밀리에는 서둘러 대문을 나와 파티장을 빠져나갔다.

"I keep dancing on my own(나 혼자 춤을 추고 있어요)."

청명한 밤하늘엔 별들이 가득했다. 음악 소리는 에밀리에의 등 뒤로 사라졌고, 거리에 들리는 소리라곤 에밀리에의 발자국 소리밖에 없었다. 아스팔트 위에 총총걸음을 걷는 구두굽 소리, 가쁜 숨소리, 그리고 결코 눈물을 내보이고 싶지 않은 두 눈.

＊＊＊＊＊

리나는 슬럼가를 빠져나오자마자 소년을 발견했다. 그가 끌고 가는 수레 속에는 조각난 가죽들이 가득했다. 소년은 허리를 굽히고 있는 힘을 다해 무거운 수레를 끌고 있었다. 맨발의 소년은 흰색 사리를 입고 있었다. 리나는 소년의 반짝이는 두 눈동자를 보며, 그가 억지로 미소를 감추고 있다는 걸 알아차렸다. 그때 갑자기 길에 푹 파인 웅덩이에 바퀴가 걸려 수레가 옆으로 넘어져 버렸다. 산더미처럼 많은 가죽 조각들이 길 위에 우르르 쏟아졌다. 리나는 수레를 일으켜 세우는 소년을 향해 뛰어가, 여기저기 흩어져 있는 가죽 조각들을 주워 올리기 시작했다. 길 위에는 가죽 핸드백과 가죽점퍼, 가죽 지갑 등 형형색색의 가죽들로 가득했다. 리나는 언젠가 강 하류 지점에서 끓는 물에 가죽 조각들을 집어넣어 풀과 본드를 만드는 것을 본 적이 있었다. 사람들이 쓰고 버린 것들 중에서 강물에 버릴 수 없는 것들은 모두 근처의 소규모 불법 공장에서 거둬들이곤 했다.

리나와 소년은 가죽을 함께 주워 올리면서도 아무런 말을 하지 않았다. 그저 한 조각, 한 조각 부지런히 주워 수레 안에 던져 넣기만 했다. 리나는 소년의 손이 자기 쪽으로 다가올 때마다 조심스레 몸을 빼곤 했다. 얼마 지나지 않아 길 위에 떨어졌던 가죽 조각들은 모두 수레 위에 다시 자리를 잡았다.

"고마워."

소년은 수줍은 미소를 지으며 리나에게 인사를 건넸다.

"난 리나라고 해."

"내 이름은 레자야."

소년은 가볍게 목례를 하며 말했다.

"도와줘서 정말 고마워."

말을 마친 소년은 수레를 끌고 제 갈 길을 갔다. 리나는 그 자리에 우두커니 서서 멀어져 가는 소년의 등을 오랫동안 바라보았다. 소년은 모퉁이를 돌기 직전 살짝 몸을 돌려 리나를 바라보았다. 두 사람의 눈이 마주치자, 소년은 미소를 지으며 부끄러운 듯 손을 흔들었다. 두 사람은 재빨리 몸을 돌린 후 서둘러 걷기 시작했다. 이 두 사람은 지구 위, 70억의 살아 있는 심장 중의 하나씩을 제각기 가지고 있었지만, 왜 자신들의 심장이 갑자기 숨 가쁘게 고동치기 시작하는지는 이해하지 못했다.

5

홀로

"안녕, 에밀리에. 같이 점심 먹을래?"

이다의 목소리였다.

월요일, 점심시간. 에밀리에는 어제 하루 종일 이다에게서 문자 메시지가 오기만을 기다렸다. 하지만 끝내 아무런 메시지도 받지 못했다. 그래서 에밀리에는 일요일 내내 방 안에 앉아 컴퓨터만 들여다보았다. 뉴스 기사를 읽고, 의류 업계를 고발하는 다큐멘터리 영화도 보았다. 그 와중에도 에밀리에는 미니 원피스를 입은 금발 머리 여자아이와 함께 침실로 들어가던 마티아스의 모습을 머릿속에서 지우기 위해 무던히 애를 써야만 했다.

"그래, 그러자."

둘은 운동장 구석 낡은 벤치 위에 앉았다.

"그날은 어떻게 된 거야?"

이다가 말문을 열었다.

"파티장에서 아무 말도 않고 사라졌잖아?"

"응, 그런 파티에서는 성조기가 그려진 미니 원피스를 입었어야 했다는 걸 그제야 알았거든.”

“하하.”

“게다가 뇌를 집에 빼놓고 나가는 것도 잊어버렸지 뭐야. 진작 생각했어야 했는데 말이야.”

“웃겨. 하하.”

“그래, 그래. 너는? 재미있었어?”

이다는 도시락 뚜껑을 열며 보르와 춤을 추었던 일을 이야기했다. 분위기가 꽤 좋았다고 덧붙이던 이다는 두 사람이 연인으로 발전할 수 있을지 모르겠다고 말했다.

에밀리에는 끝이 말라 딱딱하게 변한 당근을 바라보며 이다에게 모든 이야기를 털어놓을까 망설였다. 세상의 수호자들과 안토니오에 대해서. 노예 공장과 방글라데시의 노동 환경 등 이 불평등한 사회를 조금이라도 바꾸기 위해 무엇이라도 해야 할 것 같다는 생각을……. 그리고 안토니오에게 연락을 해서 자신도 세상의 수호자들에 가입할 의향이 있다는 것을……. 하지만 에밀리에는 확신할 수 없었다. 이런 생각들을 털어놓으면 이다는 어떤 반응을 보일까? 과연 이다가 자신의 생각을 이해해 줄까? 그렇지 않으면 절망적으로 고개를 절레절레 저으며 꿈 깨라고 당차게 한마디 내뱉을까? 에밀리에는 생각을 고쳐먹었다. 방과 후, 집에 가는 길에 은근슬쩍 운을 떼어 보는 것도 좋을 것 같았다.

“음……. 잘 모르겠어.”

이다는 눈을 깜박거리며 대답했다.

"만약 앞으로 보르와 계속 만나게 된다면 또 모를 일이지만……."

"그렇구나."

에밀리에는 그때 자신들을 향해 걸어오는 보르를 발견했다.

보르는 이다의 허리에 팔을 두르며, 에밀리에를 향해 고개를 끄덕여 인사를 건넸다. 보르와 이다가 입을 맞추는 모습을 보며, 에밀리에는 서둘러 교실로 돌아갔다. 그리고 책상 앞에 털썩 앉아서 휴대폰으로 인터넷 서핑을 시작했다.

그간 얼마나 이다와 붙어 지냈는지, 에밀리에는 이제야 알 것 같았다. 방과 후 매일 함께 시간을 보냈던 건 물론이고, 학교에서도 둘은 쉬는 시간마다 붙어 다녔다. 그것도 모자라 주말에도 대부분 함께 시간을 보냈다. 가끔은 말다툼을 해서 다른 아이들과 문자 메시지를 주고받을 때도 있었지만, 며칠도 채 안 되어 자연스럽게 화해를 하고 다시 꼬옥 붙어 다니곤 했다. 그러니 에밀리에에게 있어선 이다가 옆에 없는 생활이란 상상하기가 쉽지 않았다.

에밀리에는 학교에서 돌아와 컴퓨터를 켜고 세상의 수호자들 홈페이지를 열었다. 가만히 살펴보니 채팅 프로그램이 있었다. 에밀리에는 세상의 수호자들 멤버와 채팅을 해 볼까 망설였다. 꼭 가입을 하지 않아도 이들에게 도움을 되는 일을 할 수 있지 않을까? 그런데 정말 그게 가능할까?

글쎄……. 안 된다는 법도 없잖아? 에밀리에는 바람에 흔들리고 있는 자두나무의 잎들을 창 너머로 바라보았다. 다른 일은 뭐 없을까? 페이스북에 들어가서 이성 친구가 있는 아이들의 프로필을 구경하는 것도 재미있지 않을까? 에밀리에는 '회의자93'이라는 새로운 아이디를 만들어 로그인을 했다.

회의자93: 안녕하세요. 이 사이트에서 세상의 수호자들에 대해 읽어 보았어요. 몇 가지 질문을 해도 될까요?

잠시 시간이 흘렀다. 에밀리에는 새로고침 버튼을 몇 번이나 눌러 보았지만 대답이 없었다. 욕실에 들렀다가 서둘러 다시 돌아와 컴퓨터를 확인해 보았다. 그때까지도 화면은 그대로였다. 에밀리에는 부엌으로 가서 주전자에 물을 담아 끓이기 시작했다. 거품이 보글보글 일자, 차 한 잔을 만들어 방으로 돌아왔다. 문을 여는 순간, 에밀리에는 깜짝 놀랐다. 채팅 화면에 새로운 메시지가 하나 올라와 있었기 때문이다.

세상의 수호자들: 안녕하세요, 회의자93님. 어떤 질문을 하고 싶은가요?

에밀리에는 심장 박동이 빨라지는 것을 느낄 수 있었다. 지금 메시지를 쓰고 있는 사람이 며칠 전 쇼핑센터에서 만났던 바로 그 소년일지도 몰라. 혹시 안토니오?

회의자93: 며칠 동안 홈페이지를 살펴보았어요. 좋은 일을 하고 있다고 생각했습니다. 하지만 솔직히 어떤 변화를 만들어 낼 수 있다는 말인가요? 노르웨이 10대들의 작은 클럽 하나가 지구 반대편에서 일어나는 거대한 다국적 기업의 부조리한 행태를 어떻게 바꿀 수 있다는 말인지 이해할 수가 없어요.

세상의 수호자들: 아이디를 보니 그렇게 생각하는 게 이해가 될 것도 같군요.

회의자93: 당신들에게 할 일을 만들어 주는 셈이죠, 뭐⋯⋯.

세상의 수호자들: 알았어요. 혹시 불가사리와 어느 소녀의 이야기를 들어 본 적 있어요?

회의자93: 아니요.

상대방이 메시지를 작성 중이라는 풍선 모양의 알림이 화면에 떴다. 꽤 오랜 시간이 흐른 후, 에밀리에는 업데이트 버튼을 누르고 다시 참을성 있게 기다렸다. 마침내 상대방의 답이 화면에 나타났다.

세상의 수호자들: 한 소녀가 바닷가에 갔어요. 파도에 실려 온 많은 불가사리들이 모래사장에 모여 있었죠. 소녀는 불가사리를 하나하나 집어 올려 다시 바닷물 속으로 던져 넣었어요. 그걸 보고 있던 한 남자가 다가와서 왜 그런 일을 하냐고 소녀에게 물었어요. 그 많은 불가사리들을 다시 바닷속으로 돌려보내기도 불가능하거니와, 언젠가는 다시 파도에 실려 돌아올 테니 말이에요. 그러자 소녀는 불가사리 하나를 들어 올리고선 남자에게 이렇게 대답했죠. "적어도 이 불가사리 하나에겐 도움이 될 거예요." 소녀는 대답과 함께 그 불가사리를 바닷속으로 던져 넣은 후, 또 다른 불가사리를 집어 올렸어요. "그리고 이것도, 또 이것도⋯⋯." 이런 식으로 말

이에요.

회의자93: 아름다운 이야기네요. 하지만 우린 지금 해변 이야기를 하고 있는 게 아니잖아요. (물론 지진이나 다른 자연재해에 대해서 이야기하는 것도 아니고요.) 이건 지금 당장 필요한 긴급 구호 같은 게 아니라, 어떻게 전 세계적인 상황을 바꿔놓을 것인가의 문제가 아닌가요?

세상의 수호자들: 네, 맞습니다.

회의자93: 그렇다면 당신들은 어떤 방법으로 변화를 일으키겠다는 거죠?

세상의 수호자들: 지금 말씀하시는 분이 여자 분인가요?

회의자93: ……?! 성별이 중요한가요?

세상의 수호자들: 아뇨. 하지만 여성들이 어떻게 투표권을 얻게 되었는지 알고 있어요? 그 시대 사람들이 모른 척 가만있었기 때문에 여성도 투표권을 얻을 수 있었다고 생각해요?

에밀리에는 차를 한 모금 마시며 화면에 떠오른 풍선 그림을 바라보았다. 상대방이 자판기를 두드리고 있다는 신호였다. 에밀리에는 지금 채팅을 하고 있는 사람이 꽤 예의가 바른 것으로 보아 안토니오는 아닐 것이라고 생각했다.

세상의 수호자들: 어떻게 해서 노동자들이 주 5일 근무를 하게 되었고, 유급 휴가와 유료 병가제가 가능해졌다고 생각하세요? 노동자들은 가만히 있는데 기업 소유자가 먼저 이런 혜택을 주겠노라 약속했다고 생각해요?

회의자93: 아니요……. 듣고 보니 일리 있는 이야기네요.

세상의 수호자들: 그렇죠? 누군가가 먼저 시작해야만 이루어질 수 있는 일이 있습니다. 자신이 믿고 있는 것을 이루기 위해 투쟁하고, 변화를 만들어 내기 위해 노력을 기울여야 해요.

회의자93: 불가사리를 한 번에 하나씩 바다로 되돌려 보내는 것처럼 말이죠?

세상의 수호자들: 바로 그거예요.

회의자93: 또는 한 번에 한 장의 티셔츠!

세상의 수호자들: 혹시…… 그때 그분인가요?

에밀리에는 큰 소리로 웃음을 터뜨리며, 기분 좋게 의자에 머리를 기댔다. 바로 그 소년이다! 직접 만났을 때와는 아주 달랐지만, 채팅방의 상대자는 안토니오가 틀림없었다. 에밀리에는 어떻게 대답할지 잠시 망설였다. 본인이라고 밝힐까? 아니, 조금 더 기다려 보는 게 좋을 것 같았다. 안토니오를 안절부절못하게 만들어 주고 싶은 생각도 없지 않았으니까.

회의자93: 저는 그때나 지금이나 저인데요. 시간에 따라 정체가 바뀌는 사람도 있나요?

세상의 수호자들: 네, 저도 저 맞아요. 저한테 이메일을 보내 주시겠어요?

회의자93: 클릭할 용기를 낼 수가 없었어요. '여기'를 클릭하지 말라고 써 놓았던데요.

세상의 수호자들: 삶에는 어디든지 위험이 도사리고 있기 마련이니까요. ^^

회의자93: 그건 그렇고, 제가 사는 동네는 이런 캠페인과는 어울리질 않아서요.

세상의 수호자들: 유감이군요.

회의자93: 긴장도 되고요.

세상의 수호자들: 지난번 일은 미안해요.

회의자93: 괜찮아요. 사과는 받아들일게요. 세상의 수호자들이라는 클럽을 감탄하며 지켜봤어요.

세상의 수호자들: 감사합니다. 원한다면 멤버로 들어오세요. 우리 클럽엔 더 많은 사람들이 필요해요.

회의자93: 그래요? 한번 생각해 볼게요.

세상의 수호자들: 너무 오래 생각하지는 마세요. ^^

회의자93: 알았어요. 그럼…….

세상의 수호자들: 안녕.

에밀리에는 차가운 창문에 이마를 대고, 정원의 자두나무를 바라보았다. 하얀 꽃잎이 지려 하고 있었다. 에밀리에의 머릿속에는 세상의 수호자들이란 클럽에 가입해 보고 싶은 생각과, 가입 후에 일어날 변화로 인해 자신의 생활이 달라질 수도 있다는 생각이 반반이었다. 도대체 에밀리에는 뭘 두려워하고 있는 걸까? 솔직히 자신의 삶은 이미 이전과는 다르게 변해 버리지 않았나? 이다는 남자친구가 생긴 후부터 에밀리에는 거들떠보지도 않았다. 에밀리에는 여가 시간을 함께 나눌 친구가 절실하게 필요했다. 그렇다면 세상의 수호자들 멤버들과 함께 시간을 보내는 것도 나쁘진 않을 것이다. 무언가 새롭고 다른 일을 경험해 보는 것도 좋을 것이다. 게다가 에밀리에는 이미 이 클럽에 상당한 호기심을 가지고 있으니 금상 첨화가 아닌가. 사실, 머릿속엔 뇌가 아니라 골판지만 가득 들어 있는 것 같은 그런 금발 머리 여자애에게 관심을 보이는 남자애는 에밀리에가 원하는 이상형이 아니었다. 마티아스가 원하는 여자가 그런 사람이라면 에밀리에도 충분히 미련을 버릴 수 있었다. 마티아스를 향한 관심도 사라졌고, 더구나 스스로 그런 금발 머리처럼 행동할 생각은 추호도 없었으니까.

에밀리에는 무언가 의미 있고 색다른 일을 하고 싶었다. 세상의 수호자들 멤버들은 적어도 파티장에서 만난 아이들과는 다르지 않을까? 에밀리에가 이 클럽에 가입한다 하더라도 해가 될 일은 없을 것이다. 만약 그 멤버들이 정말 세상에 대해 아무것도 모르는 자신만만한 바보들에 불과하다면, 탈퇴하면 될 일이다. 어려울 일이 뭐가 있는가. 컴퓨터 화면을 클릭하기만 하면 될 것을……. 에밀리에는 생각 끝에 세상의 수호자들 홈페이지에 있는 링크 하나를 클릭했다. 그러자 새로운 창이 열리면서 이메일 주소를 입력하는 칸이 나왔다. 에밀리에는 자신의 이메일 주소를 적어 넣고 엔터키를 눌렀다. 숙제를 하면서도 몇 번이나 메일을 확인해 보았지만 새 메일이 왔다는 알림은 없었다.

에밀리에는 밖에 나가 조깅을 하면서도 메일을 확인했고, 버스 안에서도 새 메일이 도착했는지 확인했다. 심지어는 잠자리에 들기 전에도 메일을 확인해 보았지만 메일함은 텅 비어 있었다. 다음 날이 되자 포기 상태가 되어 오히려 마음이 편해졌다. 어쩌면 세상의 수호자들에게로 전달되는 이메일이 수도 없이 많아 당장 답장을 보내기가 어려울지도 몰랐다. 쉬는 시간이 되어 화장실에 앉아 있던 에밀리에는 갑자기 새 메일이 도착했다는 알림 소리를 들었다. 바로 이거야! 에밀리에는 바지를 올리지도 않고 아이폰을 켜서 메일을 확인했다.

수신일: 목요일 오전 11시 07분
수신인: 에밀리에
내용: 우리 클럽에 관심을 가져 주어 감사합니다. 우선 본인 소개를 해 주실 수 있나요? 나이와 사는 곳, 그리고 우리 클럽에 가입하려는 이유 등에 대해서 적어 주시면 됩니다.

에밀리에는 얼른 손을 씻고 화장실을 나섰다. 다른 아이들이 끼리끼리 짝을 지어 운동장으로 향하는 동안, 건물 벽에 등을 기대고 이메일을 읽었다. 분위기가 어제와는 사뭇 달랐다. 어딘지 모르게 공적이고 딱딱한 느낌도 들었다. 메일을 보낸 이가 어제 채팅을 했던 사람과 동일인일까? 아무리 생각해도 그건 아닌 것 같았다. 사는 곳을 물은 걸 보면 다른 사람이 틀림없었다. 에밀리에는 어떻게 대답을 해야 할지 조금 망설여졌다. 나이와 사는 곳은 그렇다 치더라도 여기에 가입하려는 이유는 도대체 뭐라 적어야 할까?

"H&M에서 우연히 세상의 수호자들 멤버 한 사람을 만나서 이 클럽에 대해 관심을 갖게 되었습니다. 홈페이지를 둘러보고 좀 더 자세하게 알고 싶어서 메일을 보냈어요. 새로운 멤버가 필요하다는 말을 듣고, 가입하고 싶은 생각이 들었고요. 여건이 된다면 다른 멤버들을 만나 좀 더 자세한 이야기를 들어 보고 싶습니다."

에밀리에가 '발신' 버튼을 누르자, 수업 시작을 알리는 종소리가 들렸다. 두 시간이나 계속된 수학 시간을 겨우 마친 후, 다시 메일함을 열어 보았다. 새 메일이 하나 도착해 있었다.

수신일: 목요일 11시 58분
수신인: 에밀리에
내용: 월요일 오후 다섯 시, 국회 의사당 앞에서 만나는 건 어떨까요? 작은 테스트를 해 보려고 합니다. 빨간색 티셔츠를 입고, 칼요한 거리를 보고 서 있는 사자상 앞에서 기다려 주시기 바랍니다.
세상의 수호자들 드림.

6

자격 테스트

모든 것이 너무나 느리게 움직였다. 학교 복도에 걸려 있는 벽시계의 긴 시계 바늘, 버스 정류장으로 향하는 에밀리에의 두 발도 마음과는 달리 세월아 네월아 하며 천천히 움직였다. 버스에 올라탄 노인들이 제대로 자리를 잡고 앉을 때까지 100년은 족히 걸릴 듯 보였다. 차비를 꺼내려고 바지 주머니나 지갑을 주섬주섬 뒤지는 학생들의 움직임도 짜증이 날 만큼 느렸다.

에밀리에는 마침내 시내에 도착했다. 버스에서 내려 서둘러 길을 건넌 후 국회 의사당 앞에 자리한 사자상을 향해 달려갔다. 사전에 약속한 대로 그녀는 빨간색 티셔츠를 입고 안토니오를 찾아 여기저기 두리번거렸다. 건물 앞 벤치에는 몇몇 사람들이 앉아 햇볕을 쬐고 있었다. 종이컵에 담긴 커피를 마시는 사람도 있었고, 유모차를 살며시 흔들며 아기를 돌보는 젊은 엄마도 있었다. 역사가 오래된 국회 의사당 건물을 배경으로 사진을 찍고 있는 한 무리의 일본인 관광객들도 보였다. 에밀리에를 만나러 올 멤버는 누구일까? 에밀리에는 안토니오가 왔으면 좋겠다고 바랐다.

에밀리에의 휴대폰이 울렸다. 발신자 미확인 번호.

"여보세요?"

"안녕, 에밀리에."

전화기 저편에서 한 번도 들어 보지 못한 낯선 여자 목소리가 들렸다.

"안녕······하세요?"

에밀리에는 우물쭈물하며 대답한 후 주변을 둘러보았다.

"지금 전화 거시는 분은 누구세요?"

"누구인지는 잘 알고 있을 것 같은데······. 자, 준비됐니?"

"······응."

"좋아. 지금 눈앞에 거리 음악가가 보이지?"

"······응."

"그 사람 옆에 가면 길 위에 놓여 있는 하얀 봉투를 볼 수 있을 거야."

"응, 보여."

"그걸 열어 봐."

에밀리에는 긴장된 발걸음으로, 기타를 연주하고 있는 거리 음악가의 발치에 놓인 하얀 봉투를 집어 들었다. 거리 음악가는 미소 띤 얼굴로 가볍게 목례를 건넨 후 계속 노래를 이어 갔다. 보아하니 그는 사전에 이런 일이 있을 것이라 전해 들은 모양이었다. 마치 스파이 영화의 한 장면 같았다! 봉투를 집어 든 에밀리에는 다시 사자상 앞으로 돌아갔다.

"잘했어."

전화기 저편에서 목소리가 다시 들렸다.

"네가 봉투를 가져가는 걸 봤어. 이제 길 건너편의 큐부스cubus 옷가게로 가."

"큐부스?"

"그 봉투 안에는 서른 장의 스티커가 들어 있어. 그 스티커들을 가게 안에 진열된 옷 가격표에다 붙여 놓고 나오면 돼. 그 일을 끝내면 다이크만 도서관 옆에 있는 기둥에서 기다려. 모두 이해했니?"

"응."

"좋아. 그럼 행운을 빌게."

에밀리에는 봉투를 열어 보았다. 그 속엔 일전에 H&M에서 보았던 것과 똑같은 스티커들이 들어 있었다. 이상하게도 전혀 떨리지 않았다. 그들에게 자신의 참모습을 보여 줄 수 있는 기회라고 생각했기 때문일까? 에밀리에는 가게 안으로 들어가 원피스가 진열되어 있는 곳으로 향했다. 그러면서도 계산대 뒤에 서서 옷을 정리하고 있는 점원에게 가끔 눈길을 던지는 것을 잊지 않았다. 에밀리에는 자신이 마치 중요한 비밀 임무를 맡은 스파이처럼 느껴졌다. 에밀리에는 천천히 손톱으로 뒷장을 떼어 내고 태연하게 원피스의 가격표 위에 스티커를 붙이기 시작했다.

새 옷을 사서 기분이 좋은가요?
이 옷을 만든 노예들은 그렇지 않답니다.
<www.세상의수호자들.com>

에밀리에는 스피커에서 흘러나오는 음악의 리듬에 맞추어 규칙적인 손놀림으로 스티커를 붙여 나갔다. 열 장, 열다섯 장, 스무 장.

어느덧 스티커가 동이 났다. 후련하다는 느낌과 함께 예상했던 것보다 어렵지 않다는 생각이 스쳤다.

에밀리에는 환한 미소를 지으며 옷가게를 나섰다. 누가 따라올지도 모른다는 생각에 흘끔 뒤를 보기도 했지만, 특별히 눈에 띄는 사람은 없었다. 안심한 에밀리에는 발걸음을 조금 늦춰 여유롭게 다음 약속 장소로 향했다. 거대한 녹색 건물, 다이크만 도서관. 에밀리에는 어렸을 때 부모님을 따라 자주 이 도서관에 오곤 했다. 도서관 건물 옆에는 커다란 기둥이 몇 개 있었다. 에밀리에는 건물 앞 언덕 꼭대기에 올라온 후에야 그들을 볼 수 있었다. 안토니오와 짤막한 검은 머리의 여자아이 한 명. 여자아이는 구식 양복 재킷과 미니스커트를 입고, 군화를 신고 있었다. 피처럼 붉은 립스틱을 바른 입술, 짙은 눈 화장, 주근깨가 촘촘히 보이는 콧잔등. 에밀리에는 손을 내밀어 악수를 청했다.

"아까 통화했던 사람……?"

"맞아, 나야. 오로라라고 해."

오로라는 차가운 미소와 함께 대답했다. 안토니오도 손을 내밀었다. 그는 코카콜라coca-cola 로고를 연상시키는 무늬가 있는 빨간색 티셔츠를 입고 있었다. 자세히 보니 그건 코카콜라가 아니라 'Enjoy Cotton(면제품을 애용하세요)'이라는 문구였다.

"우린 이미 인사를 나눈 적이 있지?"

에밀리에는 안토니오가 내미는 손을 잡으며 말했다.

"정말?"

오로라가 안토니오에게 물었다.

"응. H&M에서 작업하고 있을 때. 에밀리에가 없었더라면 점원에게 틀림없이 들켰을 거야. 에밀리에가 점원의 관심을 다른 곳으로 돌렸기에 망정이지 하마터면 큰일 날 뻔했어. 그때 일을 무사히 마칠 수 있었던 건 모두 여기 에밀리에 덕분이야."

에밀리에는 미소가 배시시 나오는 걸 억지로 참았다. 기다렸던 말을 들을 수 있어서 기분이 좋았기 때문이다.

"스티커는 전부 붙였니?"

오로라가 물었다.

"주어진 임무를 완수했는지 궁금해서 말이야."

"별 문제 없었어. 스티커는 한 장도 빠짐없이 모두 옷 가격표 위에 붙였어. 원한다면 직접 가서 확인해 봐."

에밀리에의 말에 안토니오가 환한 미소를 지었다.

"정말 잘했어, 에밀리에. 감탄하지 않을 수 없는걸."

"비록 내가 사는 동네가 베룸(노르웨이에서 1인당 주민 소득이 가장 많은 도시-역주)이라도?"

"비록 네가 사는 동네가 베룸이라도!"

안토니오는 에밀리에의 말을 되풀이하며 큰 소리로 웃음을 터뜨렸다. 에밀리에도 미소로 답했다.

"그런데 정말 우리 클럽에 가입하고 싶은 거니?"

오로라가 진지하게 물었다.

"응. 이런 캠페인은 더 많은 사람들에게 알려야 할 것 같아. 아무 생각 없이 구입하는 물건들……. 사람들은 자기가 구입하는 물건들 뒤에 어떤 배경이 숨겨져 있는지 알아야 할 필요가 있다고 생각해."

안토니오는 만족스런 표정을 지으며 고개를 끄덕였다.

"좋아, 에밀리에. 그럼, 이제 이렇게 하기로 하자. 우리 클럽에 가입하는 조건으로, 우리가 하는 일을 비밀로 지키고 그 어떤 상황에서도 이 비밀을 발설하지 않겠다고 약속해 줘."

"약속할게."

에밀리에는 이 약속한다는 말 한마디가 평소와는 다르게 느껴졌다. 약속! 이 말은 친구들과 탐정 놀이나 비밀 클럽 놀이를 하며 놀았던 어린 시절을 떠오르게도 만들었다.

"에밀리에, 이제 우리 비밀 본부를 보여 줄 테니 따라와."

7

하얀 토끼를 따라갈 시간이야

약 15분 후, 세 사람은 낡은 콘크리트 건물 앞에 도착했다. 보아하니 건물은 텅 비어 있는 것 같았다. 창문은 나무판자로 막아 놓은 것이 대부분이었다. 에밀리에와 오로라는 출입문 안으로 들어가는 안토니오의 뒤를 따랐다.

여러 개의 쓰레기통과 건축 자재와 못 등으로 가득 차 있는 컨테이너, 그리고 기둥에 묶여 자물쇠로 채워진 자전거 몇 대를 지나치니, 건물 벽과 바닥을 비스듬하게 이어 덮고 있는 커다란 방수포가 보였다. 방수포의 끝자락 위에는 벽돌 몇 개가 놓여 있었다.

안토니오는 먼저 주변을 살펴 아무도 없는 것을 확인한 후, 방수포를 들어 올리고 그 속으로 기어 들어갔다. 에밀리에는 지저분한 플라스틱 방수포에 몸이 닿지 않도록 한껏 상체를 구부려 그의 뒤를 따랐다. 앞장서서 가던 안토니오는 못질이 된 창문 앞에 멈춰 선 후, 창을 가로막고 있던 나무판자를 마치 미닫이문처럼 옆으로 밀쳤다. 그러고는 뒤에 따라오고 있던 에밀리에를 향해 손을 내밀었다.

창문을 통해 컴컴한 건물 안으로 들어간 세 사람 앞에는 낡은 계단이 있었다.

"나를 따라와."

안토니오는 계단을 오르기 시작했다. 하나, 둘, 계단을 올라 꼭대기에 도착하니 낡은 황토색 문 하나가 보였다.

"바로 여기야."

안토니오는 문을 똑똑 두드렸다. 자기들끼리만 쓰는 일종의 신호 같았다. 두 번의 노크 후에 조금 간격을 두고 세 번의 재빠른 노크가 이어졌다. 다시 간격을 두고 안토니오는 마지막으로 노크를 한 번 했다.

에밀리에는 이 신호를 잘 기억해 두려 애썼다. 긴 노크 두 번, 짧은 노크 세 번, 그리고 마지막으로 노크 한 번.

곧 키가 조금 작은 금발 여자아이가 안에서 문을 열었다. 갈색 눈동자를 지닌 여자아이는 색이 바랜 검은 티셔츠와 무릎에 구멍이 난 청바지를 입고 있었다.

"새로운 멤버가 들어왔어."

안토니오는 에밀리에를 향해 고개를 끄덕여 보이며 말했다. 그러자 문을 열어 준 아이는 에밀리에를 향해 손을 내밀었다.

"안녕, 나는 리세라고 해. 세상의 수호자들에 가입한 걸 환영해."

리세는 낡고 지저분한 카펫이 깔린 복도를 지나 텅 비어 있는 커다란 방 안으로 안내했다. 벽에는 온갖 인쇄물과 통계 자료들이 가득 붙어 있었다. 아시아의 공장을 찍은 사진들이나 목화 농장에 대한 자료들 같은. 에밀리에는 그중 한 의류 공장의 사진으로 시선을 옮겼다. 사진 속에는 거대한 홀 안에서 일렬로 앉아 재봉틀을 돌리는 아시아인 노동자들이 보였다.

창을 통해 햇살이 스며들었다. 에밀리에보다 한두 살 정도 더 많아 보이는 장발의 소년 한 명이 노트북을 뚫어지게 보고 있다가, 에밀리에에게 손을 내밀어 악수를 청했다.

"만나서 반갑다. 나는 라스야."

안토니오는 노트북을 가리키며, 세상의 수호자들 홈페이지와 이들이 사용하는 전단지 및 스티커는 모두 라스가 디자인한 것이라고 설명했다.

"라스는 그래픽 디자인만큼은 어른 못지않은 전문가야."

라스는 수줍은 듯 미소를 지으며 슬그머니 눈길을 돌렸다.

"리세는 우리 멤버들 중에서 가장 나이가 어리고, 사진 관련 일을 담당하고 있어. 가장 최근에 가입한 멤버이기도 해. 오늘 네가 새로 가입했으니 이제 리세가 막내 딱지를 뗀 거지."

안토니오는 책상 위에 걸터앉아 다리를 흔들며 말했다.

"이 일을 시작한 지 얼마나 된 거야?"

에밀리에가 질문을 던졌다.

"그리 오래되진 않았어. 스티커를 붙이는 작업은 우리가 진행한 겨우 두 번째 캠페인에 불과해."

"우리들에 관한 기사는 아프텐포스텐Aftenposten(노르웨이 주요 일간지 중 하나-역주)에서도 볼 수 있어."

오로라가 옆에서 거들었다.

"큰 규모의 캠페인이라 할 수는 없어. 하지만 이제 겨우 시작이니까."

에밀리에는 안토니오의 말이 무슨 뜻인지 이해해 보려 애썼다. 이제 겨우 시작이라고? 그렇다면 앞으로 수천 명의 멤버가 가입하길 기대하고 있단 말일까? 아니면 전국 각지의 도시에서 동시에 대규모의 데모라도 할 작정인 건지……. 뉴스에 나와 인터뷰를 하고, 아시아 각국의 의류 공장 노동자들이 이들에게 감사 연설을 하는 모습을 비디오로 촬영해 내보내기라도 하겠다는 말일까?

"인터넷에서 세상의 수호자들에 대한 짤막한 글을 읽어 본 적이 있어."

에밀리에가 말문을 열었다.

"그런데 왜 이런 클럽을 직접 만들어서 캠페인을 벌일 생각을 한 거야? 이미 조직되어 있는 큰 단체에 합류해서 협력을 할 수도 있었을 텐데 말이야."

"우린, 우리만의 클럽을 세워서 우리 뜻대로 운영하고 싶었어."

오로라가 대답했다.

"우리와 비슷한 일을 하는 큰 단체도 많긴 하지만, 다들 속이 터질 만큼 느리게 일하고 있거든. 사람들은 눈을 떠야만 해. 그저 장황한 토의를 하고, 또 그 토의를 빙자해서 먹고 마시는 그런 단체들은 필요 없다고 생각해."

"그래. 일리 있는 말이야……."

"넌 그렇게 생각하지 않니?"

에밀리에가 주저하며 대답하자 안토니오가 재촉하듯 물었다.

"응. 극단적인 방법만 피한다면……."

"그래, 우린 어느 누구에게도 해를 끼칠 생각은 없어. 하지만 우리가 하는 일들이 모든 사람이 호의를 가질 만한 건 아니야."

"맞아."

오로라가 빈정대는 듯한 미소를 지으며 말을 이었다.

"만약 세상의 수호자들이 그저 사교를 목적으로 하는 클럽이라고 생각했다면 지금 당장 탈퇴하고 집으로 돌아가는 게 좋을 거야."

"그건 아니야."

에밀리에가 서둘러 대답했다.

"체 게바라Ché Guevara도 책상머리에 가만히 앉아서 일을 했던 건 아니니까. 그건 나도 잘 알아."

"그래. 그렇게 생각한다면 다행이야. 조만간 새로운 캠페인을 시작해 볼까 해."

"어떤 캠페인인데?"

"초콜릿 생산업체들과 맞서는 캠페인이지. 우선 스티커부터 만들 계획이야."

"내가 맡아 볼까?"

오로라는 안토니오의 등에 쓰윽 손을 올렸다.

"아니야. 이 일은 내가 직접 해 볼 거야. 에밀리에랑 같이. 그러면 에밀리에도 우리에 대해서 좀 더 많은 걸 알 수 있을 거야."

안토니오는 에밀리에를 바라보며 말했다. 그러자 오로라는 안토니오의 등에 얹고 있던 손을 얼른 잡아 뺐다.

"이건 세상의 수호자들이 진행하는 세 번째 캠페인이 될 거야."

안토니오는 컴퓨터에서 USB 메모리 스틱을 빼내서 자신의 눈앞으로 가져갔다. 메모리 스틱은 하얀 토끼 모양을 하고 있었다.

"자, 에밀리에, 이제 이 하얀 토끼를 따라갈 시간이야."

에밀리에는 안토니오의 뒤를 따라 계단을 내려갔다. 나무판자들 사이로 가느다란 햇살이 스며들었고, 오래된 돌 벽에 쌓인 먼지는 퀴퀴한 냄새를 풍겼다. 안토니오는 조그마한 덧문을 열고 몸을 굽힌 후 거의 바닥을 기어서 그곳을 빠져나갔다. 에밀리에가 고개를 드니 앞장서 나가는 안토니오의 엉덩이가 보였다. 팬티의 허리 가장자리가 바지 허리끈 위로 살짝 보였다. 문득 그의 등을 쓰다듬어 보고 싶은 충동을 느꼈다. 그의 몸에서 발산하는 온기를 손가락 끝으로 직접 느껴 보고 싶다는 생각을 하는 순간, 갑자기 안토니오가 등을 돌려 에밀리에에게 얼른 나오라고 손짓을 했다. 녹색 방수포 위에 비쳐 내린 햇살이 반사되는 바람에, 그의 얼굴마저도 녹색으로 보였다.

안토니오는 입구 쪽으로 다가가 방수포를 옆으로 젖히다가 불현듯 동작을 멈췄다. 바깥에서 인기척이 들렸다. 아스팔트 위로 자전거를 끄는 소리. 휘파람을 부는 한 남자의 발자국 소리. 그 발자국 소리는 점점 더 가까이 다가왔다. 이 텅 빈 건물에 도대체 무슨 볼일이 있는 걸까? 조금만 더 가까이 다가오면 에밀리에와 안토니오는 발각될 것이 틀림없었다. 에밀리에는 점점 가빠지는 심장 고동 소리를 모르는 척하고 안토니오에게 바짝 몸을 붙여 숨을 죽였다. 두 사람과 낯선 남자 간의 거리는 방수포 하나를 사이에 두고 채 1미터도 되지 않았다. 에밀리에는 짤랑거리는 열쇠 소리를 들으며 더욱 숨을 죽였다. 1초가 마치 몇 시간이라도 되는 듯 느껴졌다. 다행히도 곧 낯선 남자의 발자국 소리는 모퉁이 쪽으로 사라졌다.

주변이 조용해진 뒤에도 안토니오는 몇 초를 더 기다린 후, 조심스레 방수포를 들쳐 올렸다. 에밀리에를 돌아보는 그의 얼굴은 긴장한 탓인지 발갛게 달아올라 있었다.

두 사람은 은신처에서 기어나온 후, 서둘러 발걸음을 옮겼다. 가능한 한 얼른 방수포에서 멀리 떨어져 사람들의 무리 속에 섞여야 의심의 눈초리를 받지 않을 테니까.

"하마터면 큰일 날 뻔했어."

안토니오와 함께 시내 중심 쪽으로 걷던 에밀리에가 말문을 열었다.

"그래……. 우리 은신처가 발각되면 큰일이야."

"그건 그렇고, 그 건물을 비밀 본부로 사용하는 건 누구의 아이디어야?"

"오로라가 생각해 냈어. 낡은 건물 하나가 비어 있는 걸 발견하고 우리에게 함께 가 보자고 했지."

"완벽한 장소라고 생각해."

"응, 동감이야."

모퉁이를 돈 두 사람은 길거리의 신문 가판대를 지나쳤다. 신문의 1면은 거의 벌거벗은 몸을 자랑하듯 내보이고 있는 여자들의 사진으로 채워져 있었다.

"누구의 아이디어였어?"

"무슨 아이디어?"

"세상의 수호자들을 처음 결성하자고 제안한 게 누구였는지 궁금해서 말이야."

"사실은 그것도 오로라의 아이디어였어. 세상을 위해서 뭔가 의미 있는 일을 함께 해 보자는 취지에서 결성하게 된 거야. '세상의 수호자들'이란 이름과 캠페인 진행 방법 등은 내가 생각해 낸 거였고."

"오로라와는 전부터 알고 지내던 사이였어?"

에밀리에가 질문을 던지는 찰나, 트럭 한 대가 진입로에서 나오는 바람에 두 사람은 걸음을 멈춰야 했다. 덕분에 에밀리에의 질문은 배기가스와 먼지에 실려 함께 허공으로 사라져 버리고 말았다. 안토니오는 정부 청사 뒤쪽, 두 개의 빌딩 사이에 있는 작은 인쇄소 하나를 손가락으로 가리켰다.

"우리가 갈 곳은 바로 저기야."

그는 계단을 내려간 후 인쇄소 문을 열었다.

파키스탄 아니면 인도에서 온 듯한 남자가 계산대 뒤에 앉아 있었다. 남자는 외국어 억양이라곤 전혀 느낄 수 없는 완벽한 오슬로 지방 말투로 이들에게 인사를 건넸다. 안토니오는 그에게 메모리 스틱을 건네준 다음, 인쇄할 스티커의 매수와 인쇄된 스티커를 가지러 올 사람의 이름을 전했다. 옌스 스타텐베르그.

"알았어요."

점원은 미소를 지으며 말했다.

"지난번과 똑같군요. 이번에도 현금으로 계산할 겁니까?"

"네!"

"내일 오후 세 시에 찾으러 오세요."

"좋아요."

안토니오와 에밀리에는 다시 햇살 가득한 거리로 나왔다. 굽 높은 부츠를 신고, 꼭 끼는 청바지를 입은 한 여인이 두 사람을 앞을 지나쳐 갔다. 여인을 눈길로 좇던 에밀리에는 저 청바지를 만든 사람은 누구일까 생각해 보았다. 지금 옆을 스쳐 간 낯선 남자의 와이셔츠는 누가 바느질을 했을까? 이 옷을 만드는 데 필요한 면은 다 어디서 나오는 걸까? 목화 농장에서 일하는 노동자들의 이름은 무엇일까?

"이제 어디로 갈 거야?"

안토니오가 물었다.

"전철 타고 집으로 갈 거야."

에밀리에는 전철역을 가리키며 대답했다.

"너는?"

"난 노르스트란에 살아. 반대편 방향으로 가야 해."

안토니오는 발끝으로 길 위의 돌멩이 하나를 옆으로 밀치며 말했다.

"지난번에 네게 했던 말이 기분 나빴다면 지금 사과할게, 에밀리에. 그땐 꽤 긴장했던 것 같아. 그리고……. 어쨌든 미안해."

"괜찮아, 안토니오. 베룸에 사는 애들은 이런 캠페인에 적극적으로 참여할 수 없다는 네 말도 일리가 없는 건 아니니까."

"너로 인해, 적어도 그런 생각을 했던 내가 틀렸다는 걸 알게 되어 다행이야……."

"어쨌든 나를 멤버로 받아 줘서 고마워. 앞으로 할 일이 많을 것 같아. 바다로 돌려보내야 할 불가사리들이 많으니까."

"바로 그거야."

안토니오가 따스한 미소를 지으며 말했다. 문득, 에밀리에는 안토니오가 손을 내밀어 자신의 등을 정겹게 쓰다듬어 주지 않을까 생각했다. 하지만 그건 에밀리에 혼자만의 생각일 뿐이었다. 얼른 정신을 차린 에밀리에는 다시 진지한 표정으로 돌아왔다.

"에밀리에……. 그럼, 내일 다시 만나자. 마음의 준비는 됐지?"

"당연하지!"

"좋아. 내일 오후 네 시에 비밀 본부에서 만나."

"벌써부터 기대된다."

에밀리에는 미소를 지으며 대답했다. 에밀리에는 안토니오가 행인들 사이로 사라지는 걸 지켜본 후 전철역으로 걸음을 옮겼다. 에스컬레이터를 타고 지하 플랫폼으로 내려가면서, 에밀리에는 다음 캠페인에서 자신이 어떤 역할을 맡게 될지 궁금해졌다. 조금 전 자신을 바라보던 안토니오의 눈빛을 찬찬히 떠올리며, 에밀리에는 들뜬 마음으로 막 정거장 안으로 들어오는 전철이 정차하기를 기다렸다. 그 순간, 맞은편 플랫폼으로 달려오는 한 소년이 에밀리에의 눈에 띄었다.

안토니오!

에밀리에는 그에게 손을 흔들어 보았지만, 막 정차한 전철이 두 사람의 시야를 가로막는 바람에 안토니오는 그녀를 못 본 것 같았다. 에밀리에는 전철에 타고 있던 사람들이 내리기를 기다린 후, 창가에 자리를 잡고 다시 안토니오를 찾아 두리번거렸다. 잠시 후 빨간색 티셔츠를 입고 있던 안토니오를 찾긴 했지만, 자세히 보니 그는 혼자가 아니었다. 안토니오의 옆에 서서 봉지를 내미는 소녀는 바로 오로라였다. 전철이 다음 정거장으로 가기 위해 문을 닫고 속력을 내는 동안, 에밀리에는 플랫폼에 서 있는 두 사람을 물끄러미 바라보았다. 전철은 곧 터널 안으로 사라져 버렸다.

＊＊山＊＊

사랑에 빠진다는 건 이런 걸까?

리나는 이제 겨우 열두 살이었다. 하지만 레자를 떠올리며 뜬눈으로 밤을 지새우는 일이 많아졌다. 어머니가 무슨 말을 해도 귀에 잘 들리지 않았고, 머릿속엔 오직 레자 생각뿐이었다. 집 밖으로 나갈 때면 어김없이 레자를 볼 수 있지 않을까 하는 생각에 동네 여기저기를 두리번거렸다. 가끔 동네 소년들이 모여 있는 공터, 식료품 가게 앞이나 모스크 앞에서 우연히 마주칠 때면, 레자는 리나에게 환한 미소를 던져 주곤 했다. 어떤 때는 리나에게 다가와 친절하게 인사를 건네기도 했다. 그럴 때면 리나는 너무 행복한 나머지 바람이 잔뜩 든 풍선이 배에서 목으로 올라와 결국은 머릿속에서 팡 터져 버릴 것 같은 느낌이 들기도 했다.

리나는 가지고 있던 원피스 중에서 제일 예쁜 것을 골라 입었다. 상표에

'메이드 인 차이나made in China'라고 적혀 있는 보라색 꽃무늬 원피스. 거울 앞에 선 리나는 빙 돌며 포즈를 취해 보았다. 문득 뭔가 부족하다는 생각이 들었다. 리나는 얼른 어머니의 화장품 상자를 열어 보았다. 그리고 거울 앞에 바짝 얼굴을 대고선 눈 화장을 하고 립스틱을 바른 다음 입술을 뾰족하게 내밀어 보았다. 그때 마침 어머니가 방 안으로 들어왔다.

"리나, 지금 뭘 하고 있니?"

리나는 얼른 입술 위의 립스틱을 손등으로 쓱쓱 지웠다. 양쪽 볼이 불에 덴 듯 뜨거워졌다.

"아무것도 아니에요."

리나는 얼른 아무 일도 없었다는 듯 대답했다. 어머니는 리나에게 다가와 정겹게 안아 주었다. 거울을 통해 눈이 마주친 두 사람은 서로를 향해 환한 미소를 지어 보였다.

"리나, 이리 와 보렴. 너한테 보여 줄 게 있어."

어머니는 리나의 입술 옆에 번진 립스틱 자국을 지워 준 후, 젖은 수건을 가져와 푸르뎅뎅한 눈두덩이도 닦아 주었다. 그러고는 가느다란 아이라이너로 리나의 눈꺼풀 위에 선을 그은 후 두 눈을 깜박깜박해 보라고 말했다. 거울을 통해 두 사람은 다시 서로를 마주보았다.

"우리 딸, 참 예쁘구나."

야단맞을 줄로만 알았던 리나는 안도의 한숨을 내쉬었다. 마치 지붕 위 파란 하늘로 날아오를 것처럼, 한순간 무겁던 마음도 깃털처럼 가벼워졌다.

제2부

8

초콜릿 노예

아마두는 마체테(중남미에서 주로 사용하는 날이 넓은 큰 칼−역주)를 머리 위로 던졌다. 아마두는 열다섯 살 소년이다. 손에는 물집이 가득하고, 여기저기 쑤시는 근육통에 피곤까지 겹쳐 지금 제대로 서 있을 수조차 없을 정도다. 아마두는 장래를 위해 돈을 벌어 보려고 코트디부아르의 한 농장으로 온 외국인 노동자다. 또래 소년들이 농담을 하면 큰 소리로 웃고, 라디오에서 팝송이 흘러나오면 어깨를 들썩이며 춤을 추었으며, 코코아 열매를 따기 위해 높다란 나무 꼭대기에도 거침없이 올라가는 활기찬 소년이었다.

하지만 노동자들이 일을 제대로 하는지, 또는 필요 이상으로 긴 휴식을 취하는지 감시하기 위해 농장 주인이 발걸음을 할 때마다 아마두는 항상 시선을 바닥으로 향한 채 어쩔 줄을 몰라 했다. 피로에 지친 열다섯 살 소년. 눈을 감을 때면, 과로와 피곤에 지쳐 불평을 하자마자 무자비하게 **뺨**을 맞았던 그때의 기억이 떠올라 괴로워하는 소년. 아마두는 겁에 질려 있었다. 말할 수 없는 통증 때문에 등을 똑바로 펴지도 못했고, 눈에선 눈물이 흘러내렸고, 부르튼 입가에는 피가 흘러내렸다.

아마두는 고개를 들어 숲 속으로 사라지는 저녁 노을과, 분홍빛으로 물든 하늘을 바라보았다. 문득 자신이 태어나고 자랐던 이웃 나라, 말리의 한 도시가 떠올랐다. 아마두는 교통이 번잡한 시내 찻길 한 중앙에 서서 과자와 담배, 라이터 등을 팔곤 했다. 이제 그는 완전히 혼자가 되었다. 이곳 코트디부아르의 코코아 농장에서 함께 일하는 소년들 중에는 가나에서 온 사무엘이라는 아이밖에 믿을 만한 사람이 없었다. 사무엘은 나무배를 타고 유럽까지 망명을 갔다가 쫓겨난 적이 있다고 말했다. 하지만 그는 언젠가 다시 망명을 시도해 볼 작정이라고 고백했다. 여기와는 다른 세상, 다른 삶이 바다 건너 어디엔가는 꼭 존재한다고 믿고 있다고 말하며…….

아마두는 녹색의 코코아 열매를 마체테로 내리쳐서 가른 후, 그 속에 든 씨를 빼서 옆에 놓아 둔 커다란 바구니 속에 던져 넣었다. 일이 끝나면 트럭이 와서 이들을 다시 농장 숙소로 데려갈 예정이었다. 거기서 식사를 하고 나면 각자 침실에 들어가서 하루를 마무리하는 것이 이들의 일과였다. 쉬고, 잠을 자고, 꿈을 꾸고……. 아침에 일어나면 일을 하고 잠깐 배를 채운 후 또 일을 하고……. 그 후엔 다시 잠시 쉬고, 여기저기 쑤신 몸을 다독이며 눈을 붙이고, 꿈을 꾸고…….

✸✸✸✸✸

교실의 창문 옆 책상에 앉은 에밀리에는 DNA와 유전자에 대한 교과서 지문에 집중하려 애를 써 보았지만 그리 쉽지가 않았다. 수업을 마치는 종이 울리자 학생들은 기다렸다는 듯 일제히 자리에서 일어나, 제각기 휴대폰과 가방을 챙겨 들고 교실을 나섰다. 에밀리에는 천천히 가방을 챙긴 후 가장 나중에 교실 문을 나섰다. 에밀리에 앞에서 짝을 지어 걸어가는 아이들은 텔레비전 프로그램과 페이스북에 대해 신나게 수다를 떨고 있었다. 아이패드에 새로운 게임 앱이 나왔다는 말도 들렸다. 운동장으로 나가니 이다가 다가와 방과 후에 자신의 집으로 놀러오라고 말을 걸어 왔다.

"웬일이야? 오늘은 보르한테 다른 볼일이라도 생겼대?"

이다는 에밀리에를 빤히 바라보며 말문을 열었다.

"미안해, 에밀리에. 일부러 그런 건 아니었는데⋯⋯."

이다의 말에 진심이 어려 있다는 걸 에밀리에도 느낄 수 있었다. 그래서 에밀리에도 얼른 미안하다는 말을 이다에게 건넸다. 사실 자기에게 남자 친구가 생겼다 하더라도 지금의 이다와 그리 다르진 않았을 테니까.

이다는 얼른 에밀리에의 팔짱을 꼈다.

"오늘 우리 집에 가서 같이 놀면 안 돼? 음식도 만들어 먹고, 영화도 보자, 응? 그렇게 한 지도 꽤 오래됐잖아?"

"응. 그러면 좋겠는데, 오늘 마침 시내에서 누구랑 만나기로 약속을 했어⋯⋯. 너희 집에 가는 건 다음으로 미루면 안 될까?"

"알았어. 그런데 누굴 만나러 가는데?"

에밀리에는 사실을 밝힐 수가 없었다. 비밀을 지키겠다고 이미 다른 멤버들과 굳게 약속했으니까.

"그냥 아는 애들⋯⋯."

에밀리에는 어깨를 으쓱 추켜올렸다.

이다는 그런 에밀리에를 놀란 표정으로 바라보았다. 이다의 날카로운 눈빛이 에밀리에의 온몸을 파고들어 올 것만 같았다.

"알았어. 좋을 대로 해."

이다는 말을 마치자마자 등을 홱 돌리고 가 버렸다. 에밀리에는 제자리에 서서 생각에 잠겼다. 지금이라도 이다에게 달려가서 모든 것을 사실대로 다 말해 주고 싶었다. 하지만 그렇게 한다면 일만 더 복잡해질 것이 뻔했다. 세상의 수호자들에 대해선 비밀에 부쳐야 했다. 에밀리에는 이다의 등을 바라보며 서둘러 휴대폰을 꺼낸 후, 메시지를 입력했다.

'미안해, 이다. 나중에 다 말해 줄게.'

한 시간 정도 지난 후, 에밀리에는 세상의 수호자들 비밀 본부에 도착해서 조심스레 문을 두드렸다.

긴 노크 두 번, 짧은 노크 세 번, 그리고 마지막 노크 한 번.

곧 안에서 문을 향해 다가오는 발자국 소리가 들렸다. 문이 열리자 라스가 환한 미소와 함께 에밀리에를 맞았다.

"안녕."

에밀리에는 복도에 말소리가 새어 나가지 않도록 한껏 목소리를 낮춰 인사했다.

"일찍 왔네."

라스도 나직한 목소리로 인사한 후, 에밀리에에게 안으로 들어오라고 손짓했다.

"다른 애들은 언제 올지 잘 모르겠어."

"응, 그래."

에밀리에가 가방을 내려놓자, 라스는 컴퓨터 앞에 자리를 잡고 앉아 머리를 흔들어 눈 위로 흘러내린 앞머리를 걷어 냈다.

"멤버가 된 기분이 어때, 에밀리에?"

"나쁘진 않아."

"혹시 긴장한 건 아니지?"

"아니야. 함께 일하게 되어서 오히려 기분이 좋은걸. 세상을 조금이라도 변화시켜 보려는 노력에 동참하는 거잖아."

"그래. 그렇다면 다행이다."

라스는 컴퓨터의 창을 닫고 자판기를 두드렸다. 에밀리에는 그의 옆 책상 가장자리에 앉아서 그의 손놀림을 바라보았다.

"그런데 너는 어떤 계기로 세상의 수호자들 멤버가 된 거야?"

"난 안토니오를 통해서 들어왔어. 우린 같은 학교에 다니거든."

"오로라도?"

"응, 오로라는 우리 옆 반이야. 사실 세상의 수호자들이 결성된 데는 오로라의 역할이 컸어. 언젠가 오로라가 신문에서 아시아의 의류 공장에서 일하는 노동자들의 열악한 환경에 대해 읽고선 우리한테 이야기해 줬거든. 그때부터 우리가 사용하는 모든 물건들이 어디에서 어떻게 만들어지는지에 대해 큰 관심을 가지게 됐어. 옷과 음식은 물론이고 카메라와 컴퓨터 등등 우리가 매일 사용하는 것들 말이야. 오로라는 이 열악한 상황에 있는 노동자들을 도와주고, 세상 사람들의 인식을 변화시키기 위해 뭔가를 해 보자고 제안했어. 그래서 우린 쉬는 시간마다 머리를 맞대고 토의를 했지. 그로부터 불과 이틀 후에 세상의 수호자들이 결성된 거야."

"'세상의 수호자들'이라는 이름을 생각해 낸 사람도 오로라였어?"

"아니야, 그건 안토니오의 아이디어였어. 오로라와 안토니오는 손발이 착착 잘 맞아. 오로라가 캠페인의 성격에 대해 제안을 하면, 안토니오는 여기에 맞춰서 텍스트를 써 내지."

에밀리에는 문득 질투심이 고개 드는 걸 느꼈다. 오로라와 안토니오와의 관계에 대해 더 자세히 물어보고 싶었지만, 차마 용기가 나질 않았다. 이때 밖에서 문을 두드리는 소리가 들렸다. 멤버들만이 알아들을 수 있는 비밀 신호. 문을 여니 리세와 오로라가 함께 들어왔다. 오로라는 몸에 꼭 끼는 데다 무릎과 엉덩이 부분이 찢어진 색 바랜 청바지와 소매 없는 하얀 셔츠를 입고 있었다. 화장은 지난번만큼 진하지 않아서 꽤 여성스럽게 보였다. 사실 오로라의 옅은 눈 화장과 분홍빛 입술은 에밀리에의 화장과 그리 다르지 않았다.

오로라는 컴퓨터 앞에 자리를 잡고 앉았다.

"우리의 다음 임무는 초콜릿 제조업체들을 상대로 캠페인을 벌이는 거야. 어제 안토니오와 함께 이 일에 대해서 의논했어."

오로라는 슬쩍 곁눈질로 에밀리에를 바라보며 말을 이었다.

"잘될 거라고 믿어. 여길 한번 봐."

그녀는 에밀리에에게 컴퓨터 앞으로 오라고 손짓한 다음, 코코아 농장의 사진들과 그곳에서 일하는 노동자들의 임금 및 노동 환경에 대한 자료를 보여 주었다. 다시 누군가가 문을 두드리는 소리가 들렸고, 리세가 자리에서 일어나 문을 열었다.

안토니오가 들어오자 그들은 지난번 캠페인에 대해 잠시 이야기를 나눈후, 안토니오가 가져온 자료들을 책상 위에 늘어놓고 함께 살펴보았다. 아프리카의 농장들을 찍은 사진들, 그리고 방금 에밀리에가 컴퓨터에서 보았던 통계 자료들이다. 멤버들은 책상을 빙 둘러싸고 제각기 자리를 잡았다.

"우린 며칠 전에 이것들을 먼저 살펴봤었어."

안토니오는 곧 에밀리에를 향해 말을 이었다.

"에밀리에, 넌 코코아가 어디서 생산되는지 알고 있어?"

"서부 아프리카 지역에서 생산되는 거 아냐? 가나와 코트디부아르 등지에서 말이야."

안토니오는 에밀리에의 거침없는 대답에 조금 놀란 얼굴이었다. 어쩌면 에밀리에가 라스라든가 다른 멤버들과 대화를 나누던 중에 정보를 얻었다고 생각할지도 몰랐다. 하지만 그건 아니었다. 그렇다고 자세히 설명하기도 복잡해서 에밀리에는 그냥 입을 다물고 말았다.

"맞아, 에밀리에."

안토니오는 그녀에게 눈을 찡긋해 보이며 말했다.

"아주 정확해. 코트디부아르와 가나는 노르웨이에서 수입하는 코코아의 95퍼센트나 되는 양을 생산하고 있어. 코코아 수입의 거의 전량을 수입하는 노르웨이 회사는 프레이아Freia라고 해. 프레이아 사의 지분은 크라프트 푸드Kraft Foods 사에서 소유하고 있고."

"그러니까 노르웨이 내에서 판매되는 전체 초콜릿의 95퍼센트가 이 두 나라에서 생산된다는 말이야?"

"응, 작은 노르웨이라고도 할 수 있어."

라스는 손가락을 들어 따옴표를 만들어 보이며 말했다.

"작은 노르웨이……."

안토니오가 미소를 지으며 말을 이었다.

"코코아 농장에서 일하는 노동자들의 임금만큼이나 작은……."

안토니오는 컴퓨터 화면 속의 숫자들을 가리켰다.

"코코아 농장에서 일하는 대부분의 노동자들은 어린아이들이야. 가난한 인접국에서 온 아이들인데 코트디부아르에는 아는 사람도 없이 혈혈단신으로 일하고 있어. 실질적으로는 노예처럼 취급되는 게 부지기수지. 더구나 다른 물품들의 가격은 지속적으로 오르는 반면, 세계 시장에서 코코아의 가격은 계속 내려가고 있는 중이야. 그래서 코코아 농장에선 아무리 일을 많이 해도 돈을 벌기가 더 힘들어졌어."

"우린 바로 이걸 변화시키려고 해."

오로라는 스티커 한 묶음을 멤버들에게 각각 나누어 주었다. 안토니오는 컴퓨터에서 오슬로 지도를 찾아낸 후, 멤버들을 향해 화면을 돌려 주었다. 오로라는 안토니오의 옆에 바짝 붙어 서서, 아주 자연스럽게 그의 어깨 위에 팔을 올려놓았다. 그러고는 화면 속의 지도에서 오슬로에 위치한 슈퍼마켓들을 손가락으로 가리켰다.

"자, 모두들 준비됐어?"

안토니오가 묵직하고 힘 있는 목소리로 물었다. 에밀리에는 주머니 속에 들어 있는 스티커 뭉치를 다시 한 번 만져 보았다. 그리고 혼자서 지하철을 타고 그뤼너뢰카 역에서 내린 후, 한 슈퍼마켓 입구에 멈춰 섰다. 지난번 의기양양하게 큐부스로 들어갔을 때와는 전혀 다른 느낌이 엄습했다. 그때의 용기는 다 어디로 가 버린 것일까? 만약 오늘 실패라도 하게 된다면 어떻게 될까? 혹시라도 누군가에게 들키면 뭘 어떻게 해야 하지?

에밀리에는 크게 한 번 심호흡을 한 후 슈퍼마켓 안으로 들어갔다. 자연스럽게 보이려면 어떻게 행동해야 할까? 에밀리에는 가쁘게 뛰기 시작한 심장을 진정시키느라 애썼다. 문득 지나가는 사람들이 모두 자신을 보는 것만 같은 기분이 들었다. 녹색 유니폼을 입고 계산대 뒤에 서 있는 점원도 유난히 의심스런 눈초리로 자길 보는 것 같았다. 출입문을 지나칠 때 그가 필요 이상으로 오래 쳐다보지 않았던가? 방금 유모차를 끌고 옆을 지나쳤던 여인도 자신을 유심히 바라보지 않았나? 어쩌면 그녀는 에밀리에가 이 슈퍼마켓에 들른 것이 물건을 사기 위해서가 아니라는 걸 이미 알아챘을지도 모른다.

에밀리에는 최대한 당당한 발걸음으로 구매 카트를 향해 다가가 녹색 바구니를 집어 든 후, 쓸데없는 생각을 떨쳐 버리려 애썼다. 다른 사람들이 의심할 만한 행동은 절대 하면 안 된다. 만약 에밀리에가 의심스런 행동을 한다면 사람들은 대번에 그녀를 미심쩍게 여길 것이다. 진열대 사이를 걷던 에밀리에는 생리대 하나를 집어 바구니 안에 넣었다. 비록 생리를 하는 것이 아주 정상적인 일이라 할지라도, 바구니 속의 생리대를 보게 되면 사람들은 예의상으로라도 은근히 눈길을 돌리기 마련이니까.

에밀리에는 바나나와 주스 한 병을 바구니에 넣은 후 초콜릿이 진열된 곳으로 향했다. 그런데 생각지도 못했던 문제가 발생했다. 초콜릿 진열대가 계산대 바로 옆에 자리하고 있었다. 더 정확히 말하자면, 계산대와 초콜릿 진열대 사이에는 비디오와 잡지를 진열해 놓은 아주 좁은 공간밖에 없었다. 하필이면 계산대 앞에 돈을 지불하려고 줄지어 늘어선 사람들도 없었다. 이 때문에 계산대 뒤에 앉아 있는 점원은 마음만 먹으면 에밀리에가 무슨 짓을 하는지 훤히 다 볼 수 있었다.

에밀리에는 눈앞이 캄캄해졌다. 하지만 단 한 장의 스티커도 붙이지 못하고 그냥 나왔다고 말한다면, 다른 멤버들은 과연 어떻게 반응할까? 에밀리에는 무슨 일이 있어도 맡은 일을 해 내야만 했다. 그러기 위해선 머리를 써야 했다. 우선 코앞에 앉아 있는 점원의 관심을 다른 곳으로 돌리는 것이 급선무라고 생각한 에밀리에는 초콜릿 하나를 들고 점원 앞으로 다가갔다.

"저, 실례합니다."

"네?"

"제 친구 하나가 글루텐 과민성 장질환을 앓고 있어서 그러는데요……. 혹시 글루텐이 포함되어 있지 않은 초콜릿은 없나요?"

"글루텐……이라고요?"

점원은 마치 외국어를 듣기라도 한 것처럼 멀뚱멀뚱 에밀리에를 쳐다보기만 했다.

"네. 밀가루에 특히 많이 들어 있는 물질인데, 제 친구는 이 글루텐을 조금이라도 먹게 되면 심할 경우 목숨을 잃을 수도 있다고 해요. 그런데 이 가게엔 글루텐이 들어 있지 않은 초콜릿은 없나 보네요?"

"글쎄요, 잘 모르겠는데요."

"그렇다면 초콜릿 포장지에 적혀 있는 성분들을 찬찬히 읽어 보는 수밖에 없겠네요."

점원은 그렇게 하라며 고개를 끄덕인 후, 무관심한 표정으로 신문을 펼쳐 들었다. 에밀리에는 초콜릿 진열대 앞에 쪼그리고 앉아, 초콜릿 포장지의 뒷면을 읽는 척하면서 주머니에 있던 스티커를 슬쩍 꺼냈다. 그때, 손님 한 명이 계산대 앞에 자리를 잡고 섰다. 허리가 구부정한 백발의 노부인의 카트에는 엄청난 양의 값싼 음식들이 가득 들어 있었다. 신문을 읽고 있던 점원은 얼른 신문을 옆으로 치우고 노부인에게 상냥하게 인사를 건넸다. 그러자 노부인은 느릿느릿 물건들을 계산대 위에 올려놓기 시작했다.

> 노예 제도를 방불케 하는 노동 착취를
> 찬성하십니까?
> 그렇다면 초콜릿을 마음껏 드세요!
> <www.세상의수호자들.com>

에밀리에는 스티커 한 장을 떼어 내 스니커즈 초콜릿의 포장지 위에 붙였다. 계산대 쪽에선 무더운 날씨에 대해 불평하는 노부인의 말소리와 플라스틱 봉지 소리가 들려 왔다. 에밀리에는 다임 초콜릿과 밀크 초콜릿, 그리고 네잎 클로버 초콜릿 등 갖가지 브랜드의 초콜릿 포장지 위에 차례차례 스티커를 붙였다. 그러는 와중에도 곁눈질을 하며 계산대 쪽의 동정을 살피는 걸 잊지 않았다.

계산대 앞이 텅 비자, 에밀리에도 스티커 붙이는 일을 마무리해야겠다고 생각했다. 이미 스무 장도 넘게 스티커를 붙였기 때문에 결과는 퍽 만족스러웠다. 이제 초콜릿을 사려고 물건을 집어 든 사람들이 포장지에 붙어 있는 스티커를 보고 생각을 바꾸겠지? 어쩌면 캠페인에 관심을 갖게 된 몇몇 사람들은 집에 가서 세상의 수호자들 홈페이지를 찾아볼지도 모른다. 그러면 세상의 수호자들로 직접 연락을 해 오거나, 자신의 페이스북에 홈페이지 링크를 걸어 놓는 사람들도 생기겠지…….

에밀리에는 계산대 앞으로 다가가 초콜릿 하나를 올려놓았다.

"원하는 초콜릿을 찾았나요?"

에밀리에는 너무나 긴장이 된 나머지 점원이 무슨 말을 하고 있는지 이해할 수가 없었다. 하지만 곧 정신을 차리고 아무렇게나 둘러댔다.

"네, 그런 것 같아요."

에밀리에는 바구니 안에 담아 두었던 다른 물건들도 올려놓았다. 점원이 바코드를 찍을 때마다 '삑' 하는 소리가 들렸다. 그때 저쪽에서 다른 점원 한 명이 걸어왔다. 녹색 유니폼을 입은 중년 여인. 그녀는 초콜릿 진열대를 막 지나치는 참이었다. 에밀리에는 그녀가 진열대로 눈을 돌리지 않기만을 바라고 또 바랐다.

에밀리에는 얼른 지갑에서 돈을 꺼내 물건 값을 지불한 후, 물건들을 봉지 안에 재빨리 주워 담았다.

"안녕히 계세요."

에밀리에는 쿵쾅거리는 심장을 움켜쥐고 급히 가게 문을 향해 걸어갔다.

"저기, 잠깐만요!"

에밀리에가 문을 여는 찰나, 등 뒤에서 점원의 목소리가 들렸다. 에밀리에는 얼른 등을 돌리고 달음질할 준비를 했다. 그러자 점원은 계산대 위로 손을 쭉 뻗어 초콜릿 하나를 내밀었다.

"이걸 잊으셨네요."

"아, 고맙습니다!"

에밀리에는 발갛게 상기된 얼굴로 초콜릿을 받아 들고 서둘러 가게를 나섰다.

한 시간 후, 세상의 수호자들 멤버들은 다시 비밀 본부에 모였다. 모두들 상기된 얼굴로 제각기 겪은 일들을 이야기해 주고 싶어 난리였다. 어떻게 점원들의 눈을 속이고 초콜릿 포장지에 스티커를 붙였는지를 이야기해 준 멤버가 있는가 하면, 때마침 초콜릿을 구입하려던 손님 하나 때문에 거의 발각될 뻔했던 멤버도 있었다. 에밀리에도 자신의 경험담을 늘어놓은 후 초콜릿을 내보였다.

"이게 뭐야?"

오로라는 어이없다는 표정으로 에밀리에를 바라보았다.

"초콜릿을 샀다고 지금 자랑하는 거니? 우린 초콜릿 판매를 막기 위한 캠페인을 벌이고 있다는 걸 잊은 거야?"

오로라의 말이 떨어지자마자 비밀 본부 안에는 차가운 정적이 흘렀고, 모두들 에밀리에를 바라보았다.

"그렇게 할 수밖에 없었어. 안 그랬으면 계산대에 있던 점원이 분명 의심했을 거야. 초콜릿을 사지도 않으면서 그 자리에 서서 오랫동안 기웃거리기도 쉽지 않았고……."

안토니오가 자리에서 일어났다.

"괜찮아. 점원에게 들키지 않기 위해서 샀다면 어쩔 수 없잖아. 일단은 에밀리에의 말을 믿어 보자. 모두들 동의하지?"

안토니오가 컴퓨터를 끈 후에도 다른 멤버들은 얼마간 침묵을 지키며 제자리에 가만히 앉아 있었다. 잠시 후 침묵을 깬 사람은 오로라였다.

"좋아. 에밀리에 말고도 임무를 위해서 어쩔 수 없이 초콜릿을 산 사람이 있으면 손들어 봐."

다시 정적이 흘렀다.

"아무도 없어?"

에밀리에는 다른 멤버들에게 도움을 요청하기 위해 한 사람씩 차례대로 바라보았으나, 다들 에밀리에의 시선을 피하기만 했다. 리세와 눈이 마주쳤지만, 그녀는 에밀리에의 애원하는 눈길을 애써 피하며 얼른 자리에서 일어났다.

"역시 내가 생각한 대로야."

오로라는 만족스런 미소를 지었다. 에밀리에는 초콜릿을 들고 말을 이었다.

"그래, 그건 바보 같은 짓이었어. 나도 인정해. 그럼 이제 이 초콜릿을 어떻게 하면 좋겠어?"

"버려야지!"

오로라가 소리쳤다. 그러자 안토니오가 자리에서 벌떡 일어났다.

"그건 안 돼. 그 초콜릿을 버리면 노동자들의 노력도 물거품으로 돌아가게 될 거야. 그러니 다 같이 나눠 먹는 게 좋을 것 같아. 그럼 적어도 노동이 헛수고가 되진 않을 테니까. 리세, 이 초콜릿을 나눠 줄래?"

"알았어."

리세는 주저하며 초콜릿을 받아 쥐었다.

"오늘 우리가 했던 일에 사람들이 어떤 반응을 보일지 궁금하다."

안토니오는 나직이 혼잣말처럼 중얼거리며 컴퓨터를 켜고 인터넷을 연결했다.

에밀리에는 안토니오가 NTB, 아프텐포스텐 등의 일간지 뉴스를 살펴보는 동안, 라스의 옆에 서서 함께 컴퓨터 화면을 들여다보았다. 등 뒤에서는 초콜릿 포장지를 뜯는 소리와 초콜릿을 나누는 소리가 들렸다. 에밀리에는 애써 그 소리를 외면하며 컴퓨터 화면에 정신을 집중하려 노력했다. 일간지에는 세상의 수호자들에 대한 뉴스가 아직 실리지 않았다.

리세는 조각조각 나눈 초콜릿들을 접시에 담아 컴퓨터 옆에 놓아두었다. 하지만 초콜릿으로 손을 가져가는 이는 아무도 없었다.

안토니오는 세상의 수호자들에 대한 기사를 써서 일간지 편집부에 배포해야겠다고 말한 후 가방을 챙겼다. 에밀리에는 문밖으로 사라지는 안토니오의 등을 한참 동안 바라보았다. 접시에 담긴 초콜릿들은 전혀 줄어들지 않았다.

"자, 어서 먹어 봐, 에밀리에."

오로라는 차가운 미소를 머금으며 에밀리에를 향해 쏘아붙였다.

라스는 리세와 눈을 마주친 후 얼른 작은 초콜릿 한 조각을 집어 먹었다. 그러자 리세도 라스를 따라 초콜릿 한 조각을 입으로 가져갔다. 리세는 초콜릿 세 조각이 남아 있는 접시를 오로라에게 내밀었다.

"난 안 먹을래."

오로라는 세차게 고개를 저으며 말했다. 에밀리에는 초콜릿 한 조각을 입속에 넣었다. 초콜릿은 입속에서 자라고 또 자라 목구멍을 꽉 막아 버릴 것만 같았다. 에밀리에는 얼른 초콜릿을 꿀꺽 삼켰다. 접시 위에는 여전히 두 조각의 초콜릿이 갈 곳을 모르고 제자리를 지키고 있었다.

"남아 있는 것도 네가 먹으렴, 에밀리에. 노예처럼 착취당하는 그 불쌍한 아이들의 노력이 물거품으로 돌아가지 않도록 말이야."

오로라는 외투를 입었다. 라스와 리세는 노트북과 케이블을 각각 가방에 넣었다. 에밀리에는 남아 있는 초콜릿을 입속에 넣었다. 다시 목구멍이 꽉 막히는 듯한 느낌이 들었다. 또 한 조각. 그리고 마지막 한 조각.

"노예들의 땀이 어떤 맛인지 이제 알겠지? 잘 기억하라고!"

오로라는 차갑게 한마디 던진 후, 뒤도 돌아보지 않고 총총걸음으로 문을 나섰다. 리세는 가방의 지퍼를 올린 후 에밀리에의 어깨에 살며시 손을 얹었다.

"오로라 말에 너무 신경 쓰지 마."

"그래."

라스가 리세의 말에 맞장구를 쳤다.

"항상 저러니까. 우린 네 입장을 이해해. 그 상황에선 누구라도 너처럼 했을 거야."

에밀리에는 한숨을 푹 내쉬었다. 문득 눈가가 젖어 왔다. 혀끝에는 여전히 초콜릿이 남아 있었다.

"고마워. 난 오로라가 기분 상할 일은 하지 않았다고 생각했는데, 저렇게 나오니까 당황스러워서……."

"네 잘못이 아니야."

리세는 고개를 저으며 말했다.

"그건 확실해."

에밀리에는 오로라의 모습을 머릿속에서 지울 수가 없었다. 지나가는 행인들의 얼굴도, 건물 지붕 위에 앉아 있는 새들의 모습도 제대로 볼 수가 없었다. 거리 음악가의 기타 연주 소리, 잡지를 파는 상인들의 목소리도 귀에 들리지 않았다. 에밀리에의 머릿속에서는 오로라의 차갑고 빈정거리는 미소, 그리고 날카로운 시선이 좀처럼 떠나지 않았다.

'초콜릿을 샀다고?!'

오로라가 없어지면 얼마나 좋을까. 누군가가 그녀를 달리는 전철 앞으로 밀어 준다면 얼마나 좋을까. 오로라가 전철역의 플랫폼에서 발을 잘못 디뎌 떨어지면 얼마나 좋을까. 정말 그렇게 된다면……. 에밀리에는 얼른 고개를 세차게 저어 쓸데없는 생각을 지워 버리려 애썼다. 슬며시 죄책감이 고개를 들었다. 하지만 정말 그렇게 된다면 얼마나 좋을까. 장례식과 화환. 안녕, 오로라! 그렇게만 된다면 안토니오를 독차지할 수 있을 텐데…….

안토니오를 독차지한다고? 정말 안토니오 때문에 내가 오로라를 미워하는 걸까? 정말 그런 걸까?

집에 돌아온 에밀리에는 컴퓨터를 켜고 페이스북에서 안토니오의 이름을 검색해 보았다. 전 세계의 '안토니오'라는 이름을 가진 남자들이 줄을 지어 화면에 나타났다. 거뭇거뭇한 콧수염을 지닌 베네수엘라의 한 남자, 마드리드의 평범한 소년, 손자를 무릎에 앉힌 뉴욕 출신의 노인. 에밀리에는 계속 아래로 아래로 스크롤을 해 보았고, 다음 장 그리고 또 다음 장을 넘겨 보았다. 안토니오의 성만 알았어도……. 마침내 미소를 머금은 소년의 프로필 사진이 눈에 띄었다. 소년과 에밀리에는 네 명의 페이스북 친구를 공유하고 있었다. 그렇다면 이 소년이 바로 안토니오? 하지만 화면에 보이는 소년의 이름은 낯설기만 했다.

'에길 안토니오 후아레즈 에밀센.'

에밀센이라고?

에길은 또 뭐지?

그렇다면 안토니오는 미들네임인 걸까?

에밀리에는 안토니오의 프로필을 읽어 보았다.

'노르웨이인과 아르헨티나인의 핏줄을 반반씩 이어받은 정열적이고 헌신적인 청년.'

에밀리에는 미소를 짓지 않을 수 없었다. 안토니오가 틀림없었다. 에밀리에는 안토니오가 왜 평상시에 미들네임만 사용하는지 알 것 같기도 했다. 친구 신청 버튼을 꾹 누른 에밀리에는 휴대폰을 들고 침대에 누워 10초에 한 번씩 화면을 업데이트했다. 그러길 몇 번이나 했을까……. 마침내 안토니오로부터 친구 신청을 수락한다는 메시지가 떴다. 에밀리에는 재빨리 그의 프로필 페이지로 들어가서 사진들을 하나하나 살펴보았다. 장화를 신고 배낭을 멘 채 숲 속에서 산책을 하는 사진. 발렌시아의 거대한 수족관 앞에서 찍은 사진. 또 다른 사진에서는 함박웃음을 지으며 바나나를 입으로 가져가는 모습도 보였다.

문득 에밀리에는 자신의 페이스북 프로필에 어떤 사진이 나열되어 있는지 궁금해졌다. 어쩌면 안토니오도 지금쯤 그녀의 프로필 사진을 뒤적이고 있을지 몰랐다. 바로 지금, 어딘지 모를 그곳에서. 에밀리에는 이런 생각만으로도 가슴이 벅차올랐다.

✽✽✽✽✽

리나는 집으로 향하는 걸음을 서둘렀다. 친구들이 다가와 무엇 때문에 그렇게 서두르냐고 물으면, 리나에게는 달리 대답할 말이 없었다. 사실대로 말하면 되지 않느냐고? 그건 생각할 수도 없는 일이다. 길 가다 몇 번 만난 소년을 혹여 한 번이라도 더 볼 수 있을까 싶어 서두르는 거라고는 말할 수 없지 않은가. 하루 종일 재봉틀 앞에 앉아 일을 하느라 온몸이 쑤시지만, 레자와 한 번이라도 더 눈을 마주치고, 레자의 목소리를 한 번이라도 더 듣고, 레자의 미소를 한 번이라도 더 볼 수 있다면 여기저기 쑤시고 아픈 몸은 단숨에 잊을 수 있었다.

리나는 애써 천천히 걸어 보려 했다. 그리고 평상시와 마찬가지로 친구들과 대화를 하며 느긋하게 걸으려고 노력했다. 마침내 친구들과 헤어진 리나는 집으로 향하는 마지막 언덕을 서둘러 오르기 시작했다. 너무도 많은 사람들. 하지만 레자의 모습은 어디서도 찾아볼 수 없었다. 리나는 골목길을 걸었다. 냄비를 씻고 쌀자루로 향하는 어느 집 노부인의 발자국 소리. 그 순간, 리나는 소년을 발견했다. 레자는 저쪽 길모퉁이에 서서 낯선 소녀 한 명과 이야기를 나누고 있었다. 짧은 단발머리에 남루한 원피스를 입은 소녀. 도대체 저 아이는 누굴까?

리나는 얼른 모퉁이 뒤로 몸을 숨겼다. 하지만 레자는 이미 리나를 본 것 같았다. 리나 쪽으로 고개를 돌려 환하게 미소를 짓고 있었으니까. 리나는 얼른 뒷걸음질을 친 후, 집을 향해 마구 달리기 시작했다. 빨리. 더 빨리.

9

에밀리에, 버전 2.0

새로운 에밀리에? 에밀리에는 학교 수업 시간에 딴 생각을 하며 공책에 낙서를 하는 일을 그만두었고, 창밖으로 멀뚱멀뚱 시선을 던지는 대신 손을 들고 대답을 하거나 질문을 하기 시작했다. 진지하게 국어 시험을 보고, 손가락이 아프도록 세계 경제에 대해 논설문을 썼다.

이뿐만이 아니다. 에밀리에는 도서관에 들러 《세계의 정세State of the World》라는 책을 빌려 기아와 공해에 대한 사실 정보 및 그래프와 통계를 공부하기도 했다. 아동 노동과 제3세계의 노동력 착취 상황에 대한 글을 인터넷에서 찾아 읽었고, 스스로의 존재 이유를 궁금해하며 질문의 답을 발견하는 데 도움이 될 만한 글들을 섭렵했다.

음식과 옷, 그리고 가전제품을 바라보는 방식도 달라졌다. 에밀리에는 여전히 방 안에 틀어박혀서 컴퓨터 앞에서 시간을 보냈지만, 이제 인터넷에서 옷과 구두 사진을 보지 않았다. 대신 인도의 목화 농장 및 의류와 신발 제조 공장에 대한 사진을 보면서 대부분의 시간을 보냈다. 유튜브에서는 무기 제조 산업과 모피 공장에서 벌어지는 동물 학대, 그리고 아시아의 새우잡이 노동자들이 처한 극한 노동 환경을 다룬 다큐멘터리 영화도 찾아보았다. 또한 화장품은 물론 텔레비전 생산에도 필요한 광물인 운모 채취를 위해 동원된 인도의 어린이들, DVD와 휴대폰, 닌텐도 게임기 생산에 필요한 콜타르를 채취하기 위해 콩고와 중국, 브라질 등지의 탄광에서 일하는 어린이들에 대한 글도 찾아 읽어 보았다.

이제 화장대 거울 앞에 줄지어 놓여 있는 화장품들을 새로운 눈으로 보게 된 건 물론이고, 멋을 부리기 위해 차려입던 옷과 액세서리들 역시 전과는 다른 관점으로 보게 되었다. 립글로스와 머리핀도 마찬가지였다. 아이섀도에 들어가는 반짝이 성분을 만들기 위해 인도의 어린아이들은 손톱이 빠질 정도로 탄광에서 일해야 한다는 걸 왜 몰랐을까? 콩고와 중국의 어린아이들이 에밀리에가 사용하는 휴대폰과 컴퓨터, 그리고 부엌에 있는 냉장고를 생산하는 데 필요한 금속을 채취하기 위해 온몸이 쑤실 때까지 일한다는 건? 지금 입고 있는 바지를 바느질을 한 사람은 누구였을까? 티셔츠는? 그리고 속옷은?

에밀리에는 여러 벌의 바지와 블라우스를 입어 보았다. 하지만 마음에 드는 건 한 벌도 없었다. 반면에 불과 몇 주 전까지만 하더라도 마음에 들지 않아 옆으로 제쳐 두었던 바지가 눈에 들어왔다. 에밀리에는 다소 거칠고 조잡하다 싶기까지 한 그 바지를 입어 보았다. 세상의 수호자들이 행하는 캠페인에 참여하는 데는 그 바지가 적격이라는 생각이 들었다.

우선 에밀리에는 새 옷, 아니 헌 옷부터 손에 넣기로 결심했다. 새 옷을 사게 된다면 제3세계의 노동력을 착취하는 현재 상황을 지원하는 것이나 마찬가지라고 생각했다. 에밀리에는 중고 옷가게에 들러 살 것을 정리했다.

- *낡은 청바지 한 벌*
- *카키색의 중고 군복 바지 한 벌*
- *터프하게 보이는 짧은 청치마 한 벌(치마와 함께 착용할 타이츠 한 벌)*
- *가죽 재킷 한 벌*
- *소매 없는 셔츠 두 벌(빨간색과 흰색)*
- *낡은 신발 한 켤레*
- *검정색 조끼와 넥타이*

다음 날, 새로 구입한 군복 바지를 입고 등교한 에밀리에는 선생님들과 학생들로부터 호기심 어린 눈길을 아낌없이 받았다. 운동장에서 만난 이다도 예외는 아니었다.

"바지 새로 샀어?"

"응."

에밀리에는 아무 일도 아닌 것처럼 능청스럽게 대답했다.

"정말 멋지다."

이다는 미소를 지으며 말했다.

"고마워."

에밀리에는 대답과 함께 미소를 지었다.

"시내에 있는 중고 의류 매장에서 샀어."

잠시 후 보르와 마티아스가 두 사람이 있는 곳으로 왔다. 보르는 이다에게 입맞춤을 하고 이다의 허리에 두 팔을 감았다. 마티아스는 에밀리에에게 잘 지냈냐며 인사를 건넸다. 그의 목소리와 눈길에서 조금의 관심과 호기심을 느꼈던 건 에밀리에 혼자만의 착각이었을까?

하긴, 따지고 보면 그리 중요한 일은 아니었다. 마티아스는 곧 저쪽에서 걸어오는 친구 한 명을 발견하고 에밀리에에게 작별 인사를 했다. 에밀리에는 이다에게 무슨 말을 하려고 고개를 돌렸지만, 이다는 보르와의 입맞춤에 빠져 마치 다른 세상에 있는 사람들처럼 보였다. 에밀리에는 할 수 없이 터벅터벅 발길을 돌렸다.

학교뿐만이 아니다. 집에서도 에밀리에는 이전과는 완전히 다른 소녀로 변해 버렸다. 남동생인 세바스티안은 에밀리에를 흘깃 본 후 이렇게 말했다.

"와우, 라라 크로프트(영화 〈툼 레이더〉 시리즈의 주인공-역주)로 변신이라도 한 거야?"

대답할 필요성도 느끼지 못한 에밀리에는 바로 부엌으로 들어갔다. 방울토마토를 부엌칼로 썰고 있던 아버지는 에밀리에를 보고 두 팔을 활짝 벌리며 뺨에 입맞춤을 해 달라는 듯 얼굴을 쑥 내밀었다.

"제가 뭐 도와 드릴 건 없어요?"

"음, 저걸 반으로 썬 다음에 물로 씻어 줄래?"

아버지는 조리대 위에 놓여 있는 양배추를 턱으로 가리키며 말했다. 에밀리에는 깨끗한 도마 하나를 꺼낸 후, 부엌칼을 집어 들었다. 양배추의 포장지를 벗긴 에밀리에는 포장지 겉면에 '100퍼센트 노르웨이산'이라고 적혀 있는 걸 보았다. 그게 정말이라면, 적어도 이 양배추는 아동 노동이나 저임금 노동으로 생산된 건 아닐 것이다. 혹시 동유럽인들의 저임금 노동력을 이용한 건 아닐까?

"오늘 학교는 어땠니?"

"좋았어요."

에밀리에는 오랜 지인들끼리 무의미하게 대화를 주고받듯 생각 없이 기계적으로 대답했다. 마치 자기 자신의 장례식에 가면서도 대답을 위한 대답인 양 형식적으로 '괜찮아' 또는 '좋아'라고 말하는 것처럼. 솔직히 그런 유의 일상적인 질문에 '지금부터 내 말 좀 들어 봐. 사실 나는 지금 자살을 할 생각이거든. 그러니까 죽기 전에 너와 짤막한 대화를 나누는 것도 나쁘지 않을 것 같아' 또는 '사정이 있어서 그런데 너희 집에서 좀 지내면 안 될까? 너희 집 소파에서 두 달 정도만 잘 수 있다면 좋을 텐데 말이야'라고 대답하는 사람이 어디 있을까?

에밀리에는 잘게 썬 양배추를 모아 흐르는 물에 깨끗이 씻었다.

"그렇구나. 그건 그렇고 그 남자아이 이름은 언제 말해 줄 거니?"

아버지가 장난기 가득한 미소를 띠며 질문을 던졌다.

에밀리에는 느닷없는 아버지의 말에 깜짝 놀라 화들짝 손을 들어 올리다 수도꼭지를 쳐 버렸다. 그러자 사방팔방으로 물줄기가 뻗어나갔다. 아버지는 웃음을 터뜨리며 부엌칼을 내려놓았다.

"내가 정곡을 찌른 것 같구나."

아버지는 에밀리에에게 수건을 내밀며 말했다.

"안토니오예요."

에밀리에는 아버지의 눈을 똑바로 쳐다보지도 못한 채 나직이 기어들어가는 목소리로 중얼거렸다.

"안토니오라……. 어디서 온 아이니?"

아버지의 표정엔 어딘지 모르게 근심이 어려 있는 것도 같았다. 행여나 딸이 방탕한 라틴아메리카 출신의 잘생긴 소년과 사랑에 빠졌다가 훗날 가슴 아파하는 일을 겪을까 봐 걱정이 되었던 걸까.

"원래 이름은 에길 안토니오예요."

에밀리에는 대답한 후 소리 내어 웃었다.

"지금 농담하는 거야?"

"아니에요. 그 애 아버지는 아르헨티나 출신이고요, 어머니는 노르웨이 사람이래요."

에밀리에의 말에 아버지는 마치 탱고 춤을 추듯 스텝을 밟더니 이렇게 말했다.

"그 안토니오 반데라스는 몇 살이니?"

"스물세 살이요."

아버지의 표정이 갑자기 굳어졌다.

"하하, 아니에요. 농담이에요. 그 앤 열일곱 살이고요, 시내에 있는 고등학교에 다니고 있어요. 그리고 진지한 관계는 아니에요. 아직 아무 일도 없는걸요."

"알았어. 더 이상은 묻지 않으마. 앞으로 잘해 보렴, 에밀리에."

"고마워요, 아버지."

❋❋⚘❋❋

레자와 함께 서 있던 그 여자아이는 도대체 누굴까? 리나는 침대에 누워 있을 때나, 재봉틀 앞에 앉아 있을 때, 또는 설거지를 할 때에도 레자와 함께 있던 그 낯선 여자아이에 대한 생각을 떨칠 수가 없었다. 심지어는 블라우스를 바느질할 때도, 집으로 가며 하늘을 올려다볼 때도 그 생각을 떨칠 수가 없었다. 길가에서 놀고 있는 동네 아이들을 볼 때도 마찬가지였다.

도대체 그 여자아이는 누구일까? 궁금증은 점점 무겁고 어두운 먹구름이 되어 리나의 가슴을 답답하게 만들었다. 리나는 그 여자아이가 차라리 죽어 버렸으면 좋겠다고 생각했다. 길을 건너다 달리던 트럭에 치어 버린다면, 레자는 바퀴 밑에 깔려 있는 그 아이를 보고 슬퍼하겠지? 그러면 리나는 레자에게 달려가 위로해 줄 것이고, 레자는 리나의 어깨에 얼굴을 묻고 눈물을 흘리겠지? 그러면 리나는 레자를 감싸 안으며 서로를 의지하고 지내면 앞으로 모든 일이 잘될 거라고 담담하게 위로를 하겠지?

다음 날, 일을 마치고 집으로 향하던 리나는 평소와는 달리 홀로 길을 걸었다. 삶이란 정말 알 수 없는 법이다. 누군가가 가슴 속에 이토록 큰 자리를 차지하는 게 정말 가능한 일일까?

저녁 햇살은 아스팔트 위에 길고 비스듬하게 그림자를 드리웠다. 리나는 길 위에 길쭉하게 그려진 자신의 그림자를 내려다보았다. 문득 슬럼가 모퉁이에 그의 모습이 보였다. 레자! 보아하니 그는 거기서 한동안 누군가를 기다리고 있는 것 같았다. 리나는 레자가 기다리는 사람이 자신이길 열망했다. 그 순간, 행복한 기대감에 뱃속이 간질간질해졌다.

"안녕! 이제야 오는구나!"

"어, 안녕! 근데 내가 이 시간에 돌아온다는 걸 어떻게 알았어?"

레자는 입가에 미소를 머금은 채 고개를 저었다.

"그건 몰랐어. 그냥 지금쯤이면 일이 끝났겠구나 생각했지. 집으로 갈 거니?"

"응. 너는?"

"나도 집으로 갈 거야. 그런데……. 우리 집에 같이 가지 않을래? 이미 며칠 전에 내 여동생을 보긴 했지만, 우리 집에 가서 다른 가족들과도 인사를 나누면 좋겠다는 생각이 들어서……."

레자는 애원하는 눈으로 리나를 바라보았다. 대답이 늦어지자 그의 눈동자에 불안한 그림자가 어리기 시작했다. 리나는 문득 얼굴이 달아오르는 걸 느꼈다.

"여동생?"

"응."

리나는 그 순간 활짝 웃지 않을 수 없었다.

"집에 가서 먼저 어머니께 말씀드리는 게 좋을 것 같아. 내일은 어때?"

리나의 말이 떨어지자마자, 레자의 두 눈동자에 어렸던 불안한 그림자는 자취를 감추었고, 햇살처럼 빛이 나기 시작했다.

"그럼 내일 이 시간에 여기서 기다리고 있을게."

레자는 손수레를 끌고 오르막길을 오르기 시작했다.

리나는 갑자기 배가 고파졌다. 가슴 속을 꽉 채워 오는 기쁨과 달아오르는 두 뺨의 온도, 그리고 가슴 설레는 행복감에 발이 땅에 닿지 않는 것만 같았다. 리나는 만면에 환한 미소를 머금고 집을 향해 달리기 시작했다.

10

신입 멤버 모집

에밀리에는 침대에 누워 상상에 잠겨 있었다. 어둠과 정적. 그리고 간간히 창밖에서 들려오는 차 소리. 잠옷을 입고, 두 눈을 감은 채 시내 외곽의 한 빌라에 누워 있는 에밀리에.

하지만 상상 속의 에밀리에는 국회 의사당 사자상 앞에 서 있었다. 그리고 자신을 향해 환한 미소를 띠고 다가오는 안토니오를 보고 있다. 안토니오는 에밀리에의 허리를 감싸 안고……. 아, 아니야. 이건 아닌데……. 에밀리에는 다시 상상에 잠겼다. 이번엔 국회 의사당 사자상 앞이 아니라 세상의 수호자들 비밀 본부 입구에서 안토니오를 만나 함께 어둑어둑한 계단을 오르는 그림이 에밀리에의 머릿속을 채웠다.

안토니오가 문을 열자, 그 안에는 책상 위와 창틀을 빽빽하게 메운 양초들이 모습을 드러냈다. 안토니오의 피부는 양초의 불빛을 받아 황금색으로 빛났다. 벽 위에 길게 드리워진 그림자를 뒤로 한 채, 에밀리에는 안토니오의 손을 잡아 바닥에 깔려 있던 매트리스 위로 그를 끌어당겼다. 안토니오의 숨결이 그녀의 얼굴 위로 쏟아졌다. 두 사람의 입술이 만나자, 에밀리에는 티셔츠를 벗었다. 안토니오도 티셔츠를 벗은 후, 빛나는 갈색 눈동자로 진지하게 에밀리에를 바라보았다. 이내 두 사람은 몸을 바짝 붙인 채 매트리스 위에 함께 누웠다. 두 사람의 맞닿은 피부…….

에밀리에는 창밖에서 들려오는 차 소리를 들으며 계속해서 상상에 잠겼다. 어둠과 정적. 그리고 간간이 창밖에서 들려오는 차 소리…….

"자, 이제 시작해 볼까?"

안토니오는 신문지 더미를 책상 위에 던지며 말문을 열었다. 초콜릿 캠페인을 실행한 지도 이틀이 지났다. 이제 세상의 수호자들 멤버들은 비밀 본부에 모여 새로운 캠페인을 모색할 작정이었다. 상상에서와 달리 비밀 본부에는 매트리스도 없었고, 양초도 눈에 띄지 않았다. 에밀리에가 막 들어섰을 때 안토니오와 오로라가 나란히 함께 서 있었다. 문득 둘 사이에 무슨 일이 있었다는 걸 에밀리에는 직감적으로 느낄 수 있었다. 문을 두드리는 순간 허둥지둥 아무 일도 없었다는 듯 딴청을 부리는 두 사람의 행동을 에밀리에가 놓쳤을 리가 없었다. 곧이어 라스와 리세가 들어오자 어딘지 모르게 어색하던 비밀 본부 안의 공기는 다시 평소처럼 되돌아갔다. 하지만 에밀리에는 안토니오와 오로라 사이에 감돌던 그 이상한 분위기를 머릿속에서 지울 수가 없었다.

둘 사이에 무슨 일이 있었던 걸까? 두 사람이 정말 연인 사이처럼 가깝게 지내는 건 아닐까? 에밀리에는 고개를 저어 머릿속을 헤집고 다니는 의심을 떨쳐 버리려 애썼다. 지금은 그런 생각을 할 때가 아니니까. 다음 캠페인의 방향을 모색하고 안토니오의 말을 귀 기울여 들어야 할 때니까.

"초콜릿 캠페인은 여러 면에서 예상보다 훨씬 성공적이었어. 단지 가장 중요한 사실 하나를 제외하고선 말이야……. 그건 우리 캠페인이 그리 주목을 받지 못했다는 점이지."

다른 멤버들은 서로 이해할 수 없다는 눈빛을 주고받았다.

"그게 아니라면……. 처음부터 어떤 생각으로 캠페인을 진행했는지 궁금해지는데?"

리세가 말했다.

"사실 주요 신문의 1면을 장식하거나 전면 기사로 부각되리라곤 생각지도 않았어. 하지만 이것보단 좀 더 기대를 했던 건 사실이야."

그는 A4 용지 하나를 들어 올렸다. 그건 한 인터넷 신문 기사를 인쇄한 것이었다. 가만히 보니 다이어트 광고와 학생을 성폭행한 교사에 대한 기사, 그리고 군대의 공격으로 팔레스타인의 민간인이 목숨을 잃었다는 기사 사이에 손톱만큼 작은 단신으로 초콜릿 캠페인 기사가 끼어 있었다.

"초콜릿 캠페인에 대한 기사는 인터넷 신문 1면에 약 반 시간 동안 자리했다가 밀려났어."

창틀에 걸터앉아 있던 라스는 자기도 그걸 보았다며 실망을 감출 수가 없었다고 거들었다. 리세는 의자 등받이에 몸을 푹 묻어 버렸다.

"전에도 말했지만, 우린 좀 더 크게 움직여야 해. 쪼잔하게 스티커가 뭐니? 만약 아무도 우리 움직임을 눈여겨보지 않는다면 도대체 이런 일을 왜 해야 하냐고!"

오로라가 격앙된 목소리로 외쳤다.

라스는 아무 말 없이 책상 위의 페인트 자국을 손톱으로 긁어내기 시작했고, 리세는 오로라와 안토니오, 그리고 생각에 잠겨 있는 에밀리에에게 차례로 시선을 던졌다. 어쩌면 오로라의 말이 맞을지도 몰라. 이래선 아무런 변화도 가져올 수 없잖아? 어쩌면 처음부터 오로라의 말을 들었어야 했던 건 아닐까? 정말 세상의 수호자들이 해 왔던 일 모두가 무의미한 걸까?

아니, 그건 아니야. 에밀리에는 결코 그렇지 않다고 반박하고 싶었다. 그 순간, 창틀에 앉아 있던 안토니오가 일어서서 고개를 저었다.

"아냐, 내 말을 오해하진 말아 줘. 우리 캠페인이 실패로 돌아갔다는 뜻은 아니었어. 정말 그건 아냐."

"그게 아니라고?"

오로라의 목소리엔 분노와 상처가 뒤섞여 있었다. 안토니오는 오로라의 어깨에 손을 올려 그녀를 진정시켰다. 왜 안토니오는 자꾸 저런 행동을 하는 걸까?

"우리가 들렀던 슈퍼마켓에서 초콜릿을 구입했던 사람들은 이 캠페인을 기억할 거야, 오로라. 어쩌면 지금 이 순간에도 수백 명의 사람들이 우리가 스티커를 붙여 놓았던 바로 그 초콜릿을 들어 올려 글귀를 읽고 생각에 잠겨 있을지도 몰라. 그들 중 대부분은 가족과 친구들에게 스티커에 대해 이야기하거나 페이스북에 포스팅을 하겠지. 그렇다면 우리의 캠페인은 더 많은 사람들에게 알려질 거고 결국엔 수천 명의 사람들이 세상의 수호자들 움직임에 동참할 거야."

안토니오는 그제야 오로라의 어깨에서 손을 내려놓았다.

"하지만 그것만으로는 충분하지 않아. 지금보다 더 많은 사람들이 우리가 하는 일에 대해 알아야 해."

"어떻게?"

에밀리에가 호기심 어린 표정으로 물었다. 안토니오는 잔을 들어 올려 커피를 한 모금 삼킨 후 말을 이었다.

"우리의 무기가 뭐라고 생각해? 바로 신선함이야. 생각지도 못한 순간 사람들에게 어떤 생각할 거리를 던져 주는 신선함 말이야. 그렇다면 어떻게 더 많은 사람들과 접촉해야 할까? 슈퍼마켓을 돌고 돌며 스티커를 붙이는 일? 그런데 옆을 한번 둘러봐. 우리가 모두 몇 명이야? 다섯 명! 다섯 명에 불과해. 캠페인에 박차를 가하려면 더 많은 인원이 필요해. 그래서 이제 우리가 할 일은 신입 멤버를 모집하는 거야. 인원이 많으면 많을수록 더 좋아. 난 저 밖에 세상의 수호자들에 가입하려는 사람들이 아주 많을 거라고 믿어."

안토니오는 손으로 창밖을 가리켰다. 오로라가 고개를 치켜들었다. 그녀의 날카로운 눈빛에는 회의감이 가득했다.

"새로운 멤버를 어떤 식으로 모집할 생각인데? 그리고 얼마나 많은 멤버가 있어야 한다고 생각하는 거야?"

"그건 시간이 대답해 주겠지. 난 인원이 많으면 많을수록 좋다고 생각해."

"그래? 그렇다면 여길 한번 둘러봐. 수백 명이 들어올 만한 공간이 된다고 생각해? 더구나 여길 드나드는 사람들이 더 많이 생기면, 언젠가 발각되고 말 거야."

"내 말은 그런 뜻이 아니야. 다른 멤버들은 여기에 올 필요가 없어. 이 공간은 여기 있는 우리들만 사용할 거야. 핵심 멤버들만 말이지. 그 외에 다른 멤버들은 이 공간 밖에서 각자 활동해도 무리 없을 거라고 믿어."

"어떻게?"

라스가 질문을 던졌다.

"신입 멤버들을 모집하는 방법에 대해 생각을 해 뒀어."

안토니오는 종이 상자 하나를 들어 올렸다. 그 순간 그의 티셔츠와 바지 사이에 속살이 살짝 보였다. 에밀리에는 지난 밤 상상 속에서 만났던 안토니오를 떠올리지 않을 수 없었다. 두 사람이 함께 했던 일……. 하지만 에밀리에 혼자만이 알고 있는 일이다.

안토니오는 종이 상자를 책상 위에 올려놓은 후 비밀스런 미소를 입가에 머금었다.

"바로 여기!"

그는 종이 상자를 툭툭 치며 말했다.

"바로 여기에 해답이 있어."

만약 영화의 한 장면이었다면, 바로 이 순간 가슴 뛰는 배경 음악이 흐르지 않을까? 안토니오가 상자의 뚜껑을 여는 순간 모여 있던 멤버들이 상자 속을 들여다보고, 뒤이어 경쾌한 어쿠스틱 기타 또는 피아노 음악이 흐르면, 화면은 이들의 손을 확대한다. 가수의 노래가 시작되면서 베이스

기타가 뒤따르고, 시내의 거리와 카페에서 광고지를 나누어 주는 에밀리에의 모습이 화면에 잡힌다. 머그잔을 들고 있는 남자들, 무릎 위에 손자를 앉혀 놓은 노인들에게 광고지를 나누어 주는 에밀리에의 모습. 당당하게 거리를 활보하는 안토니오의 자신만만한 뒷모습과 함께 가방에서 광고지를 꺼내 건물 입구의 게시판, 도서관과 쇼핑몰의 공고문 등에 붙이는 장면이 확대되어 보여진다.

오로라는 어떤가? 오로라는 도서관, 학생회관 등을 돌며 청소년들과 대화를 나누고 광고지를 돌린다. 화면에는 칠흑같이 검게 염색한 머리카락을 찰랑거리며 자신보다 나이가 많은 학생들을 상대로 거침없이 대화를 나누는 오로라의 모습이 잡힌다.

노트북을 들고 시내의 한 건물 지하에 자리한 인터넷 카페를 방문한 라스와 리세의 모습도 빼놓을 수 없을 것이다. 이들의 컴퓨터 화면 속에 보이는 마우스 커서와 글자들을 잡아 확대하는 카메라.

의미 있는 일을 하고 싶은가요? 변화를 창조하고 싶은가요?
그렇다면 '세상의 수호자들' 캠페인에 참여하십시오!

이어지는 화면에서는 광고지를 들어 올리는 멤버들의 손과 함께 경쾌한 배경 음악이 다시 흐른다. 그다음 화면은 전철 안의 풍경이다. 그리고 슈퍼마켓, 도서관, 컴퓨터 앞에서 구글로 세상의 수호자들을 검색해 보는 10대들의 모습. 마지막 장면에서는 비밀 본부로 되돌아와 세상의 수호자들에 가입한 새로운 멤버들의 명단을 살펴보는 에밀리에 일행의 모습이 등장한다. 줄을 지어 끝없이 이어지는 이름과 이름들. 안토니오의 등 뒤에선 리세, 라스, 오로라, 에밀리에가 신입 멤버의 명단과, 이들이 블로그에 올린 기사 등을 살펴보려 앞다투어 고개를 들이민다.

안토니오는 신입 멤버의 명단을 벽에 붙인 후 만족스런 표정으로 인원 수를 세기 시작하고, 배경 음악이 서서히 사라지자 안토니오는 둘러서 있는 멤버들을 돌아본다.

"352명!"

안토니오의 만족스런 외침에 멤버들은 박수를 치며 환호한다.

"352명! 오슬로, 베르겐, 플렉케피요르, 트롬쇠……. 심지어는 덴마크 출신의 신입 멤버도 있어!"

이젠 정말 진지하게 캠페인을 해야 한다고 말하는 안토니오의 입가에는 여전히 만족스런 미소가 어려 있다.

✱✽✲✳✴✵

"리나!"

물이 가득찬 양동이를 들고 있던 리나는 고개를 돌아보았다. 그러자 리나를 향해 뛰어오는 레자가 보였다. 짧은 바지, 힘 있고 건강한 팔, 파도처럼 굽이치는 곱슬머리……. 먼지와 숯으로 거뭇거뭇한 레자의 얼굴에 밝은 햇볕이 내리쬐고 있었다.

"리나, 허락은 받았니?"

리나는 고개를 끄덕이며 그를 향해 미소를 지었다.

"와, 정말 잘됐어. 지금 같이 갈래?"

둘은 종종걸음으로 거리를 걸었다. 버려진 건전지들이 쌓여 산을 이루고 있는 장소를 지나갈 때 두 여인이 앉아 땀을 뻘뻘 흘리며 금속과 전깃줄 등을 분리해 내는 모습이 보였다. 플라스틱 공으로 야구를 하고 있는 어린아이들, 해변가에 끌어올려진 작은 나무배를 지나치니 곧 레자의 집이 나타났다. 나지막한 슬레이트 지붕. 언젠가 레자와 함께 서 있던 여자아이는 마당에서 당근을 다듬고 있었다.

"내 동생은 전에 본 적이 있지?"

레자가 미소를 띠며 리나를 향해 말했다.

"여긴 네게 말해 준 적이 있는 리나야."

그는 여동생을 향해 리나를 소개해 주었다.

"안녕."

리나는 레자의 여동생에게 인사를 건넸다. 레자를 따라 집 안으로 들어간 리나는 이내 어두컴컴한 실내를 채우고 있는 담배 냄새를 맡을 수 있었다. 방 안에서 한 노년의 남자가 누워 심하게 기침을 하더니 곧 안정을 찾은 듯 기침을 멈췄다.

"우리 삼촌이야."

레자는 리나의 손을 잡아끌며 방 안으로 들어갔다.

"너희 어머니와 아버지는 어디 계셔?"

"어머니는 아직 퇴근 전이고, 아버지는 내가 아주 어렸을 때 돌아가셨어."

그의 목소리에서 슬픔이라곤 전혀 찾아볼 수 없었다.

"이리 와 봐. 네게 보여 줄 게 있어."

레자는 매트리스가 자리한 구석진 곳으로 그녀를 안내한 후, 구부리고 앉아 작은 나무 상자 하나를 꺼냈다. 뚜껑을 여는 그의 얼굴은 환한 미소로 가득했다.

"이걸 좀 봐!"

리나는 그것을 보기 위해 몸을 굽혔다.

상자 속에는 투명한 유리구슬 하나가 들어 있었다. 레자는 리나의 주먹만큼이나 큰 구슬을 꺼내서 리나에게 건넸다.

"이걸 네게 주고 싶었어."

"정말 예쁘다."

리나의 말에 레자는 뿌듯한 얼굴로 미소를 지었다.

"강 속에서 찾았어. 팔 만한 물건을 찾으려고 강바닥을 뒤지다가 이걸 발견했어."

"값이 정말 많이 나갈 것 같아."

"응, 그럴 것 같아."

레자가 말을 마치는 순간, 여동생이 방 안으로 들어왔다. 그러자 레자는 얼른 유리구슬을 상자 속에 다시 집어넣었다.

"우리 밖에 나갈까?"

레자의 말에 두 사람은 손을 꼭 잡고 대문 밖으로 달려 나갔다.

11

기다림

토요일 오후, 정원에서 들어오던 에밀리에는 마침 시내에서 쇼핑을 하고 돌아온 어머니와 현관 앞에서 마주쳤다. 어머니의 양손은 쇼핑백으로 가득했다. H&M, 큐부스, 자라…….

에밀리에는 어머니의 앞을 가로막고 섰다.

"엄마, 이 옷들이 어디서 왔는지 아세요?"

"어……. 잘 모르겠는데……. 그건 갑자기 왜 묻니?"

어머니는 현관 바닥에 쇼핑백을 내려놓으며 말했다.

"도대체 이 옷들이 어떤 환경에서 만들어지는지 알기나 하시냐고요?"

"아니……."

에밀리에는 크게 심호흡을 한 후, 의류 공장의 열악한 노동 환경에 대해 설명하기 시작했다. 생계를 이어가기에도 턱없이 부족한 최저 임금과 강제적인 초과 근무, 그리고 노예와 다를 바 없는 작업 환경.

"노예 착취를 방불케 하는 그런 노동 환경을 지지하고 싶으세요?"

"물론 그건 아니지……."

"그렇다면 그 옷들을 다시 가져가서 반품하세요."

거실에서 이들의 대화를 듣고 있던 아버지가 슬며시 나와 문 옆에서 팔짱을 끼고 섰다.

"하지만 우린 이제껏 항상 이 가게들에서 옷을 샀잖아, 에밀리에."

아버지가 쇼핑백을 가리키며 말했다.

"네, 그렇지만 그때는 저 옷들이 어떤 환경에서 제조되는지 전혀 모르고 있었잖아요."

"그렇다면 지금은 알고 있다는 말이니?"

"네!"

"그런 것 같구나……."

어머니는 혼잣말처럼 중얼거리며 신발을 벗었다.

"알았다. 그렇다면 이제부터 우리 옷은 어디서 사야 한다고 생각하니? 우리도 가끔은 새 옷을 사 입어야 하잖아?"

에밀리에는 아버지를 쏘아보았다. 전쟁을 치를 각오로.

"다른 가게에서 사 입으면 되잖아요. 노동자들이 적절한 임금을 받고 제대로 된 환경에서 일해서 만들어 내는 그런 옷을 파는 가게가 있을 거예요."

"그렇다면 다른 가게에서 파는 옷들은 더 나을 거라고 생각하니?"

"그건 장담할 수 없지만……. 중고품을 사 입을 수도 있잖아요?"

"그래, 하지만 중고품이라 하더라도 언젠가는 새 옷으로 팔렸던 때가 있지 않겠니?"

"그렇겠죠. 하지만 적어도 우리가 중고품을 구입하게 된다면 노예 착취를 지속적으로 후원하는 셈은 아니니까……."

"네가 무슨 말을 하는지는 잘 알겠지만, 만약 그 중고 옷들도 다 낡아 못 입게 된다면 어떻게 해야 하지? 그러면 누군가 새 옷을 만들어야 하겠지? 그리고 아무도 새 옷을 사 입지 않는다면 공장에서 일하는 노동자들은 그나마 일자리도 얻지 못할 거야."

"그렇다면 아버진 노예를 대하듯 극단적으로 노동력을 착취하는 회사를 긍정적으로 보신다는 말씀이에요?"

"아니야, 그건 아니야. 난 그저 이 상황에서 우리가 무엇을 해야 하는지에 대해서 생각해 보는 중이란다. 네 생각은 어떠니?"

아버진 항상 토론하기를 좋아했다. 반대 의견을 내놓고 거기에 따라 토론이 어떤 방향으로 흘러가는지 지켜보는 것도 좋아했다.

"적어도 한 가지는 분명히 말할 수 있어요."

에밀리에는 아버지의 두 눈을 똑바로 쳐다보며 말을 이었다.

"싼 물건을 구입할 때는 그 뒤에서 틀림없이 누군가가 희생당하고 있다는 것을요. 우린 그걸 알아야만 해요."

마침내 수요일이 다가왔다. 세상의 수호자들이 전국의 슈퍼마켓을 대상으로 동시에 캠페인을 벌이기로 한 날.

에밀리에는 전철을 타고 시내에 있는 비밀 본부로 향했다.

문을 열어 주던 안토니오는 에밀리에를 향해 미소를 지었다. 보아하니 다른 멤버들은 아직 도착 전인 듯했다. 안토니오와 단둘이 있게 된 에밀리에는 둘 사이의 공기가 평소와는 달리 어색하다는 걸 느꼈다. 두 사람은 학교 수업과 시험, 다가오는 여름 방학 등에 대해서 대화를 나누었지만, 어쩐지 대화는 자연스럽게 이어지질 않았다. 두 사람이 나누는 말과 말의 표면 아래 짓눌려 있는 또 다른 말들이 고개를 비집고 나오려는 것만 같았다. 에밀리에는 안토니오가 자신에게서 눈을 떼지 못한다는 걸 눈치챘다. 에밀리에는 안토니오의 짙은 앞머리를 쓸어 올려 주고, 그의 팔을 쓰다듬어 주고 싶은 충동에 휩싸였다. 그의 뺨에 자신의 뺨을 맞대 보고 싶은 마음도 들었다.

리세와 라스가 들어서자 에밀리에는 거의 안도의 한숨을 내쉴 뻔했다. 안토니오와 단둘이 있을 때의 이상한 분위기를 견뎌 내기엔 한계가 느껴졌기 때문이었다. 상기된 라스의 얼굴 뒤에서 쭈뼛쭈뼛 다가오는 리세를 본 에밀리에는 그제야 두 사람이 손을 꼭 잡고 있다는 걸 알아챘다.

"안녕……."

안토니오는 놀란 표정으로 인사를 건넸다.

"무슨 일 있었어?"

리세와 라스는 서로 마주보며 겸연쩍은 미소를 교환했다.

"마음이 통했다고나 할까……."

라스가 머뭇거리며 대답했다.

"그게 정말이야?"

안토니오가 되물었다.

"응. 계획한 일도 아닌데……. 그렇게 되었어."

리세는 라스의 허리에 손을 두르며 말했다.

"축하해."

에밀리에는 순간적으로 자신의 목소리가 김빠진 듯 들리지는 않았을까 걱정이 되었다.

잠시 후, 오로라가 들어왔다. 이미 도착해 있던 멤버들과 대충 인사를 주고받은 오로라는 어서 회의를 시작하자고 다그쳤다. 새로운 캠페인에 대한 기대감과 흥분으로 가슴이 벅찬 아이들은 그 말에 바로 동의했다.

캠페인이 시작되기까지는 이제 몇 시간밖에 남지 않았다.

전국 방방곡곡.

노르웨이 곳곳에서.

모두들 자리를 잡고 앉았다. 라스와 리세는 마치 잃어버렸던 소중한 물건을 다시 찾은 듯, 틈만 나면 서로를 보며 망설임 없이 눈길을 주고받았다. 안토니오는 책상 앞에 서서 바닥을 내려다보며 잠시 생각을 정리한 후, 고개를 들고 그곳에 모인 멤버들을 바라보았다.

"오늘, 마침내 우리 세상의 수호자들은 다음 단계로 진입하기 위한 첫발을 내디뎠어. 우린 앞으로 더 크고 막중한 임무를 수행하게 될 거야. 우린 오늘 이 방에서부터, 이 도시에서부터 밖으로 더더욱 전진하기 위해……."

갑자기 오로라가 박수를 치며 환호를 하는 바람에 안토니오는 말을 멈출 수밖에 없었다.

"안토니오를 대통령으로!"

오로라는 과장된 몸짓으로 계속 박수를 쳤다.

"안토니오를 대통령으로!"

안토니오는 책상 끝머리에 걸터앉아 오로라가 진정하기만을 기다렸다.

"알았어, 알았다고, 오로라. 네가 바통을 이어받을래? 자, 하고 싶은 말이 있으면 한번 해 봐!"

"아니야, 미안해. 웃자고 한 소리야, 안토니오."

오로라는 웃음을 터뜨리며 말했다.

"오해는 하지 마."

안토니오는 심호흡을 한 후 손목시계를 보았다.

"자, 이제 두 시간 후면 우리가 준비한 대대적인 캠페인이 시작될 거야."

안토니오의 목소리에서는 조금 전 비장하게까지 느껴지던 진지함은 찾아볼 수가 없었다.

"우리가 해야 할 일은……."

그 순간, 복도에서 발자국 소리가 들려왔다.

곧 문을 두드리는 소리도 들렸다.

그건 멤버들끼리 주고받는 비밀 신호와는 거리가 멀었다. 사실 멤버들 중 누군가가 문을 두드릴 일도 없었다. 모두들 방 안에 모여 있었으니까. 그렇다면 지금 노크를 하는 사람은 도대체 누구지?

안토니오는 손가락을 입술로 가져가 조용히 하라는 신호를 보냈다. 누군가가 분명히 문밖에 있었다.

"여보세요, 거기 안에 누가 있습니까?"

낯선 남자의 목소리였다.

큰 소리로 환호하던 오로라의 목소리가 밖으로 새어 나간 게 틀림없었다. 에밀리에는 긴장이 되어 목이 바짝바짝 마르는 것만 같았다. 문밖의 남자는 다시 한 번 더 노크를 하고 소리를 지른 후 잠시 기다렸다. 모두들 숨을 죽이고 가만히 있었더니, 곧 문밖에서 멀어지는 발자국 소리가 들려왔다. 도대체 누구일까? 건물 주인? 아님 공사장 인부일까?

모두들 서로를 마주보며 말없이 눈빛을 교환했다. 방 안은 긴장감으로 숨이 막힐 듯했다. 안토니오는 옆에 앉아 있던 에밀리에의 팔에 손을 올렸다.

"모두들 소지품 챙겨. 당분간 여기서는 활동할 수 없을 것 같아."

아무도 말이 없었다. 모두들 침묵 속에서 서둘러 각자의 짐을 챙겼다. 컴퓨터를 가방에 넣고, 전선을 말아 배낭에 넣고, 여러 가지 문서들과 사진들, 아시아 노동 상황을 보여 주는 통계 자료 등은 손가방에 넣었다.

안토니오는 조심스레 문 쪽으로 다가가 귀를 기울였다. 건물 뒤편으로 창문이 있었더라면 누가 문을 두드렸는지 볼 수 있었을 텐데, 불행히도 방 안에는 그런 창이 하나도 없었다. 정적. 안토니오는 살며시 문을 열었다. 아주 조심스레 열었지만 손잡이를 돌릴 때 나는 금속성 소리는 피할 길이 없었다. 그는 두 눈을 지그시 감고 몇 초 동안 꼼짝 않고 그 자리에 서서 문밖의 동태를 살폈다. 아무도 없다는 것을 확인한 뒤 그는 등 뒤에서 기다리고 있던 멤버들에게 손짓을 해서 움직여도 좋다는 신호를 보냈다.

이제 뭘 어떻게 해야 하는 걸까? 건물 밖으로 나가는 길은 하나뿐인

데……. 안토니오는 조심스레 계단을 내려갔고, 멤버들도 발소리를 죽여 그 뒤를 따랐다. 그 순간, 아래쪽 문이 열리는 소리와 함께 두 남자가 대화를 나누는 소리가 들렸다. 보아하니 그들은 계단을 올라오는 중인 것 같았다.

안토니오는 몸을 돌려 계단 위로 뛰어 오른 다음 반대편 복도 끝을 향해 내쳐 달렸다. 복도는 너무도 캄캄해서 뒤따르던 에밀리에는 벽을 짚어 가며 걸음을 옮길 수밖에 없었다. 등 뒤에서는 계단을 오르는 낯선 남자들의 발소리가 들렸다. 무거운 장화 소리, 그리고 그들의 낮은 목소리. 저 위에서……. 무슨 소리를 들었어……. 나도 잘 몰라…….

안토니오가 복도 끝에 있던 문을 열자 한 줄기 햇살이 복도를 비췄다. 서둘러 비상계단으로 향한 아이들은 얼른 소리 나지 않게 가만히 문을 닫았다.

"이리로 내려와!"

안토니오는 나직이 외친 다음 계단을 내려갔다. 계단을 모두 내려가니 1층에 사무실처럼 보이는 공간이 나타났다. 낡은 의자들로 가득한 실내 벽에는 습기로 얼룩진 자국이 여기저기 보였고, 바닥에는 천장에서 새는 물방울을 받아 내기 위한 양동이들이 놓여 있었다. 안토니오는 창가로 다가가 조심스레 창문을 열고 밖을 내다보았다.

창은 지면에서 약 1.5미터 정도 위에 있었다. 창을 통해 먼저 뛰어내린 에밀리에는 긴장된 눈빛으로 주변을 둘러보았다. 그들에게 수갑을 채워 경찰차로 인도할 만한 사람은 눈에 띄지 않았다.

건물 밖으로 무사히 빠져나온 아이들은 카페로 가서 한숨 돌리기로 했다. 공원 근처 교회 뒤에 있는 야외 카페를 찾은 아이들은 조금 전의 긴박했던 상황을 떠올리며 가쁜 숨을 몰아쉬었다. 웨이터가 다가와 주문을 부탁하자 오로라는 에밀리에를 가리키며 빈정댔다.

"쟤는 분명히 코코아를 주문할 거예요."

"웃기지 마, 오로라."

에밀리에는 오로라의 말을 무시하고 사과주스를 주문했다.

"도대체 누가 노크한 거지?"

리세가 말문을 열었다.

"틀림없이 그 건물 공사장 인부였을 거야."

오로라가 말에 라스는 고개를 끄덕이며 카푸치노에 설탕을 넣어 저었다.

"아마 그 사람들은 방 안에 마약 중독자들이 진을 치고 있다고 생각했겠지?"

"그럴지도 몰라. 하지만 방 안에서 주사기와 쓰레기가 아니라 제3세계 노동 현황에 대한 통계 자료를 발견하게 되면 아마 깜짝 놀랄걸."

"맞아!"

"근데 그 사람들이 다시 그곳을 찾아보지는 않을까?"

리세가 다시 질문을 던졌다.

"그렇게 생각하지는 않지만……. 이젠 비밀 본부 없이도 일을 해 나갈 수 있도록 준비하는 게 좋을 것 같아. 사실 그건 큰 문제가 아니야. 지금 당장은 한 시간 뒤에 진행될 전국적인 캠페인에 집중해야 해."

멤버들은 곧 짝을 지어 일을 분담하기로 했다. 오로라, 라스, 리세 등은 각자의 몫으로 맡은 스티커를 시내의 슈퍼마켓을 돌며 초콜릿 포장지에 붙이기로 했다.

"난 언론에 배포할 기사문을 작성할게. 에밀리에의 도움을 받았으면 좋겠는데……."

다른 멤버들은 안토니오의 말에 놀란 표정을 지었다. 하지만 아무도 그의 말에 반박하진 않았다. 안토니오는 각자 시계를 확인하라고 당부한 후 멤버들에게 행운을 빌었다. 남은 사람은 이제 안토니오와 에밀리에뿐이었다.

안토니오는 노트북을 가방에서 꺼내 에밀리에와 함께 워드 프로세서로 기사문을 작성하기 시작했다.

"노예 제도를 방불케 하는 노동력 착취는 더 이상 있어선 안 될 일이다."

안토니오는 첫 문장을 이렇게 시작했다. 에밀리에는 그의 팔에서 온기를 느낄 수 있었다. 안토니오가 다음 문장을 잇기 위해 고개를 돌려 에밀리에를 바라보자, 둘의 얼굴은 너무도 가깝게 맞닿아서 안토니오의 숨결까지 느껴질 정도였다.

"불합리한 행태와……."

얼굴이 빨개진 에밀리에는 얼른 뒷말을 이었다. 안토니오는 계속해서 자판기를 두드렸다. 그의 뺨과 입술이 거의 코앞에 있어서, 에밀리에는 그 얼굴을 향해 입술을 가져가고 싶은 충동을 느꼈다.

"타인의 고통을 바탕으로 돈을 버는 일 또한 있어선 안 될 일이다."

안토니오는 에밀리에의 말을 얼른 받아 적었다.

"하지만 수많은 거대 국제 기업들이 가난과 기아를 악용하여 이익을 추구하고 있는 것이 오늘날의 현실이다."

이렇게 두 사람은 서로의 의견을 주고받으며 기사문을 완성했다.

"고마워, 에밀리에. 덕분에 더 좋은 기사문을 작성한 것 같아."

"응……."

에밀리에는 나직이 중얼거렸다. 무슨 말이라도 덧붙이고 싶었지만 좀체 입 밖에 낼 수가 없었다.

안토니오는 시계를 보았다.

열두 시 10분 전.

"곧 캠페인이 시작될 거야."

전국적인 캠페인.

✿✿✿✿✿✿

"내가 도와줄까?"

리나는 묵직하고 커다란 바퀴가 달린 나무 손수레를 바라보며 물었다. 레자는 고개를 저었다. 리나에게서 도움을 받고 싶진 않았다. 오히려 레자는 혼자 힘으로 손수레를 끌어 가파른 오르막길을 오르며, 자기가 얼마나 힘이 센지 리나에게 보여 주고 싶었다.

레자는 손수레를 끌고 강가의 폐금속 쓰레기장을 지나쳤다. 거기에는 폐기 처분된 라디오와 CD플레이어, 휴대폰 등의 기계 부품들과 노란색,

초록색, 파란색, 빨간색 등의 전선들이 산더미처럼 쌓여 있었다. 한 무리의 아이들과 젊은이들이 폐기 처분된 기기 더미 위에 올라서서 색색의 플라스틱들을 분리하고, 전선을 분해하고, 재활용이 가능한 부품들을 분리하고 있었다. 그중 한 명이 레자를 발견하고 손을 흔들며 무슨 말인가를 외쳤다. 그들은 곧 폐품 더미 위에서 내려와 가죽 조각을 수집하는 장소로 향했다. 두 개의 거대한 금속 컨테이너 속에서 진득한 액체가 김을 모락모락 내고 있었다. 한 여인이 피곤한 눈빛으로 먼지 묻은 거뭇거뭇한 손을 들어 이들에게 인사를 건넸다. 리나는 가죽 조각을 플라스틱 양동이 속에 모으는 레자를 바라보았다. 이어 플라스틱 양동이는 구식 저울 위로 올라갔고, 무게를 단 후 컨테이너 속으로 사라졌다. 리나는 발을 들어 컨테이너 가장자리를 넘겨보았다.

"저렇게 해서 완전히 사라지는 거야?"

"응."

"정말 이상해."

"글쎄……. 이상하다고 생각해?"

리나는 거품이 보글보글 나는 찐득한 액체 속에서 가죽이 서서히 녹아내려 풀로 변하는 과정을 지켜보았다.

레자는 가죽의 무게를 재던 여인으로부터 받은 돈을 세어 보았다. 그리고 감사하다고 인사한 후 리나의 손을 잡고 그곳을 나섰다.

길가에 모여 있던 열두서너 살 정도의 남자아이들이, 손을 잡고 지나가는 두 사람을 향해 능글맞은 미소를 던졌다. 그들 중 하나는 작은 플라스틱 병을 입술 위로 가져가 힘껏 빨아들이기도 했다. 언젠가 아버지는 이들이 사회의 패배자들이라고 말했다. 지옥의 어둠에 빨려 들어가, 영혼이 녹아내리면서 함께 사라져 버리는 삶들이라고. 결국 이들은 뼈만 남게 될 것이고 갈 곳 모르는 혼이 되어 정처 없이 떠돌게 될 것이라고 했다, 리나의 아버지는…….

"공주님, 이리로 와 보시죠."

무리 중 한 아이가 리나를 향해 팔을 뻗으며 말했다. 리나는 얼른 시선을 돌려 가능한 한 그들에게서 거리를 두고 걸었다. 무리는 포기하지 않고 리나를 향해 소리를 질러 댔다. 여자의 신체에 대한 더럽고 지저분한 말들. 리나는 그것이 무엇을 의미하는지도 몰랐다.

"저 애들이 하는 말은 들을 필요 없어."

레자는 발걸음을 더욱 빨리했다. 마침내 강가의 작은 숲에 도착하니, 키가 큰 풀들이 두 사람의 몸을 간질였다. 둘은 빽빽하게 자리한 나무들 때문에 앞을 보기도 힘들 정도였다.

"도대체 얼마나 더 가야 해?"

"너한테 보여 줄 게 있어. 곧 도착할 거야."

레자는 좁은 내리막길을 걸으며 대답해 주었다. 작은 호숫가에 도착했을 때 폐품과 잡동사니로 지어 올린 아담한 별장이 모습을 드러냈다. 강가에 줄지어 서 있는 집들과 그리 멀지 않은 거리였지만, 키 큰 덤불들 때문에 레자의 별장은 사람들의 눈에 띄지 않았다. 빽빽한 숲을 지나 그 별장에 발을 들여놓을 수 있을 만한 존재는 오직 거미나 고양이들밖에 없을 것 같았다. 별장 안에는 나무판자 위에 낡은 담요를 덮어 만들어 놓은 소파도 있었다. 그 앞에는 나무 상자 위에 놓인 틀만 남은 텔레비전도 보였다. 소파 옆에는 전선이 잘려 나간 램프가 서 있었다. 나름 구색은 갖추고 있는 셈이었다.

"네가 이렇게 꾸며 놓은 거야?"

리나가 물었다.

"응, 나랑 친구 몇 명이서 같이 꾸몄어."

리나는 소파 위에 앉아 텔레비전을 보는 척했다. 텔레비전은 틀만 앙상하게 남아 있었고, 화면도 간데없어서 텔레비전 중앙의 빈 공간 사이로는 뒤편의 숲이 그대로 보였다. 레자는 작은 판자 하나를 들어 올려 텔레비전을 겨누었다. 그 작은 판자가 리모컨 역할을 하는 모양이었다. 그런 다음, 레자는 얼른 텔레비전 뒤로 뛰어가서 화면이 있어야 할 자리에 얼굴을 쑥 들이밀었다.

"친애하는 시청자 여러분, 지금부터 뉴스를 시작하겠습니다."

레자는 성인 남자의 굵직한 목소리를 흉내 내어 말했다. 리나가 웃음을 터뜨리자, 레자는 더욱 신이 나서 한쪽 눈을 지그시 감고 심각한 표정으로 말을 이었다.

"불행히도 오늘은 좋지 않은 소식부터 전해 드리겠습니다. 다카 상공에 거대한 독구름이 모습을 드러냈다고 합니다. 목격자들에 의하면 그 구름은 아주 고약한 냄새를 풍긴다고 합니다."

"정말이야? 그거 아주 나쁜 소식인데."

리나는 미소를 지었으나, 레자는 마치 나이 많은 현자 같은 표정으로 이마에 주름을 지으며 그녀를 바라보았다.

"네, 매우 독성이 강한 가스 구름이라고 하는군요. 이 가스가 특히 독성이 강한 이유를 아십니까?"

"아니요."

"바로 방귀 구름이기 때문입니다."

레자는 여전히 진지한 표정으로 말을 이었다.

"뭐라고?"

리나는 다시 큰 소리로 웃었다.

"전 도시의 사람들이 뀐 방귀가 모여 구름이 되었다고 합니다."

그는 양팔을 허공으로 치켜들며 말했다. 리나는 웃음을 참을 수가 없었다. 뱃속에 있던 웃음 가스가 한꺼번에 폭발하는 것 같은 느낌이었다.

"웃을 일이 아니지요."

하지만 레자도 터져 나오는 웃음을 참지 못했다.

"전문가들에 의하면 곧 지구상의 인류가…… 모두…… 독가스 때문에 질식할 우려가 있다고……."

그는 더 이상 말을 잇지 못하고 큰 소리로 웃어 버렸다. 그러고는 리나 옆으로 다가와 자리를 잡고 앉았다. 두 사람은 딸꾹질까지 하며 함께 웃었다. 곧 레자는 웃음을 멈추고 리나를 바라보았다. 따스한 미소가 담겨 있는 그의 두 눈은 자못 진지했다. 사랑에 빠진 자들의 불확실함. 리나는 레자의 손을 내려다보았다. 그러자 레자는 조심스레 손을 들어 올려 리나의 손을 꼭 쥐었다. 한 쌍의 손. 따스한 미소. 도대체 이건 무엇일까? 이게 사랑이 아닐까? 나의 가치를 알아봐 주고 보듬어 줄 수 있는 사람을 만났다는 느낌. 수백만이 모여 사는 이 도시에서 나를 알아보고 선택해 준 바로 그 사람을 만났다는 느낌.

12

세상의 수호자들

모든 일이 동시에 일어났다. 라스는 휴대폰의 시계가 열두 시 정각을 가리키자 마요르스투아에 있는 슈퍼마켓으로 들어갔다.

그와 동시에 리세도 시계를 확인한 후, 그 옆에 있던 다른 슈퍼마켓 문을 열고 들어섰다.

트롬쇠에서는 서로 얼굴도 모르는 두 명의 남학생이 같은 거리, 같은 슈퍼마켓 안에 들어갔다가, 초콜릿 진열대 앞에서 동시에 스티커를 들고 나란히 서는 바람에 남몰래 미소를 주고받기도 했다. 이들의 미소에는 비밀 조직에 속한 멤버들끼리만 나눌 수 있는 따뜻한 은밀함이 어려 있었다.

쇠룸산에서는 세 명의 여학생이 함께 같은 슈퍼마켓 안으로 들어가 역할을 분담하여 행동했다. 그중 한 명이 설거지용 수세미는 어디 있는지, 요구르트는 어디 있는지, 퓨즈가 어디 있는지 등 이런저런 질문을 던져 점원의 관심을 다른 데로 돌리는 동안, 다른 두 명은 초콜릿에 무사히 스티커를 붙였다.

베르겐에서는 한 소년이 서른 장 이상의 스티커를 붙이는 데 성공했으나 결국은 슈퍼마켓 점원에게 발각이 되었다. 소년은 생선가게가 있는 부두 쪽으로 발바닥에 불이 나도록 도망쳤다. 동시에 서른두 명의 학생들은 서로 다른 슈퍼마켓에서 두근거리는 심장을 억누르며 주머니에 숨겨 두었던 스티커를 초콜릿에 조심조심 붙이기도 했다.

트론헤임에서도 수많은 학생들이 종종걸음으로 저마다 각기 다른 슈퍼마켓을 돌며 스티커를 붙였다. 안절부절못하며 주위를 두리번두리번 살피는 학생, 아무 일도 아닌 것처럼 너무도 태연자약하게 스티커를 붙이는 학생, 눈빛에 흥분과 긴장감을 가득 담은 학생 등, 그 모습은 학생들의 수만큼이나 다양했다.

함메르페스트에서는 코에 피어싱을 한 여학생 한 명이 스티커를 붙이다가 가게 주인에게 발각이 되어 부모가 사과를 하고 데려가는 일도 생겼다. 하지만 여학생의 어머니는 자초지종을 듣자 딸을 야단치기는커녕 오히려 좋은 일에 열정을 보이는 건 긍정적이라며 격려해 주었다.

푀르데에서는 세 명의 남학생이 한 슈퍼마켓에 함께 들러 스티커를 붙이고 나오는 길에 도둑으로 누명을 쓰고 잡히기도 했다. 이들은 점원이 주머니를 샅샅이 뒤지는 동안 태연하게 미소를 지으며 가만히 서 있었다. 가게 점원은 이들의 주머니에서 훔친 물건이라곤 아무것도 찾지 못했고 결국 이들을 보내 주어야만 했다.

세상의 수호자들 캠페인은 이처럼 같은 날, 같은 시각 전국에서 동시에 진행되었다. 세냐, 스토드, 산데, 퇸스베르그에서부터 타랑게르까지. 텔레마크와 트롬스도 마찬가지였다. 캠페인을 위해 각자의 임무를 마친 아이들은 집에 돌아가 컴퓨터를 켜고 세상의 수호자들 홈페이지에 들어가 로그인을 했다. 그리고 임무를 수행했던 슈퍼마켓의 이름을 적어 넣거나, 휴대폰으로 찍은 사진을 업로드하기도 했다.

에밀리에와 안토니오는 시내의 한 인터넷 카페에 앉아 홈페이지를 업데이트하며 상황을 주시했다. 등록된 슈퍼마켓의 이름은 점점 늘어났다. 노르웨이 전역 곳곳에 있는 슈퍼마켓 이름들이 차곡차곡 올라가고 있었다. 이 엄청난 캠페인 뒤에는 자신들이 있다는 것을 떠올린 두 사람은 가슴이 벅차오르는 걸 느끼지 않을 수 없었다.

에밀리에와 안토니오는 슈퍼마켓의 이름을 하나하나 큰 소리로 읽어 가며 만족감을 감추지 못했다. 정확히 오후 한 시가 되자, 안토니오는 미리 작성해 두었던 기사문을 각 신문사로 보냈다.

노예 제도를 방불케 하는 노동력 착취는 있어선 안 될 일입니다. 불합

리한 행태와 타인의 고통을 바탕으로 돈을 버는 일도 있어선 안 됩니다.
이러한 일을 멈추기 위해 우리는 국민들의 각성을 촉구하려 합니다.

이제 뭔가 해야 할 때가 왔습니다. 우리는 뭔가 다른 일을 해야 합니다. 세상을 변화시켜야 합니다. 더 살기 좋은 세상을 위해 한 발자국, 두 발자국 앞으로 나가야 합니다. 우리는 이미 세상의 작은 변화를 가져오기 위한 일을 시작했습니다. 당신은 어떻습니까?

세상의 수호자들.

에밀리에는 거실과 부엌문 사이에 서서 저녁 뉴스를 지켜보았다. 정말 세상의 수호자들 캠페인이 뉴스에 등장할까? 아무리 침착하려 해도 흥분과 긴장감을 감출 수가 없었다. 오후에는 두 종류의 인터넷 신문에서 이미 이들의 캠페인을 중요한 기사로 소개했다. 기사에는 슈퍼마켓 안에서 찍은 휴대폰 사진들도 실렸으며, 슈퍼마켓 주인들과 점원들의 인터뷰도 함께 등장했다. 어떤 이들은 머리끝까지 화를 냈고, 또 어떤 이들은 캠페인이 순수하게 진행되기만 한다면 긍정적으로 생각한다며 학생들의 바른 생각과 열정을 추어올리기도 했다.

저녁 뉴스가 시작했다. 지구가 도는 모습과 함께 앵커가 주요 뉴스부터 읽어 내려갔다. 먼저 북극해의 오일 플랫폼에서 일어난 사고, 그리고 아이슬란드의 경제 난관 문제…….

"가장 먼저 전해 드릴 소식은 오늘 전국적으로 있었던 어느 특별한 캠페인에 관한 것입니다."

화면에서는 여러 슈퍼마켓 건물들이 하나하나 스쳐 갔고, 초콜릿 진열대의 모습이 그 뒤를 이었다. 곧 화면이 확대되자 세상의 수호자들이 붙여놓은 스티커 속 문구가 눈에 들어왔다.

'아동 노동을 찬성한다면 초콜릿을 드십시오! 세상의 수호자들.'

슈퍼마켓 점원들과의 짧은 인터뷰에 이어 카메라는 초콜릿 제조회사인 프레이아 공장의 건물 외벽을 화면에 잡았다. 그러자 한 기자가 마이크를 들고 화면에 등장했다.

"우리가 먹는 초콜릿의 대부분이 바로 이 공장에서 만들어집니다."

그는 뒤편에 자리한 건물의 창을 가리키며 말했다. 창 안쪽으로는 '크빅룬시'라는 상표의 초콜릿을 가지런히 나르는 컨베이어가 보였다.

"하지만 이 초콜릿의 주원료인 코코아가 어디서 생산되는지, 또 누가 그것을 수확하는지 아십니까?"

기자는 건물 내의 한 사무실로 걸어갔다. 그곳에는 짙은 나무색의 사무용 가구가 자리하고 있었고, 벽에는 에드바드 뭉크의 오리지널 그림 한 점이 걸려 있었다. 기자는 프레이아 회사의 마케팅 정보 과장을 소개했다. 30대 중반의 그녀는 세련된 회색 재킷과 청바지 차림이었다.

기자: 프레이아의 마케팅 정보 과장인 크리스틴 오펜 씨, 오늘 전국적으로 있었던 캠페인에 대해서 어떻게 생각하십니까?

프레이아: 오늘날의 청소년들이 주변에서 벌어지는 국제적 양상에 관심과 열정을 보이는 것은 참으로 긍정적이라 생각합니다. 프레이아에서는

노동자들의 안전과 임금을 국제적 요구 조건에 부응하도록 맞추는 동시에, 소비자에게도 만족스런 제품을 생산하기 위해 최선의 노력을 다하고 있습니다.

기자: 그렇다면 코코아를 생산하는 데 아동들의 노동력을 이용하는 상황에 대해선 어떻게 생각하십니까? 이들의 손으로 수확된 코코아가 지금 우리가 먹는 초콜릿의 주원료가 되는데 말이죠.

프레이아: 저희는 기본적으로 국제 노동 기구의 조건에 입각하여 협력 회사나 하청 업체에게도 매우 엄격한 품질 및 노동 조건을 요구하고 있습니다.

기자: 하지만 그 요구 조건이 제대로 시행되지 않는 것으로 보이는군요. 프레이아에서는 이 사안에 대해 앞으로 어떤 절차를 행할 계획인지요?

프레이아: 저희 입장에서는 하청 업체들을 하나하나 통제하고 관리한다는 것이 그리 쉽지 않습니다. 코코아를 생산하는 하청 업체들은 그 지역의 수없이 많은 소규모 농장에서 코코아를 거두어들이고 있기 때문에 그걸 완벽히 파악하기는…….

기자: 하지만 프레이아에서는 이들 농장에서 코코아를 사 들이고 있지 않습니까? 이론적으로 봤을 때 농장의 아동 노동을 묵과하고 동시에 아무런 제재도 취하지 않는다면, 프레이아에서는 결국 이득을 보게 될 것이 분명한데요.

프레이아 : 저희 프레이아에서는 노동자들의 안전과 임금에 관한 한 모든 국제적 노동 조건에 입각하여 제품을 생산할 수 있도록 최선을 다하고

있으며, 또한……

　기자: 잘 알았습니다. 감사합니다. 프레이아의 마케팅 정보 과장 크리스틴 오펜 씨였습니다.

　기자는 카메라를 향해 프레이아 밀크 초콜릿에 부착된 세상의 수호자들 스티커를 들어 올렸다.

　'노예와 다름없는 노동력 착취의 한 작은 예.'

　곧 화면은 스튜디오로 바뀌었다.

　"왜 그렇게 실없이 웃고 있니?"

　아버지의 말에 에밀리에는 얼른 정신을 차리고 고개를 저었다.

　"'노동력 착취의 한 작은 예'라는 말이 의미심장하면서도 어딘지 모르게 웃기는 거 같아서요."

　아버지는 고개를 끄덕였다.

　"그래. 학생들이 이런 일에 관심과 열정을 보인다는 건 아주 긍정적인 일이지."

　아버지는 다시 텔레비전으로 시선을 돌렸다. 화면에는 뉴욕의 증권 시장에서 하얀 쪽지들을 쉴 새 없이 흔들어 대는 증권 중개인들의 모습이 보였다.

　에밀리에는 방으로 돌아가 책상 위의 컴퓨터를 켰다. 예상보다 훨씬 큰 반응을 얻은지라 벅찬 마음으로 다른 멤버들과 채팅을 하기 위해 세상의 수호자들 홈페이지를 열었다.

'드디어 뉴스에 나왔어!'

에밀리에는 홈페이지에 올라온 캠페인 관련 휴대폰 사진들을 천천히 둘러보았다. 전국 곳곳의 서로 다른 슈퍼마켓들, 스티커를 붙이는 손들, 그리고 미소를 짓는 학생들의 얼굴들…….

제3부

나는……

에밀리에 일행이 몇 시간 전에 빠져나온 텅 빈 세상의 수호자들 비밀 본부는 창을 통해 스며든 햇살로 환했다. 뒤늦게 그곳을 찾은 두 명의 인부들은 어질러진 종잇조각들과 남아 있는 통계자료들을 살펴보았다. 인부들은 주변을 샅샅이 둘러보았지만 사람의 그림자라곤 찾아볼 수 없었다. 오직 햇살 속에서 춤을 추는 먼지들만이 어지러이 널려 있는 종이 위로 내려앉고 있을 뿐이었다.

창틀이 드리우는 그림자는 시간이 흐를수록 더욱 길어져만 갔다.

보츠와나인의 예상 생존 수명 33세
최저 임금 이하의 수입으로 생계를 연명하는 사람 12억 명
식수를 얻기 위해 매일 1킬로미터 이상을 걷는 사람 8억 8천 4백만 명
질병과 기아로 매일 목숨을 잃는 어린이 2만 2천 명

이 숫자들 뒤에는 헤아릴 수 없이 많은 이름과 얼굴과 슬픔이 숨어 있다. 세상을 떠난 어린이들 뒤에는 비통해하는 부모와 형제들의 그늘진 얼굴이 자리하고 있다. 무려 2만 5천 구의 시체들이 매일 땅속에 묻히고 있다. 직접 겪어 보지 않은 이들이 어떻게 이 아픔을 알 수 있을까?

죽은 이들의 얼굴 위로, 손 위로, 감은 눈 위로 흙무더기가 던져질 때, 이들의 이름은 속삭임으로 또는 슬픔 어린 외침으로 변해 허공으로 번질 것이다.

저녁 햇살은 지붕 너머로 사라졌고, 방 안에는 서서히 어둠이 찾아들어 결국 이 숫자들을 무심하게 덮어 버렸다.

❊❊❊❊❊

나는 수단의 망명자 수용소에서 죽은 소년이다. 두 팔은 옆으로 축 늘어졌고, 양다리는 마치 어린 시절 축구공을 차듯 아버지의 발걸음에 맞추어 흔들거렸다. 가뭄이 오기 전 그나마 행복했던 그 시절의 기억이 흐릿하다. 이제 기억에 남는 것은 윙윙거리는 파리 떼들과 타는 것 같은 햇살, 머리 위를 빙빙 돌던 헬리콥터들, 길게 늘어진 줄, 배고픔, 그리고 죽음뿐이다.

나는 중국의 대련 전자에서 일하는 소녀이다. 열한 명의 다른 소녀들과 함께 공장 안에서 숙식을 해결하고 있다. 모두들 도시에서 멀리 떨어진 작은 마을 출신이다. 저녁이 되면 우리는 함께 모여 앉아 와자지껄 농담을 하며 웃기도 하고, 고속도로 옆길을 산책하며 지나가는 남자아이들이나 가게의 군것질거리에 눈길을 던지기도 한다. 언제나 뭔가 새로운 일을 경험하고 싶다. 하지만 낮에는 목과 손가락이 뻣뻣해질 때까지 시계 부품을 한데 조립해야 한다.

나는 인터넷에서 초콜릿 캠페인에 대한 기사를 읽고 있는 소년이다. 세상의 수호자들이란 클럽에서 만든 광고지와 스티커를 나눠 주던 그 소녀처럼, 나도 세상을 변화시키기 위해 무언가 해야겠다는 생각을 하고 있다. 그래서 나는 내일 방과 후 프레이아 초콜릿 공장으로 가서, 그들이 오래도록 기억할 만한 어떤 교훈을 남겨 주려 한다.

나는 레자. 가죽 조각을 나무 손수레에 싣고 운반하는 소년이다. 나는 세수를 할 때도, 가죽을 수집할 때도, 손수레를 끌고 오르막길을 오를 때도 쉴 새 없이 리나를 생각한다.

나는 에밀리에의 집 정원에 있는 자두나무를 오르는 한 마리 작은 개미이다. 이제 열매에 이르게 되면 맛 좋은 자두 속으로 파고 들어가 배부르게 먹을 생각이다.

나는 오슬로 동쪽의 한 창고를 순찰하는 경비원이다. 정해진 구역을 돌며 눈에 띄는 일들은 모두 기록하고 통제하는 것이 바로 내 임무이다. 아무리 솜씨 좋은 침입자라도 내 눈을 벗어나진 못할 것이다.

나는 지금 이 글을 쓰고 있는 작가이다. 독자들에게 무언가 생각할 거리를 던져 줄 수 있기를 희망하며 글을 쓰고 있다. 그렇다면 나도 세상을 변화시키는 데 한몫을 한다고 말할 수 있을까? 정말 그럴까? 어쩌면 나 역시 대부분의 사람들과 마찬가지로 알게 모르게 아동 노동과 노예 착취에 동참하고 있는지도 모른다. 나는 지금 이 글을 맥 컴퓨터를 사용해 집필하고 있다. 내 옆에는 초콜릿이 담긴 접시가 놓여 있다. 누가 이 컴퓨터를 조립했을까? 누가 이 초콜릿을 만든 코코아 열매를 땄을까? 내가 지금 입고 있는 이 바지는 누가 바느질했을까? 나의 아이들이 성탄절에 선물로 받은 장난감은 누가 조립했을까?

나는 인도의 한 도시 외곽에서 반짝거리는 광물 운모를 손으로 채취하는 일곱 살 소녀이다. 구멍이 촘촘한 다공성 광물을 들어 올려 커다란 쇠스랑으로 부순 후, 남아 있는 반짝이 물질을 모으는 것이 바로 내가 하는 일이다. 이 반짝이들은 오로라의 아이섀도를 만드는 데 사용된다. 오로라가 매일 거울 앞에서 단장할 때 사용하는 바로 그 화장품.

나는 편의점의 쓰레기 더미 밑바닥에 깔려 발버둥치고 있는 한 마리의 벌이다.

나는 애플Apple 사의 최고 책임자인 스티브 잡스Steve Jobs이다. 차의 뒷좌석에 앉아 회사로 향하던 중, 휴대폰을 내려놓고 운전기사에게 비틀즈Beatles 음악을 틀어 달라고 부탁했다. '어 데이 인 더 라이프A Day in the Life'

가 흐르는 동안 차창 밖을 바라보았다. 스쳐 가는 건물과 건물들. 정원의 스프링클러가 뿜어내는 물줄기 사이를 뛰어다니던 한 소년이 웃음을 터뜨리는 모습. 손을 꼭 잡고 집으로 함께 들어가는 연인의 모습. 아기를 안고 걷던 한 여인이 두 팔을 벌려 반갑게 인사하는 할아버지, 할머니를 향해 미소를 건네는 모습. 문득, 이 모든 것이 한순간에 사라져 버릴 것만 같은 두려움에 눈물이 어린다.

내 이름은 첸. 에밀리에의 맥 컴퓨터를 최종 조립한 스물세 살 청년이다. 화면과 자판기가 제대로 작동하는지 점검한 후, 완벽하게 포장을 한 사람도 바로 나였다. 우리가 일하는 공장 안에서는 서로 대화를 나누는 것이 금지되어 있다. 손에 통증이 느껴진다. 공장 안에는 곳곳에 감시 카메라가 설치되어 있다.

나는 민. 홍관의 한 거대한 공장에서, 라스의 맥 컴퓨터 속에 하드 디스크를 장착한 소녀이다. 집을 떠나 이 번잡한 도시에 온 지도 벌써 1년이 지났다. 나는 이곳에서 일하는 다른 노동자들과 마찬가지로 집에 돌아갈 생각을 하지 않는다. 집으로 돌아간들 나를 반겨 주는 이도 없고, 내 흥미를 끌 만한 것도 없으니까. 이곳에서 동료들과 대화도 나누지 않고 하루 온종일 일만 하는 무미건조한 생활을 하지만 집으로 돌아가는 것보다는 여기에 남아 있는 것이 더 낫다는 생각이 든다. 그간 많은 일들을 겪었다. 이제 내 고향은 더 이상 전처럼 크고 흥미로운 도시로 여겨지지 않는다.

고향에 남아 있는 남자들에게도 흥미를 잃은 지 오래다. 지난번 고향집을 방문했을 땐 오히려 공장 생활이 그리워졌다. 도시의 자유, 기숙사, 공장 일 이 모두가.

나는 에밀리에의 침대를 운송했던 거대한 선박의 창고에서 일하고 있다. 그간 배를 타고 온 세상 곳곳을 방문했지만, 사실 내 눈으로 직접 본 것은 파이프와 기계들, 그리고 창문 밖 항구의 모습이 전부이다. 내 귀에 들리는 것은 끝없이 이어지는 엔진 소리뿐이고, 코로 맡는 냄새라고는 기름과 금속, 그리고 땀 냄새가 전부이다.

나는 석탄을 사용하는 화력 발전소에서 일하고 있다. 구글 어스Google Earth의 야간 사진에 빛을 더할 수 있도록 도시의 건물과 공장에 전기를 공급하는 것이 나의 임무이다.

나는 안토니오. 그 소녀가 내게 다가오는 모습을 상상하고 있다. 빛나는 눈동자, 수줍은 미소. 내게 기대 오는 그녀의 눈빛에 진지함과 열정이 어려 있다.

나는 검은 머리의 소년. 내 주머니에는 드라이버가 들어 있고, 지금 자전거를 타고 프레이아 공장으로 향하는 중이다.

나는 에밀리에의 아버지.

나는 라스.

나는 리세.

나는 오로라.

나는 에밀리에. 휴대폰을 사용해 페이스북 페이지를 열고 그 애의 얼굴을 찾는다. 안토니오. 휴대폰 화면에 조심스레 입술을 가져가는 순간 진동음이 시작되었다. 누가 전화를 하는 걸까? 얼른 화면에서 입술을 떼고 발신자를 확인했다. 안토니오다!

제4부

13

아이 슬레이브iSlave

미국 샌프란시스코 중심가의 한 커피숍에서 머리가 희끗희끗하고 삐삐
마른 남자가 앉아 아이패드로 뉴스를 확인하고 있다. 남자는 검정색 셔츠
와 아이패드 화면에 떨어진 크루아상 부스러기를 털어 낸 후, 조금 남아
있는 에스프레소를 한 번에 삼켰다. 그는 아이패드를 집어 들고 약 2백 미
터 정도 떨어진 곳에 자리한 거대한 빌딩으로 걸어갔다. 흰색 벽면에 검정
색 사과 디자인이 새겨져 있는 건물. 바로 애플 본사였다. 경비원들은 남
자에게 인사를 건넸다. 그의 이름은 스티브 잡스. 애플 사의 최고 경영자
였다.

잡스는 자신의 집 창고에서 친구 한 명과 작은 회사를 차렸고, 그 회사
는 얼마 가지 않아 세계에서 가장 큰 회사로 성장했다. 자신의 사무실에
앉아 메일을 확인하고 있자니, 한 직원이 찾아와 그에게 맥루머스닷컴(애
플 팬사이트−역주)에서 회사에 해를 끼칠 만한 부정적인 캠페인이 시작되
었으니 살펴보는 것이 좋겠다고 보고했다.

"근원지는?"

"그리 큰 나라는 아닙니다. 노르웨이입니다……. 캠페인 이름은 아이

슬레이브iSlave라고 하는군요."

"전에도 사용된 적이 있는 이름이 아닌가?"

"네, 맞습니다. 하지만 이번에는 캠페인이 꽤 조직적으로 진행된 것 같습니다."

"그렇군. 젊은이들이 어떤 일에 열정을 보인다는 건 좋은 일이지. 어디 한번 볼까?"

그는 인터넷 페이지를 열었다.

******

에밀리에는 아이폰에서 흐르는 음악을 끄고, 하얀 이어폰을 돌돌 감으면서 오슬로 외곽의 아커스후스 성벽을 향해 걷기 시작했다. 안토니오, 오로라, 리세, 그리고 라스는 이미 낡은 성벽 옆, 잔디밭에 앉아 있었다. 에밀리에를 발견한 안토니오는 반가운 듯 손을 흔들었다. 일행이 에밀리에와 인사를 나누자, 안토니오는 이야기를 시작했다.

"오늘 우리가 다시 모인 이유에 대해선 모두들 잘 알고 있을 거야……."

오로라를 제외한 일행은 고개를 끄덕였다. 무슨 이유에선지 오로라는 기분이 나빠 보였다. 자못 반항적이고 도전적인 분위기까지 느껴졌다.

"새로운 캠페인에 대해서 계획을 세워 봤어."

안토니오는 잔디를 꺾는 오로라에게 시선을 보내며 말을 이었다.

"도대체 왜 그래, 오로라?"

"우린 모든 일을 함께 할 거라고 생각했어. 앞으로 있을 캠페인에 대해 미리 의논하고……. 예전에 그랬던 것처럼 말이야."

라스와 리세는 서로를 마주보며 눈빛을 교환했고, 안토니오는 멤버들의 얼굴을 차례차례 둘러보았다.

"알았어. 하지만 지금까지 아무도 새로운 의견을 내놓는 사람이 없었잖아. 그래서……."

일행의 옆에는 연인 한 쌍이 잔디 위에 드러누워 있었다. 벌 한 마리가 에밀리에의 머리 위를 빙빙 돌기 시작했다.

"누구든지 새로운 캠페인 방향을 제안한다면 나는 귀 기울여 들을 생각이야."

"누구든지? 귀 기울여 들을 생각이라고? 넌 바로 그게 문제야!"

오로라가 소리쳤다. 리세는 땅만 내려다보았고, 라스는 자신의 신발 끝에 시선을 고정시킨 채 마치 어디론가 도망이라도 가고 싶은 눈치였다.

"아, 미안해. 만약 내가 필요 이상으로 지배적이고 권위적이라면 언제든지 말해. 세상의 수호자들 멤버들은 모두 한 몸이라 해도 과언이 아니니까. 오로라, 혹시 무슨 좋은 의견이 있는 거야?"

오로라는 입술을 삐죽거렸다.

"지금 당장은…… 없어."

"알았어. 그렇다면 앞으로 잘 생각해 봐. 다른 사람은? 없어? 좋아. 이제 내 의견을 말해 봐도 될까?"

오로라를 제외한 멤버들은 일제히 고개를 끄덕였다. 그러자 안토니오는 심호흡을 한 후 말을 시작했다.

"지금까지 쭈욱 봐 왔는데 말이야……. 에밀리에, 너 아이폰 갖고 있지?"

"응."

"그리고 라스, 넌 맥 컴퓨터와 한시도 떨어지지 못하고……."

"맞아."

"그렇다면 그 컴퓨터가 어디에서 만들어지는지도 알고 있겠지?"

"메이드 인 차이나?"

"정확해. 우리가 가지고 있는 이 기계들은 모두 중국의 팍스콘Foxconn이라는 회사에서 만들지. 얼마 전 중국의 한 신문 기자가 신분을 숨기고 신천에 있는 이 공장에 잠입해 취재를 한 적이 있어. 그 안에서 약 40만 명이상이 매일 일을 하고 먹고 자는 등 거대 도시를 방불케 할 정도로 큰 규모의 회사였어. 밤낮 구분 없이 공장 생산 라인이 멈추지 않는 곳이었고. 그런데 이 회사에서 최근 자살을 하는 노동자 수가 급작스럽게 늘었어. 여기에 대해서 들어 본 적 있어?"

"응."

라스가 대답했다.

"하지만 그 조사에서는 회사 내 노동자의 자살률이 전체 인구 자살률보다 상대적으로 훨씬 낮다고 했던 것으로 기억하는데."

"맞아. 그렇긴 하지만, 그 취재 기자는 노동자들의 자살 원인이 노동 환경 때문이라고 결론을 내렸어. 그가 신분을 숨기고 사원으로 취직을 하려고 하자, 기업 측에서 가장 먼저 요구했던 사항은 바로 무임금 초과 노동에 자발적으로 참여하겠다는 각서를 쓰는 것이었다고 하더군. 중국 정부에서 승인한 초과 노동 시간을 훨씬 넘기는 것이었대. 또 그 기자는……."

안토니오는 인터넷 기사를 인쇄한 A4 용지에 시선을 돌렸다.

"……노동자들에겐 사생활이라곤 전혀 없었다고 했어. 취미 생활을 즐길 여유 시간도 없고, 가족이나 친구가 방문해도 잠시 만나 볼 틈조차 없다고 덧붙였어. 노동자들은 모두 회사 내에서 기숙 생활을 하는 데다, 동료들 간에 서로 대화를 나누는 것도 금지되어 있었어. 만약 대화를 나누다가 발각이 되면 처벌을 받는 건 물론이고, 노동조합을 구성하면 감옥에서 징역을 살아야 된대."

"그게 정말이야?"

리세가 믿을 수 없다는 듯 눈살을 찌푸렸다.

"응. 회사 내에 감시 카메라가 곳곳에 설치되어 있고, 심지어는 기숙사 침실에도 감시 카메라가 있기 때문에 행동이 제한될 수밖에 없다고 했어. 최근에 한 노동자가 과로로 목숨을 잃었는데, 알고 보니 무려 서른네 시간 동안이나 휴식 없이 일을 했대. 이들의 하루 평균 노동 시간은 열두 시간에서 열네 시간이지만, 새로운 제품이 개발되어 시장에 나가기 직전이면 잠을 잘 시간도 반납하고 일에 전념해야 한대. 이것이 바로 이 회사 노동자들의 실정이라는 거야."

라스는 안토니오가 들고 있던 A4 용지를 향해 손을 뻗었다.

"이들이 아이폰과 아이패드의 화면을 닦는 데 사용하는 물질은 아주 독성이 강하다는 걸 언젠가 인터넷에서 읽은 기억이 나. 이 사실도 기사에 실려 있는 거야?"

"응."

안토니오는 다음 장으로 넘겨 기사를 살펴보았다.

"여기! 공장에서 생산 시간을 단축시키기 위해 일반 알코올보다 훨씬 증발이 빠른 특수 물질을 사용한다고 하는군. 그런데 이 물질은 신경조직에 큰 해를 끼치기 때문에, 대부분의 노동자들이 어지럼증과 피곤함, 근육 마비 증세 등을 호소하고 있대."

"그럼 노동자들은 어떻게 해? 노동자들을 보호하는 정부 기관이나 보험 기관도 제대로 찾아볼 수 없을 것 같은데……."

리세가 끼어들었다.

"흥, 그래도 일이 생기면 보험 회사나 의료 기관에서 순식간에 달려올걸."

오로라가 빈정거리며 말했다.

"아니야. 노동자들이 더 이상 일을 할 수 없을 정도로 건강이 악화되면, 회사에선 이들을 해고해 버려. 마치 쓸모없는 기계 부품들을 무자비하게 폐품 처리해 버리듯이 말이야."

"그런 데다 노동자들 모두 회사에서 기숙 생활을 한단 말이지? 자살을 선택할 수밖에 없는 그때의 심정이 이해되는 것 같아……."

안토니오가 에밀리에의 말에 고개를 끄덕였다.

"매일 먹고, 자고, 일하는 일상을 기계처럼 반복하는 거야. 이런 쳇바퀴 같은 생활에서 벗어날 수 있는 유일한 방법은 한밤중에 기숙사 창문에서 뛰어내리는 것뿐이지."

"안토니오! 이 사안을 캠페인으로 다뤄 보는 게 어때?"

리세가 말했다.

"동감이야."

에밀리에도 맞장구를 쳤다.

"전에도 이런 회사들의 열악한 노동 환경에 대해 읽은 적이 있지만, 이 정도일 줄은 짐작도 못 했어. 정말 어떤 조치가 취해지지 않고선……. 그건 그렇고, 안토니오? 캠페인 문구는 생각해 봤어?"

"'아이 슬레이브iSlave'를 제안하고 싶어. 이미 여러 인터넷 사이트에서 이 단어를 사용하고 있지만, 꼭 우리가 새로운 단어를 만들어 내야 할 필요는 없잖아? 난 이 단어가 매우 적절하다고 생각해. 게다가 맥 컴퓨터의 프로그램 중에 아이 워크iWork라는 것도 있어서 역설적으로 느껴질 거야."

안토니오는 말과 함께 종이 한 장을 일행에게 돌렸다. 제일 먼저 문구를 살펴본 라스는 후 고개를 끄덕이며 다른 멤버들에게로 건넸다.

iWork all day. iWork all night. iSlave always.

(나는 낮에도 일하고, 밤에도 일한다. 나는 언제나 노예이다.)

세상의 수호자들.

"좋아. 문구는 완성됐고……. 이제 디자인이 필요한데. 라스? 아이디어 있어?"

멤버들은 여러 가지 가능성을 떠올린 후, 하얀 이어폰과 춤을 추는 사람들의 검정색 실루엣을 사용하는 아이팟 광고를 활용해 보기로 결정했다.

"사진은 우리 집에서 찍자."

라스가 자리에서 일어서며 말했다.

"지금 당장!"

라스의 집은 1800년대 농가의 고전적인 분위기를 그대로 간직하고 있는 거대한 저택이었다. 높다란 천장에 커다란 방들, 벽에는 빈틈없이 자리한 책들과 그림, 그리고 전 세계에서 수집된 골동품들로 가득했다. 반면에 부엌은 유리와 금속재로 구성된 현대적인 구조였다. 에밀리에는 마치 인테리어 잡지 속의 사진을 보는 것 같다고 생각했다. 라스의 방에는 저택 뒤편의 정원을 한눈에 볼 수 있는 커다란 창이 나 있었다. 바닥은 CD와 옷가지들로 발을 디딜 틈도 없을 정도였다. 책상 위에는 거대한 맥 컴퓨터가 있었고, 투명한 스피커와 스캐너 한 대가 컴퓨터에 연결되어 있었다. 라스가 자판기를 한 번 툭 두드리자 컴퓨터 화면에 미국의 한 대학교 홈페이지가 드러났다. 보스턴대학교의 시각예술미디어과에 지원하는 신청서까지.

"고등학교 졸업하고 저기에 지원할 생각이야?"

에밀리에가 물었다.

"응, 지금 계획은 그래. 내년에 지원서를 내 볼 거야."

라스는 말을 마친 후 서둘러 홈페이지 창을 닫았다. 마치 무언가를 숨기려는 것처럼.

"자, 이제 시작해 볼까?"

"그래."

리세는 SLR카메라를 집어 들었다. 그와 동시에 그녀에게서 머뭇거림과 주저하는 태도가 모두 사라져 버렸다. 마치 영화 속의 주인공처럼, 리세는 자신감과 당당함을 자연스럽게 풍기고 있었다. 리세는 한 치의 주저함도 없이 멤버들에게 어디에 서서 어떤 포즈를 취해야 하는지 지시했다. 구부정하게 서 있는 사람에겐 직접 다가가 상체를 똑바로 펴 주기도 했고, 하얀 벽을 향해 나란히 열을 지어 서도록 조심스레 자리를 잡아 주기도 했다. 리세는 이어폰 줄로 안토니오의 양쪽 손목을 둘둘 감은 후, 에밀리에도 이어폰 줄로 손목을 꽁꽁 묶었다. 안토니오의 등 뒤에 서 있던 에밀리에는 안토니오의 체취를 느낄 수 있었다.

"나는?"

오로라가 물었다.

"네 이어폰을 빌려도 될까, 라스?"

그러자 라스는 주머니에서 이어폰을 꺼내 리세에게 건네주었다. 리세는 그 이어폰 줄로 오로라의 목을 칭칭 감은 후, 오로라에게 한 손으로는 전선줄을 천장 쪽으로 높이 들어 올리고 목을 앞으로 쭉 빼라고 지시했다. 그러니 오로라는 마치 이어폰 줄에 목을 맨 사람처럼 보였다. 멤버들은 차례를 바꿔 가며 포즈를 취했다. 리세는 어떤 사진에는 플래시를 사용하기도 했고, 또 어떤 사진은 최대한 줌을 사용해 찍기도 했으며, 몇 발자국 뒤로 물러나 전신사진을 찍기도 했다. 오로라는 끙끙거리기 시작했다.

"팔이 아파 죽겠어."

"중국의 공장 노동자들이라면 그 정도쯤은 아마 두 손 번쩍 들고 대신

하겠다고 할걸!"

에밀리에가 한마디 하자 오로라는 아무 말도 하지 않았다. 리세가 마지막 사진을 찍자, 오로라는 안도의 한숨을 쉬며 팔을 내리고 목을 감은 이어폰 줄을 풀기 시작했다. 에밀리에와 안토니오는 마치 해방을 바라는 노예들처럼 손목을 감은 이어폰 줄을 풀어 달라며 리세에게 팔을 내밀었다. 라스는 카메라를 컴퓨터에 연결시킨 후, 화면 속의 사진에서 색을 없애고 명암을 조절해 검은 실루엣만 남겼다.

"시간이 좀 걸릴 것 같으니까……."

라스는 안토니오를 돌아보며 말했다.

"그동안 각자 다른 볼일을 보고 와도 될 것 같아."

오로라는 휴대폰을 집어 들고 문자 메시지를 보내기 시작했다.

"마침 잘됐어. 그럼 이따가 보자."

오로라는 말을 마치기가 무섭게 방을 나섰다. 리세는 라스를 도와주기 위해 남아 있었고, 안토니오는 기사문을 작성하기 위해 근처의 카페로 갈 생각이라고 말했다.

"혹시 도움이 필요하니?"

에밀리에가 안토니오에게 말했다.

"집에 다녀오기에는 시간이 부족하고, 나도 이 근처에서 기다리는 게 더 나을 것 같아."

에밀리에는 심장이 빠르게 뛰는 걸 느낄 수 있었다. 마치 입으로는 미처 말할 수 없었던 것을 심장이 대신해서 말하려 하는 것처럼. 마치 정작 하고 싶었던 말은 혀끝에서만 뱅뱅 돌아 차마 입 밖에 낼 수 없는 것처럼……

두 사람은 그늘이 드리워져 시원한 현관을 나서 정원의 뜨거운 햇살 아래로 향했다. 돌과 먼지, 오래된 나무들이 풍기는 향과 함께 아스팔트 거리에서 묻어 온 배기가스와 행인들의 향수 냄새도 맡을 수 있었다.

"어제 오슬로 시내에서 널 봤어."

안토니오가 말을 꺼냈다.

"정말? 사실은 나도 널 봤어!"

"그래? 네게 손을 흔들었는데, 네가 그냥 지나치길래 나를 못 본 줄 알았어. 마침 전철이 와서 널 따라가진 못했어."

"그랬구나."

에밀리에는 미소를 띠며 말을 이었다.

"난 전철이 오기 직전에 널 봤거든."

"오로라도 봤어?"

"응. 왜?"

"다음 캠페인에 대해 얘기할 게 있다면서 오로라가 우리 집에 같이 가자고 했거든."

"그렇구나……. 너희 둘은 오랫동안 알고 지낸 사이야?"

"오로라랑 알고 지낸 지는 2년 정도밖에 안 돼. 하지만 꽤 오래 알고 지낸 것 같은 기분이 드는 게 사실이야. 오로라는 여자친구가 아니라 그냥 친구 사이로 지내기에 더없이 좋은 아이라고 생각해. 단지 친구 사이……. 무슨 말인지 이해할 수 있지?"

"응……. 사실 난, 너희 둘이……."

"아니야. 그렇진 않아!"

안토니오는 힘차게 고개를 저었다.

"오로라는 내 타입이 아니야. 뾰족하고 강한 성격이고……. 거기다 그 애는 하드 록hard rock을 좋아하거든. 너도 알잖아, 이런 거……."

안토니오는 화가 난 듯한 표정을 짓더니 허공으로 손을 들어 올려 마치 기타를 연주하는 것 같은 시늉을 했다. 에밀리에는 헤드뱅잉을 하는 안토니오의 모습에 웃음이 터져 나왔다.

"꽤 솜씨가 좋은걸. 조금만 더 연습하면 아주 훌륭한 기타리스트가 될 수 있을 것 같은데."

"고마워."

"바람잡이 기타 아이돌. 뭐 이런 오디션 프로그램이 있다면 거기 출연해도 좋겠다."

"하하, 고마워. 거기 출연하면 한 표 던져 줄 거지?"

안토니오가 큰 소리로 웃으며 물었다.

"네가 출연한다면 매주 금요일마다 내 휴대폰에 불이 날지도 모르겠어."

에밀리에는 록스타처럼 손가락을 들어 보였다.

문득, 어떤 변화가 생긴 것 같았다. 두 사람의 대화가 어느새 물 흐르듯 자연스럽게 이어지고 있었다. 카페 빈자리에 나란히 앉은 둘은 음악과 프랑스, 영화 등에 대해 잠시 이런저런 이야기를 나눈 후, 함께 기사문을 작성하기 시작했다.

에밀리에는 한 손으로는 화면을 가리키면서, 다른 한 손은 자연스럽게 안토니오의 팔 위에 올렸다. 그의 팔에서 느껴지는 온기가 에밀리에의 손가락 사이를 파고들었다. 어느새 안토니오는 에밀리에에게 시선을 고정시켰고, 둘의 얼굴은 점점 가까워졌다.

"저, 실례합니다. 두 분이 생수 한 병을 주문하셨지요?"

에밀리에는 얼른 손을 잡아 뺐다. 아버지를 닮은 중년의 웨이터는 생수 한 병을 두 사람이 나눠 마시겠다는 주문을 별로 달갑게 생각지 않는 것 같았다.

"네, 맞아요."

안토니오가 대답했다. 웨이터가 생수병을 탁자 위에 올려놓고 가자, 에밀리에와 안토니오는 다시 기사문 작성에 정신을 집중했다. 마음만 있었지 아무도 먼저 시작할 용기를 내지 못하는 그 일은 뒤로 미룬 채.

당신의 휴대폰을 누가 조립했는지 아십니까? 열여섯 살 소녀가 밤을 새워 가며 조립했던 것인지도 모릅니다. 그들이 하루에 몇 시간 동안 일을 하는지 아십니까? 그렇게 일을 해서 하루에 얼마나 버는지 아십니까? 최근 몇 년 동안 자살을 한 공장 노동자들은 몇 명인지 아십니까? 일을 할 때도, 심지어는 잠을 잘 때도 감시 카메라가 돌아가고, 근무 시간에는 동료들과 대화를 나누는 일이 엄격하게 금지되어 있다는 건 아십니까? 이건 'iHappiness'도 'iFreedom'도 아닙니다. 이것은 '아이 슬레이브iSlave'입니다!

에밀리에는 국립 극장 앞에 있는 헨릭 입센 동상 앞에서 안토니오를 만났다. 세상의 수호자들 멤버들은 두 그룹으로 나뉘었다. 라스와 리세는 샴푸 광고나 쇼핑센터 광고지로 가득한 전철역과 버스 정류장에 포스터를 붙이는 임무를 맡았고, 에밀리에, 안토니오, 오로라는 시내의 가전제품 가게에 가서 아이팟이나 컴퓨터 등에 스티커를 붙이기로 했다.

"오로라하고는 연락됐어?"

안토니오가 물었다.

"아니. 지금 몇 시야?"

"이제 다섯 시가 넘어 가는데……."

"그럼 어떻게 하지?"

"할 수 없지, 뭐. 오로라는 제외하고 우리 둘이서만 일을 하는 수밖에."

안토니오는 대답과 동시에 휴대폰을 주머니에 집어넣었다.

"자, 여기 있어."

그는 에밀리에에게 스티커 한 뭉치를 건네주었다.

'iWork all day. iWork all night. iSlave always.'

스티커를 디자인한 파일은 세상의 수호자들 홈페이지에서 내려받아 공유할 수 있도록 해 두었다. 하지만 반응은 지난번에 비해 그리 좋지 않았다. 오로지 여덟 명의 청소년만 연락해 왔다. 보아하니 매일 자신들이 애용하는 기기에 대해 반대 캠페인을 벌이는 것이 쉽지 않은 모양이었다. 에밀리에는 스티커를 받아 주머니에 집어넣고, 안토니오와 함께 시내로 향했다.

자동문이 열리자 에밀리에와 안토니오는 가게 안으로 들어섰다. 텔레비전과 음향 기기, 헤어드라이어 매장을 지나 휴대폰 매장까지 온 두 사람은 금방 애플 제품들을 찾았다. 컴퓨터와 아이패드, 아이폰과 아이팟. 마법 같은 최첨단 기술을 바탕으로 제품들. 신상품이 나올 때마다 전 세계의 청소년들과 성인들이 밤을 새 가며 상점 앞에 줄을 서서 구입하는 제품들. 사실, 따지고 보면 에밀리에도 이들과 다르지 않았다. 하지만 이런 제품 뒤에 가난한 이들의 노동력을 착취하는 악덕 기업이 있다는 것을 알고 난 후, 생각을 바꿨다는 것이 분명하게 달랐다.

한 점원이 이들에게 다가와 도움이 필요하냐며 상냥하게 묻자, 안토니오는 구경을 하고 싶을 뿐이라고 예의 바르게 대답하며 노트북 앞에서 걸음을 멈췄다. 점원이 3D텔레비전에 대해 묻는 한 손님을 도와주기 위해 등을 돌리자, 두 사람은 이 틈을 놓치지 않았다. 에밀리에는 얼른 주머니에서 스티커를 꺼내 컴퓨터의 하드 디스크에 한 장을 붙이고, 곧 맥북 모니터에도 재빨리 스티커 한 장을 붙인 후 화면을 닫았다. 맥 컴퓨터 모니터의 가장자리에도 스티커를 붙여 놓은 에밀리에는 아이팟 진열대 앞에서 허리를 굽혔다. 다섯 번째 스티커를 제품의 바코드 위에 붙이는 순간, 조금 전의 그 점원이 되돌아왔다.

"거기, 잠깐만요! 지금 뭐 하시는 거예요?"

에밀리에는 얼른 진열대를 돌아가 점원에게서 멀찍이 떨어졌다.

"아니, 이게 뭡니까? 젠장!"

스티커를 발견한 점원은 소리를 질렀다. 안토니오와 에밀리에는 도망치기 시작했다. 휴대폰 진열대를 지나 문을 향해 달리자, 계산대 뒤에 앉아 있던 나이 어린 여점원이 어리둥절한 표정으로 둘을 바라보았다. 가게를 나와 피어싱을 한 두 명의 펑크족을 지나친 후, 두 사람은 정차한 버스 뒤로 횡단보도를 건너는 행인들 사이에 몸을 숨겼다. 에밀리에는 슬쩍 어깨 너머로 눈을 돌려 보았지만, 따라오는 사람은 보이지 않았다. 거리에는 봄 기운을 만끽하려는 행인들로 가득했다.

두 사람은 강가의 산책로를 종종걸음으로 걸었다. 아직도 가슴이 쿵쾅 거렸다.

"하마터면 잡힐 뻔했어."

안토니오가 말했다.

"응."

에밀리에는 허공에 주먹을 휘두르며 가게 점원의 말을 흉내 냈다.

"아니, 이게 뭡니까? 젠장!"

그러자 안토니오는 큰 소리로 웃기 시작했다.

"하지만 우린 성공했어, 에밀리에!"

안토니오는 나직한 목소리로 진지하게 말하며, 에밀리에의 팔에 손을 올려놓았다.

"그래, 우린 성공했어!"

안토니오의 손길을 느낀 에밀리에는 온몸이 녹아내릴 것만 같았다. 무릎에서 힘이 쭉 빠지는 것도 같았다. 뼈는 간 곳이 없고 오직 안토니오의 따스한 손이 닿은 바로 그 부분의 피부만이 온몸을 대신해 반응하는 것 같았다. 안토니오는 에밀리에가 미소만 지을 뿐 아무런 말도 하지 않자, 슬그머니 그녀의 팔에 올린 손을 거뒀다. 하지만 에밀리에는 이미 안토니오의 심정을 엿본 것 같아, 그가 팔을 거둬도 전혀 자존심이 상하지 않았다.

안토니오는 조금 전 에밀리에가 했던 것처럼 주먹을 불끈 쥐고 점원의 흉내를 냈다. 에밀리에도 큰 소리로 웃지 않을 수 없었다. 두 사람 사이엔 이제 방해가 될 만한 것은 아무것도 없었다. 하지만 문득 오로라를 떠올린 에밀리에는 조금 불안해졌다. 분명 안토니오와 오로라 사이에 무언가 오고 갔던 것이 틀림없는데……. 적어도 오로라가 안토니오에게 마음을 두고 있었던 건 분명했다. 에밀리에는 곧 안토니오처럼 주먹을 불끈 쥐고 "요즘 애들이란!"이라고 소리 지르며 성벽을 향하는 계단을 뛰어오르기 시작했다.

"이제 좀 진정하고, 침착하게 행동해야 할 것 같아……."

안토니오는 에밀리에의 옆에 서서 나직이 속삭였다.

"응, 노력해 볼게."

이미 성벽 앞에 도착해 잔디밭에 앉아 있던 라스와 리세는 기대감과 호기심으로 가득한 표정으로 두 사람을 기다리고 있었다.

"어떻게 되었니?"

리세가 궁금함을 참지 못하고 물었다.

"잘 진행됐어. 단 한 가지 아쉬웠던 점은, 가게 점원에게 들켜서 결국 도망쳐야 했다는 거지."

안토니오는 미소를 지으며 대답했다.

"그게 정말이야?"

라스가 되물었다.

"응. 너희들은?"

그들을 향해 질문을 던진 사람은 에밀리에였다.

"무리 없이 잘했던 것 같아……."

라스는 리세를 바라보며 말꼬리를 잠시 흐렸다.

"사실 좀 겁이 났지만, 계획대로 진행할 수 있었어."

"무슨 일이 있었어?"

안토니오가 호기심 어린 표정으로 물었다.

"전철 안에 포스터를 붙이러 갔는데……. 나쁜 일이라도 하는 것처럼 숨어서 붙이는 것보단 오히려 당당하게 보란 듯이 하는 게 낫겠다고 생각했어. 돈을 받고 정당하게 일하는 사람들처럼 말이야."

라스와 리세는 미소를 교환했다. 마치 '이건 우리만의 이야기야!'라고 말하는 듯…….

"그런데 문제가 생겼지 뭐야."

"광고지 한 장을 막 붙이고 돌아서려는데, 문이 열리더니 전철 경비원들이 떼거리로 우르르 들어오는 거야."

"제복까지 입고 말이야."

"군화를 신고 벨트엔 수갑까지 찬 그런 사람들……."

리세는 자신의 손목을 가리키며 말했다.

"그게 정말이야? 하필이면!"

에밀리에가 눈살을 찌푸렸다. 그러자 라스는 큰 소리로 웃기 시작했다.

"우리도 처음엔 그렇게 생각했지. 이거 큰일 났다 싶었어. 근데 그다음에 무슨 일이 있었는지 알아? 그 사람들이 전철 안을 돌아다니면서 탑승자들의 표를 검사하기 시작한 거야!"

"다행히도 나랑 라스는 정기권을 갖고 있었거든."

"그래?"

안토니오가 끼어들었다.

"그럼 아무 일도 없었던 거야?"

"응. 우리가 정기권을 갖고 있는 걸 보더니 그냥 지나가더라. 우리가 붙인 포스터는 거들떠보지도 않았어."

"정말 다행이다!"

에밀리에가 안도의 한숨을 내쉬며 말했다.

"그러게 말이야."

안토니오의 미소가 굳어지더니, 금방 심각한 얼굴이 되었다.

"그건 그렇고 오늘 오로라하고 연락된 사람 있어?"

"아니……."

"일단 오늘 캠페인에 대한 사람들의 반응을 살펴보는 것도 재미있을 것 같아. 라스, 너희 집에 가서 같이 홈페이지를 살펴봐도 될까?"

"물론이지!"

라스는 대답과 함께 잔디밭에서 일어섰다.

라스는 세상의 수호자들 홈페이지를 열고 로그인을 했다. 기대했던 것과는 달리 캠페인에 참여한 사람들의 반응은 너무나 저조했다. 홈페이지에 공유된 캠페인 사진도 딱 네 장뿐이었다. 에밀리에는 안토니오가 실망할까 봐 조마조마한 심정으로 그의 얼굴을 바라보았다. 만약 안토니오가 낙담하면 어떻게 위로를 해야 할까.

"뉴스 기사도 확인해 보자. 뭔가 더 있을지도 몰라."

안토니오가 말했다. 라스는 여러 개의 인터넷 신문을 열어 보았다. 그중 하나에는 한 가전제품 가게의 점원을 상대로 한 인터뷰 기사와 사진이 실려 있었다. 하지만 캠페인에 대한 반응은 지난번의 폭발적인 반응과는 비교도 안 될 정도로 미미했다. 다른 신문에는 사진 없이 기사만 짤막하게 실려 있는 게 전부였다. 그중 눈에 띄었던 것은 애플 회사를 다룬 국제 기사였다. 맥루머스닷컴에 누군가가 올려놓은 아이 슬레이브iSlave 포스터 이미지 밑에 수백 개의 댓글이 달려 있었다. 에밀리에는 그것으로 안토니오를 위로해야겠다고 생각했다. 하지만 분명 이보다는 더 큰 반응을 기대했던 건 사실이었다. 애플 제품을 사용하는 수많은 소비자들이 이것을 본다면 얼마나 좋을까?

그 순간, 문이 열리며 라스의 아버지가 들어섰다. 한 손에는 판사의 검은 망토를 들고 다른 한 손으로는 서류첩을 든 그는 라스의 방문을 열고 고개를 들이밀었다.

"밖엔 햇살이 저렇게도 좋은데 이렇게 방 안에 앉아서 뭘 하고 있니? 혹시라도 너희들과 내가 내 일터에서 만날 일은 없었으면 좋겠구나."

라스의 아버지는 미소를 띤 얼굴로 말했다. 물론 그의 말은 농담에 불과했지만, 에밀리에는 순식간에 온몸의 피가 머리끝까지 올라오는 것 같았다. 라스는 친구들과 함께 은행 절도를 계획 중이라며 농담으로 대답했지만, 마찬가지로 긴장감을 완전히 감추진 못했다. 일행은 방문 밖에서 멀어지는 라스 아버지의 발자국 소리를 들었다.

"너희 아버지 직업이…… 판사야?"

에밀리에가 물었다.

"응."

라스는 세상의 수호자들 홈페이지를 다시 열었다. 일행은 이번 캠페인의 반응이 예상보다 좋지 않아 실망스럽다는 대화를 나눈 후, 각자 집으로 돌아가기 위해 자리에서 일어났다. 안토니오는 라스의 집을 나서기 전 마지막으로 오로라와 연락이 된 사람이 있는지 물어보았다. 안토니오가 일행의 리더나 마찬가지이기 때문에 멤버로서 걱정이 되어 그러는 걸까? 아니면 마음속 한구석에 오로라를 향한 특별한 느낌을 갖고 있는 건 아닐까? 정말 그럴까? 에밀리에는 집으로 가는 길 내내 안토니오와 오로라에 대한 생각을 떨칠 수가 없었다.

다음 날 아침 에밀리에에게 전해진 한 문자 메시지는 모든 걸 바꿔 버렸다. 어떤 사건이 발생했다는 메시지. 모든 것을 무의미하게 만들어 버릴 수도 있는 사건…….

14

세상의 파괴자들

〈메시지, 그룹 전체에게 전달, 발신자 안토니오, 수신 확인 시각 09:39〉

안토니오: 일이 생겼어. 미팅 바람. 신속하게!

에밀리에: 무슨 일이야? 심각한 일이야?

라스: ?!

안토니오: 만나서 설명할게. 열두 시에 성벽 앞에서 만나자.

성벽 뒤 지평선을 덮고 있는 무거운 회색 구름 뒤에 숨어 버린 정오의 태양은 강 위로 한 줄기 빛을 비스듬히 던지고 있었다.

"단도직입적으로 말할게."

안토니오가 말했다.

"너희는 무슨 일이 있었는지 알아?"

리세와 라스는 고개를 끄덕였다. 영문을 모르는 에밀리에는 궁금한 눈빛으로 일행을 둘러보았다.

"여기!"

안토니오는 신문을 펼쳐 보였다. 사진 속에는 창문이 박살난 메르세데스 승용차가 보였다. 차체에 쓰여 있는 '세상의 수호자들'이라는 커다란 글자 옆에 한 여인이 서 있었다. 자세히 보니 바로 얼마 전 뉴스에서 변명으로 일관했던 프레이아의 마케팅 정보 과장이었다. 기사 제목은 '세상의 파괴자들'이라고 찍혀 있었다. 에밀리에는 얼른 안토니오에게서 신문을 받아 기사를 읽어 보았다.

"이전의 캠페인과는 차원이 다릅니다. 이번 일은 아무에게도 도움이 되지 않아요. 이런 일이 어떻게 제3세계 노동자들에게 도움이 될까요? 말도 안 됩니다. 이 차는 스리랑카에서 온 우리 공장의 청소부 차입니다. 그는 차를 수리할 돈이 없어 지금 절망적인 상태에 있습니다. 도대체 누가 그를 도와줄 수 있단 말입니까?"

프레이아 마케팅 정보 과장은 인터뷰를 이렇게 마무리했다.

"내 입장에선 솔직하게 물어볼 수밖에 없어."

안토니오는 한숨을 쉬며 말을 이었다.

"너희들 중에 이 일과 직접적으로 관련된 사람이 있는 거야?"

에밀리에는 공기 중에 떠도는 팽팽한 긴장감을 느꼈다. 멤버들 중에 한 명이 이런 일을 할 수 있다는 생각은 지금까지 단 한 번도 해 본 적이 없었다. 안토니오의 질문에 모두들 대답 대신 고개를 저었다.

"알겠어. 그런데 아직도 오로라하고 연락이 안 돼. 혹시 오로라랑 연락된 사람 있어?"

"오로라가 한 짓이라고 생각해?"

라스가 물었다.

"아니. 적어도 그렇게 믿고 싶어……."

무겁게 감도는 침묵을 깬 사람은 에밀리에였다.

"내가 오로라한테 전화해 볼게."

안토니오는 휴대폰 화면을 문지른 후 주머니 속에 집어넣었다.

"그래, 한번 해 봐. 내가 벌써 백 번도 넘게 해 봤지만, 도통 받질 않더라."

"알았어. 지금 해 볼게."

몇 초가 흘렀을까. 오로라가 전화를 받았다.

"여보세요?"

"오로라니? 에밀리에야."

정적. 저 멀리서 들리는 사이렌 소리. 하지만 에밀리에는 그 소리가 전화기의 어느 쪽에서 들려오는 소리인지 정확히 구별할 수가 없었다.

"여보세요? 오로라? 전화 끊은 거야?"

"아니. 그냥 좀 놀랐을 뿐이야. 갑자기 네가 전화를 해서……."

"안토니오가 너랑 연락하려고 몇 번이나 전화했다던데……."

"아, 미안해. 너희들 지금 성벽 앞에 있니?"

"맞아. 너는 지금 어디야?"

"2분 후면 나도 거기 도착해."

일행을 발견한 오로라는 미소를 지으며 선글라스를 벗었다. 오로라는 안토니오에게 포옹을 건넸고, 다른 멤버들에겐 가볍게 고개를 끄덕여 인사했다.

"연락 안 해서 미안해."

오로라는 잔디 위에 앉아 다리를 꼬았다.

"너무 많은 일들이 한꺼번에 벌어지는 바람에 좀 바빴어."

"무슨 일……?"

라스는 궁금해서 물어보았지만 대답을 듣진 못했다. 안토니오는 심호흡을 한 후, 신문 기사를 오로라에게 건넸다.

"이거 봤어?"

잠시 정적이 흘렀다. 오로라는 신문을 돌려주며 겸연쩍은 미소를 지었다.

"너희들은 내가 이 사건의 범인이라고 생각하는 거야?"

"그건 아니야. 하지만 솔직하게 말해 줘. 너 맞아?"

"이런 일을 할 수 있는 용기가 내게도 있었으면 좋겠어. 하지만, 난 아니야."

"이게 자랑할 만한 일이라고 생각해?"

에밀리에가 말했다. 오로라는 어깨를 으쓱 추켜올렸다.

"글쎄……. 이 사건이 세상의 수호자들 광고로 작용한 건 사실이잖아?"

"그래, 하지만 이런 식의 광고는 사양하고 싶어."

안토니오가 말했다.

"사양하고 싶다고? 광고는 광고일 뿐이야."

"이런 건 오히려 우리에게 해가 될 뿐이야. 네 눈으로 직접 확인했으면서도 그런 말을 해?"

"흥! 스리랑카 청소부의 차가 망가진 건 미안한 일이지만, 마케팅 정보 과장은 보험금을 탈 수 있을 테니까 오히려 잘된 일이잖아? 그 여자 주머니에서 돈이 빠져 나갈 일은 없을 거야."

"그렇겠지."

안토니오가 주저하며 맞장구를 쳤다.

"그렇지? 너도 그렇게 생각하지?"

"하지만 여전히 이런 식의 캠페인은 필요하지 않다는 게 내 입장이야."

"그래? 솔직히 지난번 캠페인도 그다지 큰 반응은 얻지 못했던 게 사실이잖아."

오로라의 말에 모두들 침묵할 수밖에 없었다. 그녀의 말에도 일리가 없진 않았으니까.

"맞는 말이야. 다음엔 좀 더 큰 캠페인을 해 보자."

"적어도 그것만큼은 동의할 수 있어. 사실은 새로운 캠페인에 대해 아이디어를 제안하고 싶은데……."

"그래? 그게 뭔데?"

라스가 물었다.

"우리 집에 가자. 집에 가서 설명해 줄게."

오로라는 은밀한 미소를 지으며 말했다.

"우리가 지금까지 해 왔던 그 어떤 캠페인보다 더 큰 규모의 캠페인이야. 각오 좀 해야 할 거야."

15

고문 양계장

그녀의 두 눈동자와 깃털이 반짝였다. 그러나 바닥에 닿는 두 발은 앞으로 내디딜 때마다 불에 덴 듯 화끈거린다. 심장을 짓이기는 고통. 사방에 보이는 건 수천 마리의 닭들뿐. 비명 같은 닭 울음소리. 거대한 홀을 가로지르던 그녀는 바닥에 쓰러져 있던 닭의 몸뚱이에 걸려 앞으로 넘어진다. 비틀거리며 몸을 일으켜 다시 앞으로 나아간다. 세상에 태어난 지 이제 겨우 열아홉 날밖에 되지 않았다. 태어날 때부터 햇빛이라곤 보지도 못하고 이 홀 안에서 생활했던 그녀. 사방에는 온통 뾰족한 부리와 발톱, 그리고 깃털로 가득하다.

그녀를 바라보는 성난 눈빛, 혼란스런 눈빛. 그녀는 참았던 비명을 내지르며 쓰러진다. 온몸으로 잦아드는 고통. 전신의 힘을 모아 다시 일어서지만 한 발자국도 내딛지 못하고 옆에 있던 두 마리의 닭들 사이로 쓰러지고 만다. 닭들은 쓰러진 그녀를 부리로 쪼기 시작한다. 사정없이 달려드는 뾰족한 부리를 피하기 위해 고개를 돌려 보지만 별 도움이 되진 않는다. 점점 커지는 고통. 그녀는 마침내 옆으로 쓰러져 눈을 감고 만다. 감은 두 눈 위로 어둠이 내려온다. 차가운 콘크리트 바닥의 한기가 그녀의 몸을 감싸든다. 곧 저녁이 오겠지.

문득 코앞에 있던 문밖에서 인기척이 들린다. 누군가가 소리 죽여 말하는 소리도 들린다. 딸깍하는 소리. 열린 문틈으로 보이는 사람의 얼굴. 검정 모자를 쓴 소년의 얼굴. 그 손에 들린 절단기가 보였다.

"임무 개시!"

소년은 홀 안으로 한 걸음 내디뎠다.

✱✤⚓✿✱

오로라와 멤버들은 시내 중심에서 조금 떨어진 한 고급 빌라 지역으로 향했다. 몇 세기 전에 지어진 것처럼 보이는 거대한 저택 한 채와 거기에 딸린 크고 아름다운 정원이 보였다. 사과나무, 라일락나무, 그리고 묵직한 철제 대문. 시내 한가운데에 이런 곳이 있다니. 오로라는 성처럼 거대한 대문 앞에 멈춰 섰다.

"너, 여기 살아?"

에밀리에가 물었다.

"응."

오로라는 이것쯤은 아무것도 아니라는 듯 능청스럽게 대답했다. 에밀리에가 부자 동네에 산다는 이유로 세상의 수호자들에 가입할 자격이 있는지 의심했던 오로라가 이런 집에서 살다니……. 그것도 시내 정중앙에 자리한 고급 빌라 지역에서도 가장 거대한 성 같은 집에서…….

오로라는 대문을 열고 일행을 안으로 이끌었다. 정원에서는 머리가 희끗희끗한 한 중년 부인이 꽃밭을 가꾸고 있었다. 소매 없는 셔츠와 고상한 아마포 바지를 입고 있는 부인은 오로라와 많이 닮은 것으로 보아 어머니인 듯했다. 그녀는 장갑을 벗고 미소를 지으며 일행에게 다가왔다. 에밀리에 일행은 정원을 돌아 야외용 가구가 있는 마당 뒤편으로 향했다. 오로라의 어머니는 멤버들에게 마실 것을 가져다주겠다며 집 안으로 자취를 감췄다.

"고마워요, 어머니."

집 안에서 보는 오로라는 밖에서 보았던 것과는 달리 상당히 예의바르고 조화로운 성격의 소녀 같았다. 아니, 어쩌면 오로라는 집에서 연극을 하고 있을지도 모른다는 생각이 들었다.

"너희 어머닌 무슨 일을 하셔?"

에밀리에가 물었다.

"예술가야."

"그림을 그리는 화가……?"

리세가 물었다.

"아니. 주로 그래픽과 비디오 작업을 하는데 인테리어에도 가끔 손을 대지."

대답을 하는 오로라의 표정에는 거만함이 가득했다. 오로라의 어머니가 과일 주스를 가지고 계단을 내려왔다. 유리병 속에서 얼음 조각들이 서로 부딪치는 소리가 났다.

"고맙습니다."

안토니오의 인사에 그녀는 상냥하게 안토니오의 어깨를 두드려 주었다.
오로라는 종이컵을 일행에게 돌린 후 주스를 따라 주었다.

"어제 뉴스 본 사람 있어?"

첫 번째 컵을 안토니오에게 건네며 오로라가 말했다.

"양계장에 대한 뉴스 말이야. 동물 학대를 다룬 내용이었지."

"아, 그건 나도 봤어. 정말 상상도 못할 정도로……."

안토니오가 미처 대답을 마치기도 전에 오로라가 끼어들었다.

"정말 그렇지? 죽은 닭들과 병아리들이 바닥에 널려 있고, 살아 있는
닭들은 그걸 짓밟으며 돌아다니고 있고……. 게다가 농장에서 주는 먹이
에 치명적인 성분이 들어 있어서 닭들이 화상을 당한 것처럼 고통스러워
한대."

"그러면 영업 정지를 당할 텐데……."

"그렇지? 하지만 관계 당국에선 농장 주인에게 몇 번 경고를 주는 것으
로 그쳤다고 하더라. 그 말을 듣고선 정말 화가 치밀었어. 더구나 이 농장
에선 전국 곳곳의 슈퍼마켓에 달걀과 닭고기를 납품하고 있어."

"좋아, 오로라."

안토니오가 결심한 듯 말했다.

"우리의 다음 캠페인은 바로 이거야. 초콜릿 캠페인 때처럼 전국에서
자원할 멤버를 받아 보자."

"아니야, 그것만으로는 부족해!"

오로라가 반박했다.

"아이 슬레이브iSlave 캠페인이 어떤 반응을 얻었는지 너도 봤잖아. 뭔가 더 큰 일을 해야 해. 이 농장 주인이 다시는 닭을 키우지 못하도록 말이야."

"그러면 우리가 도대체 뭘 어떻게 해야 한다고 생각해?"

에밀리에가 물었다.

"문을 여는 거야. 그리고 닭들을 풀어 주는 거지."

에밀리에는 그 모습을 상상해 보았다. 닭들을 풀어 준다고? 오로라는 어려운 일도 한마디로 쉽게 말할 수 있는 능력이 있는 것 같아…….

"그 농장이 어디에 있는데?"

리세가 물었다.

"우리 가족 별장 바로 옆에 있어. 콩스빙에르 외곽 지역이야. 장점은 별장 여행을 하면서 동시에 캠페인도 진행할 수 있다는 거야."

"우리 다 같이 별장 여행을 가자는 이야기야? 다섯 명 모두?"

에밀리에가 물었다.

"그래, 난 이미 어머니한테 허락받았어. 이번 주 금요일에 가자. 라스, 너 운전면허 있지?"

"응…….."

"정말 재미있을 것 같아."

리세가 말했다.

"그래…….."

안토니오는 주저하며 대답을 질질 끌었다.

"재미있을 것 같다…….."

"우리 모두 함께! 다섯 명 모두! 어떻게 생각해? 어머니가 차도 빌려 줄 수 있다고 했어."

"너희 어머닌 정말 멋진 분이신 것 같아."

라스가 말했다.

"우리 엄마라면 차를 빌려 주는 건 상상도 못할 일인데."

"알아!"

오로라는 자랑스럽게 말하며 안토니오를 바라보았다.

"넌 어떻게 생각해?"

"그래……."

안토니오는 혼잣말처럼 나직이 중얼거렸다.

"그냥 무작정 농장으로 가서 닭 우리를 열어 준 다음에 별장에서 하룻밤 자고 온단 말이지……?"

"이 캠페인을 홈페이지에 공고해서 인터넷 캠페인으로 확대시키는 건 어때?"

"예를 들어, 농장에서 닭 우리를 열어 주는 모습을 비디오로 찍어서 유튜브에 올릴 수도 있고 말이야……."

리세가 덧붙였다.

"좋은 생각이다. 만약 성공한다면 정말 큰 반응을 얻을 수 있을 거야. 동참할게."

라스가 말했다.

"에밀리에, 넌 어때?"

안토니오가 물었다.

❊ ❊ ❊ ❊

금요일 아침, 리나는 어머니와 함께 마당에 있는 닭 우리 앞에 서 있었다. 우리 안에는 예전에 아버지가 사 온 암탉 한 마리가 있었다. 두 사람은 이 암탉을 잡을 예정이었다. 어머니는 닭을 잡을 때면 늘 하던 것처럼 노래를 부르며, 리나에게 닭을 꺼내 오라고 시켰다. 리나는 우리의 자물쇠를 열며 고개를 돌려 나직하고 갈라지는 목소리로 말했다.

"어머니⋯⋯?"

"왜?"

"저 새로 사귄 남자친구 있잖아요⋯⋯."

"레자 말이니?"

"네."

"그 애가 왜?"

어머니는 입고 있던 사리로 칼날을 닦으며 되물었다.

"아랫동네에 살고 있는데요⋯⋯. 우리 집에 와서 같이 저녁 먹으면 안 될까요?"

"당연히 되지! 당장 초대하렴."

어머니는 레자의 어머니도 함께 왔으면 좋겠다고 덧붙였다.

"일단은 닭이 도망치지 않도록 꼭 붙잡고 있으렴."

어머니는 우리 쪽을 가리키며 말했다.

리나가 들어서자 암탉은 구석으로 도망을 친 다음 날개를 파닥였다. 하지만 우리 안은 너무나 비좁아서 피할 데가 없었다. 리나는 얼른 두 손으로 암탉을 움켜쥐고 들어 올렸다.

"배를 꼭 쥐고 있어라."

리나는 어머니가 시키는 대로 했다. 여전히 날개를 파닥거리는 암탉을 꼭 잡고 있으려니 손끝에서 닭의 심장 박동이 느껴졌다. 어머니는 닭의 목을 잡고 칼날을 들이댔다. 닭의 목에서 피가 쏟아지자 리나는 얼른 고개를 돌렸다. 암탉은 리나의 손 안에서 몸부림을 쳤다. 처음 하는 일은 아니었지만, 리나는 깜짝 놀라 닭을 놓쳐 버렸다. 바닥에 떨어진 목 없는 암탉은 한동안 날개를 퍼덕거리며 두 발로 뛰어다니더니 금세 축 늘어져 버렸다.

16

설득

따가운 햇살이 창을 통해 방 안으로 쏟아졌다. 아버지는 웃옷을 벗어 던지고 베란다에 앉아 신문을 읽고 있었고, 어머니는 아버지 옆에 앉아 의자 위에 두 발을 올린 채 휴대폰으로 메시지를 보내고 있었다.

허락받을 수 있을까? 절대 있을 수 없는 일이야……. 에밀리에는 부모님의 허락을 얻을 수 없을 거라는 생각에 차마 말도 꺼내지 못하고 있었다. 전에도 친구들과 여행을 간 적은 있지만, 그때는 이다와 같은 반 친구인 여자아이들 세 명이 전부였다. 그 친구들은 부모님들끼리 오랫동안 알고 지내던 사이도 했다. 하지만 지금은? 에밀리에는 무슨 말을 어떻게 해야 할지 알 수 없었다.

어머니, 아버지……. 친구들에게서 이번 주말에 함께 여행을 가자고 초대받았어요……. 저보다 나이가 많고, 두 분은 한 번도 본 적 없는 친구들이에요. 그중에는 제가 좋아하는 남자아이 하나랑 사사건건 저와 부딪히는 여자아이 하나가 있고요……. 우린 별장 여행 중에 근처에 있는 양계장에 몰래 침입해서 불쌍한 닭들이 갇혀 있는 우리를 열어 줄 생각이에요. 여행 중에 술과 섹스가 포함되는지는 확신할 수 없지만, 솔직히 말하면 그런 것들도 경험해 보고 싶어요. 허락해 주시겠어요? 제가 이번 주말에 여행을 가도 될까요?

에밀리에는 문 앞에 서서 한참을 망설였다. 정원에 있는 트램펄린에서는 남동생이 껑충껑충 뛰어놀고 있었다. 문득 에밀리에를 발견한 아버지는 신문을 내려놓고 선글라스를 벗었다.

"무슨 할 말 있니?"

"아니에요. 아무것도 아니에요."

에밀리에는 트램펄린으로 달려가 신발을 벗은 다음, 남동생과 함께 뛰기 시작했다. 트램펄린 위에서 뛰어놀기엔 나이가 많다는 사실을 잊어버린 것처럼…….

다음 날 아침, 눈을 뜨자마자 에밀리에가 가장 먼저 한 생각은 거짓말을 할 수밖에 없다는 거였다.

먼저 주말여행을 떠날 수 있는 그럴 듯한 이유부터 찾아야 했다. 가장 쉬운 거짓말은 이다를 핑계로 대는 것이었다. 만약 이다의 집에서 하룻밤 같이 자겠다면 부모님들은 금방 허락해 줄 게 틀림없었다. 전에도 수없이 했던 일이니까. 하지만 먼저 이다에게 말해야 하지 않을까? 이다는 분명 이유를 꼬치꼬치 캐물을 테고, 세상의 수호자들에 대한 비밀도 모두 발설할 수밖에 없을 것이다. 에밀리에는 샤워를 하고, 화장을 하고, 옷을 갈아입는 동안에도 곰곰이 생각에 잠겼다. 결국 그녀는 모험을 하기로 결심하고 식기세척기에서 그릇을 꺼내고 있던 아버지에게 다가가 허락해 달라고 말했다.

"그러렴. 근데 너희 둘은 더 이상 가깝게 지내지 않는 줄 알았는데?"

"아니에요. 아직도 아주 친하게 지내는걸요."

에밀리에는 얼굴을 붉히며 말했다.

금요일이 되자 에밀리에는 짐을 싼 후, 부모님께 다녀오겠다고 인사를 했다. 대문을 나선 에밀리에는 먼저 이다의 집을 향해 걷기 시작했다. 하지만 모퉁이를 돌아서자마자 에밀리에는 방향을 바꾸고, 두근거리는 심장을 달래며 종종걸음으로 전철역을 향해 걸었다. 차 한 대가 지나갈 때마다 혹여 아는 사람이 타고 있을까 봐 가슴이 조마조마했고, 옆을 지나치는 행인들 중에도 아는 사람이 있을까 봐 두근거렸다. 아무도 그녀가 전철을 타고 이다의 집과는 반대 방향으로 가고 있다는 걸 알면 안 되었다. 다행히도 전철 안에는 아는 얼굴이 하나도 보이지 않았다. 전철 문이 닫히자, 에밀리에는 마침내 긴 안도의 한숨을 내쉬었다.

오로라의 집 앞에 도착한 에밀리에는 까치발로 서서 대문 너머를 보았다. 대문 옆 라일락 꽃이 만든 분홍색 구름 밑에는 낡은 승용차 한 대가 주차되어 있었다. 먼저 도착한 멤버들은 트렁크에 짐을 싣고 있었다. 라스의 팔과 안토니오의 붉은 트레이닝 바지, 그리고 리세의 머리카락이 보였다.

오로라의 어머니는 커다란 찻잔과 담배 한 대를 손에 들고서 계단 위에 서 있었다.

"안녕, 에밀리에."

그녀는 입가로 담배 연기를 뿜어내며 에밀리에에게 인사를 건넸다.

"안녕하세요!"

안토니오는 차창 사이로 상체를 내밀어 에밀리에와 가볍게 포옹을 한후 그녀를 도와 트렁크에 짐을 실었다. 오로라 어머니와의 짤막한 작별 인사, 그리고 운전 조심하라는 당부를 뒤로 하고 일행은 여행길에 올랐다. 운전석에 앉아 있는 라스를 본 에밀리에는 그 모습이 너무 자연스러워 적잖이 놀랐다. 안전벨트를 매고 열쇠를 꽂은 다음 운전대를 잡는 라스는 정말 어른스러워 보였다. 운전을 할 수 있다니……. 그렇다면 이제 거의 성인이라고 할 수 있지 않을까? 그런 그가 에밀리에 일행 중의 한 명이라니! 문득, 에밀리에는 세상의 수호자들 캠페인에 정식 멤버로 참여하고 있다는 사실이 무척 자랑스러워졌다.

리세는 앞좌석, 라스의 옆자리에 앉았다.

"내가 중간 좌석에 앉을게."

에밀리에는 안토니오의 옆자리를 확보하기 위해 미리 선수를 쳤다.

"흥, 철저한 희생정신이네!"

오로라가 빈정대며 쏘아붙였다. 하지만 에밀리에는 못 들은 척, 아무렇지도 않게 중간 좌석에 앉았다. 라스는 시동을 걸고 경적을 두 번 울린 후 차를 몰기 시작했다.

오슬로 동쪽의 아파트 단지를 지나자 눈앞에는 푸른 들판이 펼쳐졌다. 차창 밖으로 푸른 들판 위의 붉은 헛간과 전나무 숲이 스쳐 지나갔다. 리세는 스테레오에 자신의 아이팟을 연결해 레게음악을 틀었다. 소나무 숲을 지나면서는 모두 밥 말리Bob Marley의 노래를 신나게 따라 불렀다.

"No woman, no cry. No woman, no cry(아가씨, 울지 말아요. 울지 말아요)!"

에밀리에도 함께 노래를 불렀다. 수줍음은 떨쳐 버린 지 오래였다. 이젠 에밀리에도 이들과 함께, 또 세상과 함께 용기를 내야 할 때가 아닌가. 오로라의 전화벨이 울리자, 리세는 볼륨을 낮췄다. 일행은 누가 오로라에게 전화를 걸었는지 모르는 채, 단지 오로라가 하는 말만 들었다.

"안녕, 시멘! 어, 그래? 그게 정말이야? 좋아! 응, 장담할 수 있어. 괜찮을 거야. 안녕."

전화 통화를 마친 오로라가 일행을 향해 말했다.

"너희들에게 알려 줄 게 있어."

"그게 뭔데?"

안토니오가 되물었다.

"사실은…… 나 남자친구가 생겼어."

"정말?"

"그래서 최근에 클럽 활동이 뜸했던 거야."

"우리가 아는 사람이야?"

라스가 백미러로 오로라를 보며 물었다.

"아니야. 그 애 이름은 시멘이고……."

"와, 축하해, 오로라!"

앞좌석에 앉아 있던 리세가 고개를 돌리며 말했다.

"고마워!"

에밀리에도 미소를 지으며 축하한다고 말했다.

"어떤 사람이야?"

안토니오가 물었다.

"사실은 시멘도 세상의 수호자들 멤버야. 지난번 초콜릿 캠페인에 참여했었어. 우리 홈페이지에 글을 올리기도 했지. 나랑 채팅을 하던 중에 만나고 싶다고 하더라고. 그렇게 만나기 시작했어. 시멘에게 정신을 빼앗기다 보니 자연히 클럽 일에도 뜸하게 되었던 거고……."

오로라는 환한 미소를 지으며 말했다.

"그래, 그래. 진심으로 축하해. 그런데 우리한테는 언제 시멘을 소개해 줄 생각이야?"

안토니오가 물었다.

"사실은 바로 그것 때문에 시멘이 전화한 거야. 이번 주말에 아르바이트를 하기로 했었는데, 다행히 친구랑 차례를 바꾸기로 했대. 그래서 지금 별장으로 와도 되겠냐고 묻더라고. 난 괜찮다고 했어. 난……."

에밀리에는 백미러를 통해 굳어진 라스의 표정을 볼 수 있었다.

"정식 멤버는 더 이상 받아들이지 않기로 했잖아?"

안토니오가 말했다.

"우리 다섯 명이 핵심 멤버로 유지해 나가는 데 너도 동의했던 걸로 기억하는데?"

"맞아, 맞아. 그랬어. 하지만 한 명 정도는 괜찮지 않을까?"

"글쎄……. 모르겠다."

"너무 그러지 마……. 제발……."

안토니오는 다른 일행을 둘러보았다.

"너희들은 어떻게 생각해?"

"글쎄, 나도 잘 모르겠는데……."

라스는 주저하며 대답을 미루었다.

"한 번도 만나 본 적이 없는 사람을 갑자기 핵심 멤버로 받아들인다는 건 좀……. 게다가 이렇게 중요한 캠페인을 눈앞에 두고 있는 상황에서……."

오로라는 라스를 쏘아보았다.

"전에도 새로운 멤버를 받아들인 적 있잖아. 안 그래, 에밀리에?"

라스는 앞에서 느릿느릿 달리고 있던 거대한 화물차 때문에 속력을 줄여야 했다.

"그건 그렇고……. 어떤 사람이니? 네 남자친구 말이야."

리세는 라스 때문에 가라앉은 분위기를 전환하기 위해 애써 밝은 목소리로 오로라에게 물었다.

"밴드에서 악기를 연주하고, 정치에도 관심이 많아. 그리고 아주 잘생겼어……."

오로라는 미소를 지으며 창밖으로 눈길을 돌렸다. 지나가는 차들이 거의 없는 직선 도로에 진입하자, 앞에서 달리고 있던 화물차는 길옆으로 빠지면서 속도를 줄였다. 그러자 라스는 깜박이를 켠 후 얼른 화물차를 추월

하고 다시 원래 속도로 달리기 시작했다.

"어디서 만났어?"

이번엔 안토니오가 질문을 던졌다.

"청소년 회관 앞에서. 시멘은 거기 라디오 팀에서 활동하고 있어."

"청소년 회관에서 만났다면……."

라스가 끼어들었다.

"넌 정말 어쩔 수 없구나. 청소년 회관에서 얼쩡거린다고 해서 전부 다 불량 청소년인 건 아냐."

오로라는 체념한 듯 말했다.

"시멘은 모히칸 헤어스타일과도 거리가 멀고, 가죽점퍼에 번쩍거리는 징을 박고 다니는 애도 아냐. 이제 됐니? 그럼 시멘도 우리 클럽에 정식으로 들어올 수 있는 거지? 부탁이야. 제발…… 응?"

"오로라……."

안토니오가 끼어들었다.

"얼굴도 모르는 새 멤버가 들어오겠다는데 의심할 만하지 않겠어? 에밀리에가 들어올 때는 너도 상당히 회의적이었잖아. 기억 안 나?"

"알았어. 알았다고! 당장 시멘에게 전화해서 멤버가 될 수 없으니 오지 말라고 하면 마음이 편하겠어?"

"지금 이리로 오고 있는 중이야?"

리세가 물었다. 오로라는 대답 대신 어깨를 으쓱 추켜올렸다.

"기차 타고 오겠대?"

에밀리에가 물었다.

"아니. 의붓아버지 차를 빌려서 몰고 온대."

오로라는 은근히 자랑스러운 듯 대답했다.

"도대체 몇 살이야?"

안토니오가 물었다.

"열여덟 살."

"알았어. 이리로 오라고 해."

라스가 포기한 듯 말했다. 아무도 라스의 말에 이의를 제기하진 않았다.

"정말? 좋아. 고마워!"

17

한밤의 행렬

"여기서 방향을 틀어 올라가면 돼."

오로라가 작은 오솔길을 가리키며 말했다. 라스는 얼른 속도를 줄이고 방향을 틀어 산딸기 덤불 사이로 난 오르막길로 차를 몰았다. 오로라 가족의 별장은 강 위로 그림 같은 그림자를 드리우고 있었다. 가만히 보니 말만 별장이지 일반 가정집처럼 넓은 것 같았다. 널찍한 창과 지붕을 덮은 담쟁이덩굴. 에밀리에의 어머니가 인테리어 잡지에서 봤다면 백일몽에 빠지기에 충분한 별장이었다.

"우와! 대단하다!"

라스는 차를 주차한 후 감탄했다.

"나도 예술가가 되고 싶어!"

일행은 라스의 말에 모두 웃음을 터뜨렸다. 오로라도 예외는 아니었다.

"돈을 버는 사람은 사실 어머니가 아니고 아버지야."

오로라는 차에서 내렸다. 그녀의 목소리에는 어딘지 모르게 주저하는 느낌이 있었다. 마치 무언가를 부끄러워하는 것처럼. 차에서 내린 일행이 차 뒤편에 모여 서자, 안토니오가 트렁크 문을 열고 짐을 내리기 시작했다.

"너희 아버진 무슨 일을 하시는데?"

에밀리에가 오로라에게 물었다.

"선박 운송업을 하셔."

오로라는 나직이 말한 후, 짐을 들고 대문을 향해 걸어갔다. 에밀리에
도 배낭을 비스듬히 어깨에 메고 그녀의 등 뒤를 따랐다.

"그렇다면 네 아버지는 우리가 보이콧하려는 수입 물품들을 운송해서
국내로 들여온다는 말이잖아? 그게 정말이야?"

"맞아. 그러니까 이제 너희들은 마음껏 비웃어도 돼. 하하, 호호. 적어
도 난 내가 할 수 있는 일을 하고 있다고!"

"아버지랑 이야기해 보긴 했어?"

리세가 물었다.

"생산지에서 어떤 일이 벌어지고 있는지?"

"아마 수천 번도 더 말했을 거야."

"아버진 뭐라고 하시는데?"

"그냥 코웃음만 쳐. 지금처럼 오슬로의 대저택에서 계속 살고 싶은지,
아니면 예술가가 벌어들이는 푼돈으로 생계를 유지하면서 허름한 아파트
에서 살고 싶은지 묻더라."

"그렇게 극단적으로 결정하지 않아도 되잖아? 중간쯤에서 선택할 수도
있는 거 아니야?"

라스가 말했다.

"우리 아버진 아니야."

오로라는 대문을 열며 말했다.

"어떻게 방을 배정하면 좋을까? 에밀리에와 리세가 저 방을 함께 사용하는 게 좋을 것 같은데……."

그녀는 이층 침대가 있는 방 하나를 가리키며 말을 이었다.

"그 옆방은 안토니오와 라스가 함께 사용하면 될 것 같고……."

"그래, 좋아."

안토니오는 즉각 동의했다. 라스와 리세는 아무 말도 하지 않았다. 설령 두 사람이 한 방을 사용하고 싶다 해도 차마 입을 뗄 수는 없었을 것이다.

에밀리에는 방에 짐을 내려놓고 커튼을 열었다.

"위층에서 잘래? 아님 아래층에서?"

리세가 물었다.

"난 아무래도 좋아."

에밀리에는 침낭을 꺼내며 대답했다.

"그럼 내가 아래층에서 잘게."

그때 창밖에서 자갈길 위를 달리는 차 소리가 들려왔다. 오로라는 번개처럼 문밖으로 뛰어나갔고, 일행도 오로라를 따라 나갔다.

황토색의 구식 마쓰다 한 대가 빠른 속도로 마당에 들어오는 중이었다. 차 뒤로 먼지가 뽀얗게 일어서 아무것도 보이지 않을 정도였다. 에밀리에는 운전석에 앉아 있는 청년을 살펴봤다. 검은 머리카락, 선글라스 뒤에 감춰진 눈동자. 그가 차를 주차시키자 열린 차창을 통해 헤비메탈 음악이 흘러나왔다. 시동을 끄고 차에서 내린 청년. 저 애가 바로 시멘인가?

시멘은 꽤 키가 커 보였다. 검정색으로 염색한 머리카락과 검정색의 낡은 바지 때문일까? 티셔츠 위에 걸쳐 입은 가죽점퍼도 역시 검정색이었다. 에밀리에는 그가 전형적인 록가수 같다고 생각했다. 담배꽁초로 가득한 재떨이와 함께 방 안에 틀어박혀 매일 몇 시간이고 기타 연습을 하고, 항상 볼륨을 끝까지 올려야 직성이 풀리는 그런 기타 연주자. 오로라는 선글라스를 벗은 시멘에게 달려가 그의 볼에 입을 맞췄다. 시멘은 오로라의 팔에서 조심스레 몸을 뺀 후, 일행에게 인사를 건넸다. 그는 마치 오랜 친구라도 되는 듯 안토니오의 어깨 위에 손을 얹고선 클럽의 취지가 좋다며 추어올렸다. 프레이아 마케팅 정보 과장의 코를 납작하게 눌러 준 것도 인상적이었다고 덧붙이며, 세상의 수호자들 활동으로 인해 전국의 청소년들이 깨어났으면 좋겠다고 말했다.

"오로라한테 너도 우리 캠페인에 참가했다는 얘길 들었어."

안토니오가 말했다.

"맞아. 어떤 면에서 보자면 그렇다고 할 수 있지."

시멘은 고개를 끄덕였다.

"하지만 갑자기 이런 식으로 오게 되어서 미안한걸. 원래는 이번 주말에 아르바이트를 할 예정이었는데……."

"괜찮아……."

안토니오가 말했다.

"고마워. 그건 그렇고, 이번 캠페인은 아주 중요한 것 같아."

그는 트렁크를 열고 검정색 가방 두 개를 꺼냈다.

"오로라가 이미 우리 캠페인에 대해서 이야기한 모양이구나?"

"그래. 지난주에 함께 계획을 세웠지."

시멘은 트렁크 문을 닫은 후, 일행을 따라 별장 안으로 들어섰다.

거실에 모여 앉은 일행은 밤이 오기를 기다리며 보드게임을 했다. 오로라는 내내 시멘의 무릎 위에서 떨어지질 않았다. 얼마 후, 두 사람은 방 안으로 사라졌다. 리세와 에밀리에는 그 둘의 등을 바라보며 조용히 눈빛을 주고받았다. 하지만 아무도 여기에 대해서 말하지 않았다. 단지 게임만 계속할 뿐.

"아프리카에서 가장 높은 산 이름은?"

"남극에 가장 먼저 도착한 사람의 이름은?"

새벽 한 시가 되자, 멤버들은 모두 검은색 옷으로 갈아입고 후드가 달린 검은 재킷을 입었다. 심지어 시멘은 검은색 모자까지 준비해 왔다. 차 문을 열며 이제 행동을 개시할 시간이 다가왔다고 말하는 시멘의 목소리에선 비장함마저 느껴졌다.

차에 시동이 걸리고, 헤드라이트는 밤길과 가로수를 비췄다. 길옆 깊고 어두운 숲과 호수를 뒤로 하고 시멘은 말없이 차를 몰았다. 오로라는 그 근방의 지리를 제일 잘 알고 있는 사람이라는 이유로 시멘의 옆 좌석에 앉았다. 방향을 틀어 진입한 가로수 길을 몇 분이나 달렸을까. 시멘은 강가 옆의 커다란 나무 아래 차를 세웠다. 휴대폰으로 열어 놓은 지도를 확인하는 오로라의 얼굴은 화면에서 나오는 빛으로 환했다. 입을 떼는 사람은 아

무도 없었다. 들리는 것이라고는 그저 흐르는 물소리와 여치 울음소리가
전부였다.

"이쪽 길이야."

오로라가 나직이 속삭였다. 일행은 구부정하게 허리를 굽히고 강 옆으
로 난 길을 따라 걸었다. 작은 다리 하나를 건너니 저 멀리 양계장이 보였
다. 축구 경기장만큼 커다란 직사각형의 거대한 헛간. 주인이 사는 것으로
보이는 건물은 양계장 바로 옆에 있었다. 일행은 여전히 침묵을 지키며 어
둠을 뚫고 일렬로 줄을 지어 양계장으로 향했다.

앞장서서 걷던 오로라가 손으로 멈추라는 신호를 보냈다. 달빛 아래 보
이는 것은 그녀의 손과 얼굴뿐이었다. 오로라가 양계장의 반대편 문을 가
리키자, 라스는 비디오카메라를 꺼내 팔꿈치를 배 위에 고정시킨 후 녹화
를 시작했다. 양계장 옆에는 낡은 트랙터 한 대가 세워져 있었다.

멤버들의 계획은 양계장 주인에게 발견되지 않도록 양계장의 뒷문을 통
해 안으로 들어가는 거였다. 오로라가 건물의 한쪽 모퉁이를 가리키자 모
두들 그곳을 향해 살금살금 걷기 시작했다. 에밀리에는 참나무가지와 산
딸기 덤불을 헤치며 앞서 가는 일행의 등만 바라보면서 조심스레 발걸음
을 옮겼다.

양계장은 거대한 금속판으로 조립되어 있었으며 그 높이는 거의 10여
미터나 되는 듯 보였다. 건물 안에 발을 들이지도 않았건만, 모두가 양계
장 내에서 풍겨 나오는 퀴퀴한 냄새를 벌써부터 맡을 수 있었다. 새 모이
와 깃털, 그리고 뭐라 설명할 수 없는 이상한 냄새. 사료 냄새일까? 에밀

리에는 한 번도 맡아 보지 못한 이 이상한 냄새 때문에 토할 것만 같았다. 오로라는 회색의 금속 문 옆에서 걸음을 멈췄다. 문에는 단순한 자물쇠 하나만 덜렁 채워져 있었다. 시멘은 문 쪽으로 다가간 후 어깨에 메고 있던 가방을 내려놓았다. 그가 지퍼를 열자 기분 나쁜 금속성의 소리가 어둠을 갈랐다. 라스는 얼른 시멘의 옆으로 다가가 녹화를 계속했고, 시멘은 절단기를 자물쇠에 연결된 쇠고리 위에 대고 두 손으로 힘껏 눌렀다. 그는 끊어진 쇠고리를 자물쇠에서 떼어 낸 후 잔디 위에 내려놓고선, 양계장 안을 살짝 들여다보았다.

"아무도 없어."

시멘은 일행을 향해 조용히 속삭인 후 안으로 들어갔다. 에밀리에는 양계장 안에서 들려오는 닭들의 울음소리를 들으며, 앞서 가던 안토니오의 어깨 너머로 안을 들여다보았다. 양계장은 엄청나게 컸고, 바닥에는 하얀 닭들이 떼를 지어 빈틈없이 모여 있었다. 보아하니 대부분은 잠에 빠진 것 같았다.

문 옆에는 죽은 닭 한 마리가 널브러져 있었다. 목은 비틀어져 있었고, 배 위의 깃털은 거의 모두 뽑혀 있었다. 가슴께에는 상처와 피가 굳은 딱지가 보였다. 에밀리에는 아버지가 자주 만들어 주던 닭고기 요리를 떠올렸다. 정말 그 닭고기가 이곳에서 생산되는 것일까? 이런 곳에서? 지금까지 먹었던 음식이 모두 뱃속에서 거꾸로 솟구쳐 오를 것만 같았다.

라스는 구부정하게 앉아서 계속 비디오카메라를 돌렸다. 오로라는 스웨터의 목 부분을 끌어올려 코를 막고선 손전등으로 양계장 바닥을 비췄다.

도대체 얼마나 많은 닭들이 이곳에 살고 있는 걸까? 언뜻 보기에도 수천 마리는 되는 것 같았다. 햇볕이 뭔지도 모르고, 콘크리트 바닥 외에는 아무것도 밟아 보지 못한 채, 숨도 쉴 수 없을 만큼 복작복작한 곳에서 서로의 부리와 발톱에 쪼여 가며 28일 간을 살다가, 피고름 상처가 아물기도 전에 사람들의 식탁에 올라야만 하는 생명들. 숲 속의 푸른 정적, 흙과 덤불, 그리고 잔디의 풋풋한 향내도 맡아 보지 못하고, 몸통과 몸통이 부딪치며 만들어 내는 혼란과 혼잡함 속에서 살아야만 하는 생명들. 에밀리에는 양계장을 보기 전까지 지니고 있었던 일말의 의구심마저 완전히 떨쳐버렸다. 더 많은 사람들이 이 모습을 봐야 한다는 생각도 들었다. 그렇게 된다면 가게에서 달걀이나 닭고기를 구입할 때 한 번 더 생각해 보지 않을까? 이건 모두의 짐작을 넘어서는 엄청난 광경이었다. 에밀리에가 생각했던 것보다도 훨씬 상황이 나빴다.

이곳에 오기 전에도 에밀리에는 가게에 진열되어 있는 달걀과 닭고기들이 체리나무 아래서 자유롭게 날갯짓을 하며 행복하고 건강하게 키워졌을 거라고 생각하진 않았다. 더욱이 암탉들이 알을 낳을 때나 닭들이 잠에 들 무렵 양계장 주인들이 자장가를 불러 주거나, 집에서 직접 구운 빵조각을 던져 주리라는 생각도 하지 않았다. 양계장 일도 산업의 일부라는 것, 그것쯤은 알고 있었다. 하지만 막상 양계장 안을 직접 둘러보니 이건 정말 꿈에도 생각지 못한 참혹한 모습이었다.

에밀리에는 바닥에 널브러져 있는 닭들을 밟지 않기 위해 조심조심 그 사이로 발을 내디뎠다. 일행의 손전등 불빛은 여전히 양계장 안을 비추고 있었다. 대부분의 닭들은 잠에 빠져 있었으나, 몇몇은 일행의 발소리에 잠이 깬 듯 날개를 파닥거리며 팔짝팔짝 뛰기 시작했다. 그 와중에 옆에서 자고 있던 다른 닭들의 몸통 위로 풀썩 떨어져 내리는 닭들도 보였다. 얼마 지나지 않아 수많은 닭들이 잠에서 깨어 정신없이 날개를 파닥거렸고, 겁에 질려 사방팔방으로 뛰어다니기 시작했다. 에밀리에는 여전히 발아래에서 뛰어다니는 닭들을 피해 조심스레 발을 움직였다. 양계장 건물 내의 한쪽 벽은 두꺼운 플라스틱 방수천으로 덮여 있었다. 보아하니 그 방수천은 도살장으로 향하는 출입구를 막아 놓은 일종의 간이벽 같았다. 트럭이 와서 닭들을 실어 낸 후 도살장으로 향하는 죽음의 문.

오로라는 방수천 옆으로 다가가 녹색 단추를 눌렀다. 곧 기계음이 들리더니 플라스틱 방수천이 천천히 천장으로 올라가기 시작했다. 에밀리에는 양계장 주인이 깊은 잠에 빠져 있기만을 간절히 바랐다. 안토니오도 같은 생각이었는지 두 눈을 꼭 감고 있었다. 방수천이 완전히 올라가자 그 근처에 있던 닭들이 날개를 파닥거리며 출입구 쪽으로 몰려갔다.

오로라는 일행을 향해 몸을 돌렸다.

"출입구가 열리면 우린 들어왔던 문으로 되돌아가야 해. 알았지?"

멤버들은 일제히 고개를 끄덕였다.

안토니오는 벽에 손전등을 비춰 가며 방수천 뒤에 있는 출입문을 열 수 있는 버튼을 찾아 헤맸다. 하지만 정작 그 버튼을 발견한 사람은 바로 에밀리에였다. 출입문을 들어 올리는 연동 기구는 천장에 설치되어 있었으며, 출입문과는 두꺼운 전선으로 연결되어 있었다. 에밀리에는 버튼을 향해 뛰어가다가 발 앞에서 파닥거리던 닭 한 마리에 걸려 넘어질 뻔했다.

라스는 카메라를 출입문 쪽으로 돌렸다.

"준비됐어."

그가 나직이 말했다. 에밀리에는 버튼을 눌렀다. 하지만 아무 일도 일어나지 않았다. 일행은 조바심을 감추지 못하고 서로를 바라보았다. 그 순간 천장에 있던 거대한 연동 기구의 벨트가 천천히 움직이기 시작했다.

"서둘러!"

안토니오는 뒷걸음질을 치며 속삭였다.

"잠깐만!"

시멘은 얼른 절단기를 꺼내 에밀리에가 쥐고 있던 조종기 쪽으로 다가갔다. 그러고는 테이프를 전선에 둘둘 감더니 그 부분을 절단기로 잘라 냈다.

"자, 이제 양계장 주인이 와도 문을 닫긴 힘들 거야."

그는 만족스런 표정으로 말했다. 리세는 여전히 비디오카메라를 들고 녹화 중인 라스를 바라보며 발을 동동 굴렀다.

"서둘러, 라스!"

리세는 라스의 팔을 잡아끌었다.

"누가 올지도 몰라!"

"얼른 끝낼게."

라스는 몇 초 정도 더 카메라를 돌린 후, 일행의 뒤를 따랐다. 발을 내디딜 틈도 없이 빼곡히 모여 있는 하얀 닭들 사이를 비집고, 반쯤 열어 놓은 뒷문을 통해 밖으로 나오니 어느새 칠흑 같던 밤하늘에서 어슴푸레한 새벽빛이 보이고 있었다.

저 멀리서 개 짖는 소리가 들려오기 시작했다. 한 번. 두 번. 곧 온 동네가 개 짖는 소리로 떠나갈 듯했다. 어둠의 침입자들을 눈치챈 것일까? 양계장 주인도 이 소리에 잠을 깰 것이 틀림없었다.

에밀리에는 서둘러 걸음을 옮기다가 죽어 널브러진 닭 한 마리를 밟고 말았다. 하지만 뒤를 돌아볼 여유는 없었다. 그녀는 안토니오를 따라 건물 벽 쪽으로 바싹 붙어 도망치기 시작했다. 에밀리에는 얼굴을 스치는 나뭇가지를 헤치고 가쁜 숨을 내쉬면서 정신없이 달렸다. 가끔 모퉁이 쪽으로 고개를 돌려 양계장 주인의 집 쪽을 살피는 것도 잊지 않았다. 문득 집 2층에 불이 켜지는 것이 보였다.

울퉁불퉁한 길을 달리는 것은 쉽지 않았다. 그러나 일행은 사람들의 눈을 피하기 위해 널찍한 도로를 마다하고 인적 없는 숲길을 따라 달렸다. 어둠 속에서 달리는 여섯 사람의 모습을 발견하기는 쉽지 않을 것이다. 일행은 쉬지 않고 달렸다. 마침내 숲의 반대편에 도착한 이들은 그제야 발을 멈추고 뒤를 돌아보았다. 라스는 다시 비디오카메라의 스위치를 켜고 녹화된 필름을 확인했다.

양계장의 불빛 아래 날개를 파닥이며 사방팔방으로 뛰어다니는 닭들이 화면에 보였다. 안토니오는 에밀리에의 옆에 서서 그녀에게 미소를 보냈다. 화면으로 양계장에 있던 닭들이 건물 밖의 어둠 속으로 사라지는 모습이 보였다.

문득 에밀리에는 안토니오의 손길을 느꼈다. 그의 손가락이 그녀의 손을 잡았다. 안토니오와 눈이 마주친 에밀리에는 심장 고동이 빨라지는 걸 느꼈다. 말없이 그에게 몸을 기대려니 자신의 얼굴에 다가오는 안토니오의 숨결이 느껴졌다. 허리를 감싸 오는 그의 손. 에밀리에는 눈을 뜨고 미소 짓는 안토니오의 얼굴을 행복하게 바라보았다.

다음 날 아침, 에밀리에는 부엌에서 들려오는 접시와 유리잔이 부딪치는 소리에 눈을 떴다. 무심코 전날 밤의 기억에 사로잡힌 에밀리에는 안토니오의 손길을 다시금 떠올렸다. 어둠 속에서 서로에게 몸을 기대고 행복하게 서 있던 두 사람. 하지만 그 순간은 오래가지 않았다. 리세가 얼른 그곳을 빠져나가야 한다고 두 사람을 재촉했기 때문이다. 잠에서 깬 주인이 양계장으로 달려가는 모습, 어둠 속의 숲, 별장으로 되돌아오는 길 차 안을 감돌던 침묵……. 안토니오는 차 안에서 내내 에밀리에의 손을 잡고 있었다. 마침내 별장에 도착한 일행은 어느 누구 할 것 없이 모두 피로와 흥분에 사로잡혀 있었다.

에밀리에는 얼른 바지와 새로 산 티셔츠로 옷을 갈아입은 후, 방문을 열며 재빨리 거울 속에 비친 자신의 모습을 확인했다. 거실로 나가니 오로라와 시멘을 제외한 일행이 모두 일어나 있었다. 라스는 무릎 위에 맥북을 놓고 앉아 있었다. 비디오카메라는 노트북에 연결되어 있었고, 리세는 그 옆에 앉아 두 다리를 소파 위에 올린 채 노트북 화면을 바라보고 있었다. 안토니오는 부엌 조리대 앞에 서서 빵에 버터를 바르고 있었다.

"잘 잤어?"

라스는 화면에서 눈을 들어 에밀리에를 바라보았다. 에밀리에를 발견한 안토니오는 얼른 버터 칼을 조리대 위에 내려놓으려 했으나, 가장자리에 너무 가까이 내려놓는 바람에 칼이 그만 바닥에 떨어지고 말았다. 그는 재빨리 버터 칼을 주워 들고선 겸연쩍은 미소를 지었다. 마치 지난밤 에밀리에와의 일을 믿어야 할지 말아야 할지 어쩔 줄 몰라 짓는 미소 같았다. 에밀리에도 긴장되기는 마찬가지였지만, 용기를 내어 안토니오에게 다가가 뺨에다 가볍게 입을 맞췄다. 그러자 그는 두 손으로 에밀리에의 허리를 감싸 안았고, 한순간에 긴장감은 말끔히 사라져 버렸다. 지난밤의 일은 단지 어둠을 빌미로 일어난 충동적인 사건이 아니라는 확신이 들었던 게 틀림없었다.

"어, 드디어 뭔가 진행되고 있나 본데?"

라스가 말했다.

"결국 그렇게 됐구나?"

리세가 말을 이었다.

"너희 둘 사이에 뭔가 있다는 건 이미 오래전부터 눈치채고 있었지."

"정말이야?"

안토니오가 물었다.

"그래. 축하해."

라스가 말했다.

"아주 보기 좋아. 그건 그렇고 어제 녹화한 비디오를 편집하고 있는 중이야. 같이 볼래?"

에밀리에는 안토니오의 손을 잡아끌어 소파로 함께 갔다. 화면 속에서 양계장 문이 열리면서 닭들이 뛰쳐나오는 모습이 보였다.

"뉴스 본 사람 있어?"

에밀리에가 질문을 던졌다. 일행은 왜 그 생각을 미처 못 했을까 하는 표정으로 서로를 바라보며 고개를 저었다. 그리고 누가 먼저라고 할 것도 없이 모두 동시에 휴대폰을 켜서 뉴스를 확인하기 시작했다.

"우리 기사가 신문 1면에 떴어!"

안토니오가 소리를 지르며 양계장을 뛰쳐나오는 닭들의 사진이 실린 기사를 보여 주었다.

"정말 환상적인데!"

사진 밑에는 분노하는 양계장 주인의 인터뷰 기사가 뒤를 이었다. 그는 양계장을 한밤중에 침입해서 닭들을 풀어 준 것이 도둑질이며, 자신의 생계를 위협하는 파괴적인 일이라고 입에 거품을 물었다. 심지어 '테러'라고까지 말했다. 그는 닭들을 풀어 준 이들이 범죄자일 뿐 아니라, 양계장의 닭들이 자연에서 혼자 힘으로는 살 수 없는 종이라는 사실을 이해 못하는 몰상식한 이들이라고도 말했다. 안토니오는 큰 소리로 신문 기사를 읽기 시작했다.

"실명을 밝히기를 꺼리는 소유주는 그가 키우는 닭들이 육류 생산을 위해 특별히 배양된 종자이기 때문에 자연에서 혼자 힘으로 단 세 시간도 살 수 없다고 말했다."

"그가 인터뷰에서 밝히지 않았던 건, 그 닭들이 불과 이틀 후면 모두 도살장으로 향해야 할 운명이었다는 사실이지."

리세가 말했다.

"바로 그거야!"

"적어도 그 닭들은 죽기 전에 진정한 자연의 맛을 본 셈이야. 혹시 알아? 어쩌면 몇 마리는 살아남을지."

안토니오가 말했다.

"이번 일이 닭고기나 달걀을 사는 소비자들의 생각을 바꿀 계기가 된다면 좋겠다."

에밀리에가 진지한 목소리로 말했다.

인터뷰의 끝부분에서는 양계장 소유주가 사건의 책임자를 고발했다고 적혀 있었으며, 책임자가 발견되면 벌금이나 감옥 형을 피할 수 없으리라고 말했다. 반면 기사에서는 양계장 소유주가 이미 네 차례나 소비자 단체로부터 고발당한 전례가 있으며, 이와 관련해 관계 당국은 해당 양계장에 시정 조치를 내린 바가 있다고 밝혔다.

"감옥 형이라……."

라스가 눈살을 찌푸리며 조용히 말했다.

"그래……. 어쨌든…… 이제 비디오 편집은 끝냈어."

그는 일행을 향해 컴퓨터 화면을 돌려 보여 주며 말했다.

잠시 후, 오로라와 시멘이 손을 잡고 부스스한 모습으로 미소를 띠며 함께 나왔다.

"다들 잘 잤어?"

시멘이 아침 인사를 건넸다.

"안녕. 여기 와서 이걸 한번 봐."

안토니오가 말했다. 일행은 다시 한 번 인터넷 기사를 돌아가며 읽었다.

"성공적이군. 처음부터 느낌이 좋았어."

시멘이 말했다. 오로라는 의기양양한 미소를 지었다.

"라스, 비디오 녹화한 건 어떻게 됐어?"

"막 편집을 끝냈어."

라스는 재생 버튼을 눌렀다. 영상은 양계장과 관련된 여러 가지 통계 이미지들이 상처를 입고 죽어 여기저기 흩어져 있는 닭들의 사진과 겹쳐지며 시작되었다. 곧 유쾌한 클래식 음악이 연주되면서 양계장 문이 열리는 모습이 나타났고, 바이올린과 바순의 리듬감 있는 연주와 함께 닭들이 양계장 문밖으로 날개를 파닥이며 몰려가는 장면이 그 뒤를 이었다. 이 장면이 서서히 사라지자 화면은 검은색 바탕 위에 '세상의 수호자들'이라는 글자로 채워졌다.

"정말 멋지다!"

안토니오는 라스의 어깨를 두드리며 말했다.

"인터넷에 올릴 거야?"

"응, 먼저 유튜브에 올린 후에 방송국에 그 링크를 보낼 생각이야."

✿✿✿✿✿

재봉틀이 돌아가는 소리는 무슨 소리와 비슷할까?

일진이 좋지 않은 날엔 마치 고속도로를 달리는 수천 대의 모터사이클 소리를 연상시킬 정도로 광폭하게 들렸다. 그런 날 아침이면 리나는 길을 달리는 모터사이클이나 차들을 피하기 위해 지저분한 건물 벽에 바짝 몸을 붙여야만 했다. 그러면 리나가 입고 있던 사리는 출근도 하기 전에 더러워지기 십상이었다.

공장에서도 마찬가지였다. 갑자기 바느질이 잘 안 될 때도 있었고, 천을 필요 이상으로 힘껏 눌러 바늘 옆의 천이 오그라들 때도 있었다. 실패에 실이 얼마나 남아 있는지 주의를 기울이지 않은 탓에 바느질을 하는 중간에 실이 동날 때도 있었다. 그러면 리나는 재봉틀 아래로 기어 내려가 핀셋으로 구멍마다 박혀 있는 실을 모두 **빼내야** 했다.

반대로 일진이 좋은 날은 어떨까?

그런 날이면 재봉틀이 돌아가는 소리는 가족들과 함께 소풍을 갔던 공원에서 보았던 날갯짓을 하는 벌레들의 소리처럼 들렸다. 그럴 때면 리나는 마치 명상이라도 하는 듯, 온갖 잡생각을 떨쳐 버릴 수 있었다. 돈 걱정이나 행여 바느질을 잘못해서 감봉이 되지는 않을까 하는 걱정도 사라져 버리고, 바느질을 끝낸 옷들은 재봉틀 옆에 차곡차곡 쌓이기 시작했다.

오늘도 바로 그런 날이었다. 일진이 좋은 날. 오늘 일감은 솔기를 꿰매기만 하면 되는 아주 쉬운 것이었다. 그리고 사랑에 **빠진** 사람들만이 지을 수 있는 밝은 미소가 그녀를 떠나지 않았다. 리나는 검은색 블라우스를 바느질하며 레자를 생각했다.

18

들통난 거짓말

에밀리에가 집에 들어서자마자 뭔가 잘못됐다는 느낌이 들었다. 집안의 분위기가 평소와는 달랐기 때문이다. 테라스에서 자신을 부르는 어머니의 목소리도 보통 때와는 달랐다. 현관에 가방을 내려놓은 에밀리에는 심장 박동이 빨라지는 걸 느꼈다. 그녀는 빠른 걸음으로 거실을 지나 테라스로 나갔다.

에밀리에를 바라보는 아버지의 눈길 하나만으로도 부모님이 자신의 거짓말을 알아챘다는 것은 자명해 보였다.

"에밀리에."

아버지는 야외용 탁자 위에 신문을 내려놓고 무거운 한숨을 쉬었다.

"어디에 다녀왔니?"

단박에 거짓말이 들통났다는 걸 알아챘지만, 에밀리에는 사실을 말할 수 없었다. 달리 둘러댈 말도 없었다.

"이다네 집에요……?"

하지만 그건 대답이 아니라 오히려 질문처럼 들렸다. 아버지는 실망이 가득한 눈빛으로 에밀리에를 바라보았다.

"에밀리에, 오늘 아침에 주유소에서 이다 어머니를 만났어."

어머니가 떨리는 목소리로 말했다.

"이건 그냥 넘어갈 일이 아니야."

아버지가 말을 이었다.

"도대체 우리가 얼마나 걱정했는지 알긴 아니?"

어머니는 소리를 높여 말했다.

"이번 주는 외출 금지야!"

이웃들이 울타리 너머로 에밀리에 가족을 흘끔거리며 쳐다보자, 아버지는 얼른 에밀리에를 데리고 안으로 들어갔다.

에밀리에는 사실대로 털어놓을 수밖에 없었다. 물론 진실을 모두 말하지는 못했다. 그건 있을 수 없는 일이었다. 에밀리에는 오로라, 리세, 라스, 그리고 안토니오의 이름을 대며 오로라네 별장에서 열린 잠옷 파티에 초청을 받았다고 둘러댔다. 하지만 부모님의 허락을 받지 못할 것 같아서 처음부터 여쭤볼 용기를 낼 수가 없었다고 말했다. 그러자 아버지의 분노가 조금 사그라드는 것 같았다. 곧 아버지는 오로라의 집 전화번호를 대라고 하더니, 전화를 걸기 시작했다.

에밀리에는 전화기 저편에서 오로라의 어머니가 뭐라고 하는지 들을 수가 없었다. 그저 아버지의 목소리에 서서히 안도의 빛이 감도는 것만 느낄 수 있을 뿐이었다.

"네, 괜찮습니다. 이번엔 용서해 주기로 하죠."

아버지는 어딘가에 초대를 받았는지 가능하면 시간을 내 보겠다는 대답으로 통화를 끝냈다.

"에밀리에, 이번엔 그냥 넘어가마. 하지만 우리가 얼마나 걱정했는지 네가 알아야 할 것 같아."

"죄송해요, 아버지."

아버지는 에밀리에의 어깨를 토닥인 후 휴대폰을 돌려주었다. 그리고 다시 에밀리에를 길게 안아 주었다.

"다음엔 꼭 물어봐야 한다. 알았지?"

"네. 그런데 이번 주는 정말 외출 금지예요?"

"당연하지."

등 뒤에서 어머니의 목소리가 들렸다.

"오로라라는 아이의 어머니는 상당히 예의 바르고 점잖은 사람 같더구나. 게다가 이번 주 수요일 오후 전시회 개막식에 우리를 초대하기까지 했어."

"그 애 어머닌 예술가니?"

어머니가 물었다.

"네. 설치 예술을 주로 한대요. 우리도 전시회에 가는 거죠? 그랬으면 좋겠어요."

"한번 생각해 보자."

어머니는 에밀리에에게 외출 금지에 대한 말은 한마디도 하지 않고 다시 정원으로 나가 버렸다. 아버지마저 어머니를 따라 정원으로 나가자, 에밀리에는 전화기를 꺼내 안토니오에게 문자 메시지를 보냈다.

'주말에 별장 여행을 간 게 들통이 나서 일주일 내내 외출 금지 명령을 받았어. 일주일! 이게 말이나 되니?'

에밀리에는 이제 막 사귀기 시작한 남자친구를 일주일이나 만날 수 없다는 게 원통해 죽을 것 같았다.

에밀리에는 자기 방으로 들어가 세상의 수호자들 멤버들과 채팅을 하고, 뉴스를 읽고, 안토니오와 통화를 했다. 컴퓨터를 켠 그녀는 이어폰을 꽂고 저녁 뉴스를 들었다. 혹여 부모님이 들이닥칠까 봐 페이스북 페이지도 열어 놓고, 동시에 휴대폰으로 계속해서 저녁 뉴스를 들었다. 뉴스를 보는 모습을 숨겨야 한다니……. 에밀리에는 자신의 이런 모습이 우습기까지 했다. 하지만 어쩔 수 없었다.

세상의 수호자들이 실시했던 양계장 캠페인은 그날 저녁 주요 뉴스로 소개되었다. 시민들의 반응은 매우 긍정적이었다. 노르웨이의 다른 양계장 상황 역시 함께 소개되었다. 다른 양계장들도 나은 것이라곤 하나도 없었다. 거대한 규모의 헛간, 수천 마리의 병아리와 닭들이 발 디딜 틈도 없이 빽빽하게 모여 한 달도 채 못 되게 살다가 사람들의 식탁 위로 오르는 잔인한 상황. 양계장 내에서 그나마 한 달도 살지 못하고 죽어 나가는 닭들도 수백 마리였다.

기자는 슈퍼마켓에서 닭고기를 구입하려는 소비자와 인터뷰도 시도했다.

"오늘 저녁부터는 채소만 먹어야 될 것 같아요."

유모차를 끌고 가던 한 여인이 웃음을 터뜨리며 말했다. 뉴스는 라스가 편집한 비디오 장면으로 마무리되었다. 해방된 닭들이 날갯짓을 하며 어둠 속으로 사라지는 모습. 에밀리에는 안토니오를 떠올리며 인터넷 창을 닫은 후, 안토니오에게 문자 메시지를 보냈다.

이제 에밀리에에게도 남자친구가 생겼다. 난생 처음으로 사귄, 살아 숨쉬는 진짜 남자친구…….

멤버들은 오로라의 어머니가 전시회를 여는 프로그너의 화랑에서 만나기로 했다. 부모님으로부터 일주일 내내 외출 금지를 당한 에밀리에로서는 안토니오를 볼 수 있는 절호의 기회였다. 물론 쉬는 시간이나 학교를 마치고 집으로 가는 길에 안토니오와 전화 통화를 했다. 저녁이면 침대에 누워 문자 메시지를 주고받기도 했지만 얼굴은 한 번도 보지 못했다.

그러나 오늘은 달랐다.

전시회장은 초대된 손님들로 발 디딜 틈도 없었다. 향수 냄새와 로션 냄새, 여기저기서 들리는 대화 소리로 시끌벅적했다. 그 와중에도 에밀리에는 안토니오를 찾는 데만 온 정신을 집중했다. 마침내 그녀의 눈에 안토니오가 띄었다. 바로 저기!

안토니오는 오로라의 어머니와 함께 서 있었다. 안토니오를 발견한 에밀리에는 얼른 뛰어가서 그의 팔에 안기고 싶었지만, 뒤에서 따라오는 부모님 때문에 그런 일은 상상도 할 수 없었다.

문득, 에밀리에는 부모님이 여느 때와는 달리 무척 **뻣뻣**하고 불편해하는 것 같다는 생각이 들었다. 전시회장에 설치된 수없이 많은 인형들이 안토니오와 에밀리에 사이를 가로막고 있었다. 벽에 걸린 비디오 화면에서

흑백의 자작나무 둥치 사이로 전시회장에 진열된 인형들과 같은 인형들이 이리저리 흩어져 있는 것이 보였다.

"안녕, 에밀리에! 와 줘서 고맙다."

에밀리에를 발견한 오로라의 어머니는 와인 잔을 들고 환한 미소를 지으며 다가왔다.

에밀리에는 긴장감으로 살짝 뻣뻣한 미소를 지으며, 부모님께 오로라의 어머니와 안토니오를 소개했다. 그들은 조심스럽게 대화를 시작했다. 안토니오가 어느 학교를 다니는지, 아르헨티나의 최근 경제 상황은 어떤지……. 그 곁에 서서 대화를 듣는 둥 마는 둥 하며 지켜보던 에밀리에는 어쩐지 가슴이 조금씩 뿌듯해졌다. 에밀리에는 이제 더 이상 안토니오에게 더 가까이 다가가고 싶은 마음을 억누를 수가 없었다. 곧 부모님이 다른 손님들과 인사를 나누고 대화를 시작하자, 에밀리에는 얼른 안토니오를 복도로 데리고 나가 입을 맞췄다.

드디어.

✻✻✻✻✻✻

휴일을 맞은 리나는 언니와 함께 빨래를 하러 강으로 가는 중이었다. 두 사람은 빨랫감이 가득한 플라스틱 양동이를 각자 머리에 이고 길을 걸었다. 손님을 차지하기 위해 젊은 여인들이 말다툼을 하며 서 있는 홍등가, 아낙네들이 종종 함께 모여 설거지를 하는 양수기 시설장, 검은 연기를 내뿜는 플라스틱 소각장, 짐승의 가죽을 끓여 내는 거대한 금속 냄비

앞을 지나며, 리나는 혹시 레자가 있을까 싶어 두리번거렸다. 하지만 부스스한 머리로 그녀를 돌아보는 얼굴들 중에 레자는 없었다. 공장과 하수 시설을 지나 좀 더 올라가면 다른 데에 비해 물이 좀 더 맑은 강이 있는데, 그곳에선 사람들이 목욕도 하고 빨래도 하곤 했다. 리나와 그녀의 언니가 그곳에 도착했을 때 강가는 이미 빨래를 하는 소녀와 중년 부인들로 복작복작했다. 이들을 따라온 나이 어린 소년들은 황토빛 물속에서 헤엄을 치고 있었다. 그때 아이들 중 하나가 리나를 향해 미소를 지으며 손을 흔들었다. 레자였다! 잠시 후 레자는 자맥질을 하더니 어느새 리나의 앞으로 와서 수면 위로 얼굴을 내밀었다. 레자의 얼굴은 환한 미소로 빛이 나는 것만 같았다.

"안녕, 리나."

"안녕, 레자."

"너도 물속에 들어와. 같이 헤엄치자, 응?"

"아니야, 난 빨래를 해야 해."

리나는 사리와 이불보 등이 담긴 플라스틱 양동이를 턱으로 가리켰다.

"내가 도와줄게. 그러면 더 빨리 끝낼 수 있을 거야."

리나는 주저하며 언니 쪽을 바라보았지만, 언니는 이미 먼저 와 있던 친구들과 함께 앉아 수다를 떨며 빨래를 하느라 동생을 돌볼 여유가 없는 것 같았다.

"좋아."

리나는 레자에게 사리 한 벌을 내밀었다. 물에서 나온 레자는 젖어서 몸에 딱 붙은 바지를 당겨서 편 다음, 리나 옆에 앉아 빨래를 하기 시작했다.

"이것 봐. 이렇게 함께 일을 하니까 속도가 두 배는 빨라지잖아."

"응……."

빨래를 마치고 모두 양동이에 넣은 레자는 다시 강으로 뛰어들어 헤엄을 치기 시작했다. 등을 돌려 리나에게 손짓을 하는 레자를 보며, 리나는 다시 주저하며 언니를 바라보았다.

"언니, 나 강에서 헤엄쳐도 될까?"

언니는 양동이를 향해 슬쩍 눈길을 던지더니 리나를 향해 고개를 끄덕였다. 리나는 사리를 입은 채 물에 뛰어들었다. 레자는 재빨리 물속으로 자맥질을 했다. 한동안 그의 모습이 보이지 않더니, 어느새 리나는 물속에서 자신의 다리를 잡아당기는 레자의 손을 느낄 수 있었다. 리나는 얼른 발을 뺀 후 레자를 따라 자맥질을 했다. 흐린 물속에선 한 치 앞도 보기 힘들었지만, 리나는 레자를 금방 찾아냈다. 레자는 뺨을 부풀려 공기 방울을 수면 위로 올려 보냈다. 리나도 그런 레자를 따라 한껏 뺨을 부풀려 보았다. 리나는 강바닥에 두 손을 짚고 물구나무서기를 시도하기도 했다. 레자는 리나의 두 발을 잡아 준 후, 그녀가 물 위로 올라오자 잘했다고 칭찬했다. 얼마 후, 리나의 언니가 집으로 가야 한다며 리나를 불렀다.

"벌써 가려고?"

레자가 숨을 헐떡이며 물었다. 레자의 얼굴에 흘러내리는 물방울이 햇살을 받아 반짝거리더니 강물 위로 떨어졌다.

"응."

리나는 꽁지머리를 쥐어짜서 물기를 빼며 대답했다.

"내일도 올 거야?"

"그럴 거야."

리나는 미소를 지었다. 그와 동시에 레자는 허리를 굽혀 리나를 안아 주었다. 갑작스런 포옹을 건넨 후 레자는 다시 물속으로 뛰어들어 친구들에게로 헤엄쳐 갔다. 리나는 몸에 붙은 젖은 사리를 잡아당겨 툭툭 턴 후, 양동이를 머리에 이고 레자를 바라보았다. 그는 강 저편 바위 위에 친구들과 함께 앉아 리나에게 손을 흔들어 주었다. 리나는 내일도 공장에서 일을 마친 후, 이곳으로 다시 오리라 마음먹었다.

여름 방학

1

한 학기를 마치는 마지막 종소리가 울렸다. 여름 방학을 맞은 아이들은 들뜬 기분으로 교문을 나섰다. 교실을 나서며 앞으로 두 달 동안이나 학교에 오지 않는다는 생각에 에밀리에는 기분이 이상해졌다. 적어도 8주 동안은 알람 소리에 눈을 뜨고 서둘러 등교 준비를 하지 않아도 되어서 좋았지만, 그동안은 친구들을 자주 만나지 못할 테니까.

이다와 함께 교문을 나선 에밀리에는 옛날처럼 기분 좋게 수다를 떨며 집으로 향했다. 둘은 찻길 옆에 있는 편의점에 들러 아이스크림을 사 먹었다. 포장지를 벗겨 휴지통에 버리려니, 바닐라 아이스크림과 과자 맛에 기름 냄새가 섞여 나는 것도 같았다. 이다와 에밀리에는 휴지통 주변을 윙윙거리며 도는 벌 떼를 뒤로 하고, 터널 아래를 지나 강가의 벤치 위에 자리를 잡고 앉았다. 에밀리에는 그제야 모든 것을 털어놓을 수 있었다. 안토니오와 세상의 수호자들, 그리고 캠페인과 오로라.

이다는 자못 놀란 표정으로 에밀리에의 이야기를 가만히 들은 후, 아무에게도 비밀을 발설하지 않겠다고 약속해 주었다. 하지만 이다는 멤버로 들어오고 싶다는 말은 하지 않았다. 하긴 에밀리에도 그런 기대는 하지 않았다. 마지막 아이스크림 조각이 입안에서 녹아드는 것을 느끼며, 에밀리에는 세상의 수호자들에 대해 알고 있는 외부인이 하나 생겼다는 사실에 대해 가만히 생각해 보았다. 그 외부인이 누가 되었든 위험한 건 마찬가지 아닐까? 전화 한 통화면 세상의 수호자들이 간직해 왔던 비밀이 세상에 드러날 수도 있는 일이니 말이다.

2

프로그너 수영장.

멤버들이 수영복을 입은 모습을 보는 것은 처음이었다. 에밀리에는 탈의실에서 새로 산 비키니 수영복으로 갈아입고 수건으로 몸을 감싼 후, 한 손에는 가방을 들고 수영장으로 향했다. 안토니오와 다른 남자아이들은 수영장 입구의 경사진 잔디밭 위에 커다란 수건을 펼쳐 놓고 그 위에 누워 있었다. 그 뒤로는 프로그너 공원의 수없이 많은 조각상들이 보였다. 벌거 벗은 사람들의 조각상. 안토니오는 꽃무늬가 그려진 강렬한 원색의 수영 복 바지를 입고 있었다.

에밀리에는 그가 옆에 미리 마련해 둔 빈자리에 드러누워 온몸에 쏟아 지는 햇살을 만끽했다. 그녀는 휴식이 필요하다고 생각했다. 학교 수업뿐 만이 아니라 세상의 수호자들 일에서도 잠시 떨어져 여유를 가지고 싶다 고 생각했다. 항상 진지하게만 살 수는 없다. 멤버들은 앞으로 몇 주 동안 그간 자신들이 해 왔던 일을 돌이켜 보며 잠시 쉴 생각이었다. 그리고 캠페인에 대한 이야기는 접어 두고 다른 이야기를 나눌 생각이었다. 평범한 아이들처럼 영화와 음악과 책에 대한 이야기들을.

일행은 다 같이 수영을 했다. 소년들은 5~7미터 정도의 높이에서 다이빙을 시도해 보았다. 그중 오직 시멘만 10미터 높이에서 뛰어내렸다. 그가 다이빙대에 올라서자 수영장 안에 있던 이들은 안전요원의 지시에 따라 가장자리로 자리를 피했다. 시멘은 속도를 내기 위해 뒷걸음질을 치더니 어디로 사라졌는지 보이질 않았다. 몇 초가 흘러도 그가 나타나지 않자, 에밀리에는 시멘이 겁을 집어먹고 다이빙을 포기했을지도 모른다고 생각했다. 어쩌면 다이빙대 위에서 물 위로 뛰어내리는 대신, 계단을 통해 걸어 내려올지도 몰랐다. 하지만 그 순간 다이빙대에서 시멘이 모습을 드러냈다. 시멘은 재빨리 달음질을 치더니 너무도 용감하게 두 손을 허공에 번쩍 치켜든 채 뛰어내렸다. 모았던 두 다리를 쭉 뻗으며 모두에게 보란 듯이 힘껏.

문득 서늘한 바람이 느껴지더니, 손등 위에 빗방울 하나가 톡 떨어졌다. 주변에 있던 사람들은 짐을 싸기 시작했다. 리세와 라스도 마찬가지였다. 에밀리에는 자리에서 일어나 수건을 접었다. 목으로 떨어진 빗방울들이 금세 등줄기를 타고 흘러내렸다.

"서둘러."

에밀리에는 일행을 향해 손짓을 한 후 나무 밑으로 달려가 비를 피했다. 그와 동시에 소낙비가 쏟아졌다. 허공을 가르는 회색 물줄기. 에밀리에가 안토니오 옆에 바짝 붙어 서자, 그는 수건으로 그녀의 몸을 감싸 주었다.

"이리 와! 지금은 물속이 더 따뜻할 거야."

안토니오는 에밀리에를 잡아끌었다. 두 사람은 손을 잡고 빗속에서 잔디밭 위를 함께 달렸다. 수영장에는 아무도 없었다. 단지 초소 위에 앉아 있던 안전요원과 탈의실로 향하는 백발노인 한 명뿐. 안토니오는 먼저 물속으로 뛰어들었다. 에밀리에도 그 뒤를 따라 물속으로 첨벙 뛰어들었다. 안토니오의 말이 맞았다. 정말 물속이 훨씬 따뜻했다.

에밀리에는 두 다리로 안토니오의 허리를 감싸고, 양팔로는 그의 목을 감싸 안았다. 수면을 때리는 거센 빗방울 때문에 수영장의 물은 마치 보글보글 끓는 물처럼 보였다. 에밀리에는 두 눈을 감고 안토니오에게 입을 맞췄다. 안토니오의 입술에서 수영장의 소독약 냄새와 차가운 빗방울 맛이 났다. 빗방울은 여전히 두 사람의 머리와 어깨 위로 떨어져 내리고 있었다. 이 세상에 오직 두 사람만 존재한다는 느낌……

다시 몇 초가 지나자 리세와 라스, 오로라와 시멘도 수영장을 향해 달려왔다. 라스와 리세는 동시에 물속으로 뛰어들었다. 시멘은 전속력으로 달려와 물속에 비스듬히 뛰어들어 에밀리에와 안토니오의 옆에 커다란 물거품을 만들어 냈다. 에밀리에는 물거품을 피하려 두 눈을 꼭 감았다.

3

정원에서 부엌으로 바로 들어가던 에밀리에는 닭고기 가슴살을 굽고 있던 아버지를 보았다.

"닭들이 어떻게 사육되는지 알고 요리하시는 거예요, 아버지?"

부엌 문턱에서 걸음을 멈춘 에밀리에는 아버지를 향해 물었다. 아버지는 프라이팬 위의 닭고기를 뒤집은 후, 에밀리에를 향해 몸을 돌렸다.

"네가 알고 있다면 설명해 보렴, 에밀리에."

에밀리에는 양계장에서 길러지는 닭들의 상황에 대해 일장 연설을 시작했다. 상처 가득한 몸으로 한 달도 채 살지 못하고 도살장으로 향해야만 하는 운명, 심장병이나 스트레스가 아니면 다른 닭들의 부리에 쪼여 죽임당하는 운명, 화학 성분이 가득한 사료만 먹고 살며 자연을 만끽할 수도 없는 운명이라는 것을……

아버지는 프라이팬 위의 닭고기를 뒤집은 후, 소금과 신선한 사향초를 살짝 뿌렸다.

"그렇다면 우리가 뭘 어떻게 해야 한다고 생각하니?"

아버지의 말투에서 비꼬는 느낌이나 빈정거리는 느낌은 전혀 찾아볼 수 없었다. 단지 단도직입적으로 질문을 던질 뿐. 아버지는 항상 그랬다.

"다른 음식을 찾아봐야겠죠."

"어떤 음식?"

아버지는 쌀밥을 익히던 냄비의 뚜껑을 열고 오른의 불을 껐다.

"소고기는 많이 먹으면 몸에 좋지 않다고들 말하지. 소고기를 생산하기 위해선 엄청난 양의 곡류가 필요하니까. 1킬로그램의 소고기를 생산하기 위해선 10킬로그램의 곡류가 필요하다는 얘기를 어디선가 들은 적이 있어."

"맞아요. 그뿐만 아니라 1만 5천 리터의 물도 필요하죠."

"게다가 소들은 공해의 원인이 되기도 해."

아버지는 씨익 웃으며 엉덩이를 쭉 빼서 입으로 방귀 소리를 냈다.

"그럼 이제 우린 뭘 먹어야 할까, 에밀리에?"

"닭고기나 소고기 외에도 다른 고기들이 있잖아요!"

"예를 들면……?"

"물고기……, 그리고 채소……."

"알았어. 그렇다면 생선들이 더 낫다고 생각하는 이유는 뭐니? 단지 비명을 지르지 못해서? 아니면 노란 깃털을 지닌 귀엽고 앙증맞은 동물이 아니라서?"

아버지는 양팔을 몸에 바짝 붙이고 날갯짓을 해 보였다.

"동물들은 저마다 다 달라요. 지렁이와 고양이가 다르듯, 생선과 병아리도 다르잖아요?"

아버지는 허리를 굽혀 끓이고 있던 소스 맛을 보았다.

"흠, 후추를 좀 더 넣어야겠어."

아버지는 혼잣말로 중얼거린 후, 부엌용 후추 제분기를 돌렸다.

"맛 좀 봐 줄래?"

손바닥으로 받은 후추를 냄비 속에 뿌려 넣으며 아버지가 말했다.

"아니에요, 됐어요. 그런데 제 질문에 대답을 안 하시네요."

"에밀리에, 사실 네 말에는 하나도 틀린 게 없어. 하지만 중요한 점은 이런 일은 감성적으로 해결하기보다는 머리를 사용해 이성적으로 해결해야 한다는 거야. 그렇지 않다면 과학적인 연구는 필요도 없게 될 거다."

아버지는 오븐의 온도를 낮추며 말을 이었다.

"자……. 그러니까 우린 이제부터 육류를 줄이고 채소를 더 많이 먹어야 한다는 게 네 주장이지?"

"네. 설사 닭고기를 먹는다 하더라도 생산지의 사정을 살펴본 후에 고기를 구입할 수도 있잖아요."

"맞아."

아버지는 접시 네 개를 에밀리에에게 건네주었다.

"하지만 그런 고기들은 엄청나게 비싸. 누구나 그런 고기를 구입할 수는 없지."

"사람들은 다시 생각해야 해요. 요즘 이런저런 생필품 값이 얼마나 싼지 아세요? 옷값만 해도 그래요. 이런 데서 돈을 아끼고 제대로 사육된 고기를 구입해 먹는다면 좋을 텐데 말이에요."

"에밀리에, 네 말이 맞다. 그렇다면 앞으론 일주일에 닷새는 채소를 먹고, 나머지 이틀은 생선이나 육류를 먹는 걸로 해 볼까?"

거실에서 두 사람의 대화를 엿듣고 있던 세바스티안이 체념한 눈빛으로 부엌에 왔다.

"일주일에 닷새나 채소를 먹는다고요? 그럼 난 저녁 안 먹을 거예요!"

"자, 봤지? 이럴 줄 알았어!"

아버지는 웃음을 터뜨렸다.

"아마 이런 생각을 하는 게 세바스티안뿐만이 아닐걸."

에밀리에는 접시를 식탁 위에 내려놓았다.

"이해할 수 있어요. 하지만 아버진 저런 초딩이 우리 가족의 식단을 결정해도 좋다고 생각해요?"

세바스티안은 에밀리에를 쏘아보며 거실로 나가다가 문턱에서 몸을 휙 돌렸다.

"누나도 그 클럽에 가입하지 그랬어?"

"무슨 소리야?"

"그저께 텔레비전에 나왔던 그 청소년 클럽 있잖아. 세상의 수호자들!"

아버지는 포크와 나이프를 꺼내 에밀리에에게 내밀었다.

"나도 그 생각을 했어. 어쩌면 네가 벌써 거기에 가입한 건 아닐까 의심하기도 했지."

에밀리에는 얼른 마음을 가다듬으려 애썼다.

"네, 그러면 좋겠네요. 하지만 거긴 비밀 클럽 아니었어요?"

에밀리에는 식탁 쪽으로 얼굴을 돌렸다. 아버지에게 당황하는 표정을 들키고 싶지 않았기 때문이다.

'앞으론 정말 조심해야겠어.'

에밀리에는 접시 옆에 포크와 나이프를 가지런히 내려놓으며 생각했다.

만약 세상의 수호자들이 합법적인 조직이라면 얼마나 좋을까. '자연과 청소년' 또는 '미래와 함께하는 청년'과 같은 평범한 클럽이라면 좋을 텐데. 하지만 이런 평범한 클럽에서는 세상의 수호자 멤버들이 행했던 캠페인은 생각지도 못할 것이다. 그렇다면 사회적인 관심을 받지 못할 것이 분명하다.

　도대체 언제 저녁 뉴스에서 '자연과 청소년'에 대해 보도된 적이 있단 말인가? 신문에 전면 기사가 실렸던 적은 있었던가? 단 한 번도 없었다. 안토니오도 이런 말을 한 적이 있었다. 그렇지만, 그렇지만……. 에밀리에는 마지막 나이프를 식탁 위에 내려놓으며 생각에 잠겼다. 그렇지만 세상의 수호자들이 좀 더 평범하고 공인된 조직이었다면 이런 걱정은 안 해도 되었을 텐데…….

　"저녁 먹자!"

　아버지가 소리쳤다.

4

　안토니오가 아르헨티나로 여행을 가기 전 나누었던 마지막 키스. 에밀리에는 처음으로 안토니오의 집을 방문했다. 전에도 몇 번이나 가 보고 싶었지만 그때마다 안토니오의 얼굴에 주저하는 기색이 역력했다. 마치 무언가를 숨기고 싶어 하는 사람처럼. 전철에서 내려 안토니오가 사는 동네를 둘러보니 에밀리에는 그의 마음을 이해할 수 있을 것 같았다.

　스페인어 교사인 안토니오의 어머니는 에밀리에와 대화를 나누면서도 연신 담배를 피워 댔고, 틈만 나면 에밀리에의 팔이나 어깨에 손을 올려놓았다. 안토니오의 아버지는 치의학을 전공했지만 지금은 경비 회사에서 근무하고 있다고 했다. 두 사람은 안토니오의 방에 들어가, 침대 가장자리에 나란히 앉았다. 문득, 안토니오의 손이 그녀의 티셔츠 속으로 들어와

맨살의 등을 어루만지기 시작했다. 안토니오의 눈빛이 진지해졌다. 에밀리에는 그 순간을 즐겼다. 안토니오의 눈빛도…….

5

문자 메시지. 에밀리에는 집 근처의 한 제과점에서 아르바이트를 하고 있었다. 제과점은 이웃 여인들과 노부인들로 복작거렸다. 에밀리에는 갓 구운 빵을 오븐에서 꺼낼 때 또는 이웃집 할아버지에게 잔돈을 건네줄 때에도 휴대폰을 꺼내 문자 메시지를 확인하곤 했다. 그러고는 허리를 굽히고 앉아 메시지를 다시 한 번 읽어 보곤 했다. 가족들과 같이 있을 때에도 마찬가지였다. 에밀리에는 차창 밖으로 스쳐 지나가는 가로수를 보며, 동유럽에서 온 화물차 때문에 길이 막혀 아버지가 화를 내는 차 안에서도 몇 번이고 문자 메시지를 확인했다.

비가 내리던 그날 기억나? 보고 싶어! 안토니오.

에밀리에는 휴대폰을 손으로 꼭 감싸 쥐었다. 마치 그것이 안토니오의 손이라도 되는 듯.

6

한 손으로 휴대폰을 쥔 에밀리에는 별장 건물의 벽에 기대어 눈을 가만히 감고서 쏟아지는 햇살을 만끽했다. 가족들과 함께 온 산중 별장에서의 마지막 날이었다. 에밀리에는 한참 후 눈을 뜨고 휴대폰으로 뉴스를 확인했다. 인터넷 신문의 1면 기사를 확인한 그녀는 세상의 수호자들 멤버들에게 당장 전화를 해야겠다고 생각했다. 새로운 캠페인을 시작할 때가 온 듯했다.

에밀리에는 다시 눈을 감았다. 얼굴 위로 쏟아지는 햇살은 마냥 부드럽고 따스했다. 잠시 후 생각을 정리한 에밀리에는 눈을 떴다. 지금 당장 하자.

바로 이 순간!

제5부

19

비상경보!

리나는 출근 후 재봉틀 앞에 앉아서 꽃무늬가 그려진 블라우스의 목 부분을 바느질하기 시작했다. 재봉틀이 만들어 내는 끊임없는 기계 소리 속에서 천에 주름을 내지 않고 가지런하게 바느질을 하기 위해 정신을 집중했다. 조금만 더 있으면 하루 일을 마치고 퇴근할 시간이었다. 집으로 가는 길에 강가에서 레자를 만나 함께 헤엄을 치고 자맥질을 할 생각에 마음이 들떴다. 오늘은 용기를 내서 먼저 입을 맞춰 볼까?

생각만으로도 벌써부터 가슴 속 어딘가가 팽팽하게 긴장되고 설렜다. 마치 온몸이 허공에 붕 뜬 것도 같았다. 햇살 가득한 수면 위로 떠오르던 레자의 황금빛 피부, 집으로 가려고 돌아섰을 때의 갑작스러운 포옹. 리나는 블라우스를 재봉틀의 바늘 아래로 밀어 넣으며 살짝 미소를 지었다. 천을 몇 번 앞뒤로 당겨 매듭을 지은 리나는 재봉틀의 페달을 눌러 바늘대를 올린 다음, 블라우스를 빼내서 가위로 실을 잘라 냈다.

그때 귀를 찢을 듯한 경보음이 작업실 안에 울려 퍼졌다. 분명 퇴근을 알리는 소리는 아니었다. 일을 마치려면 아직 몇 시간은 더 있어야 하니까.

리나는 재봉틀 페달에서 발을 떼고 고개를 들었다. 옆에 앉아 있던 여인도 손에 들고 있던 천을 내려놓고 고개를 들었다. 꽃무늬 블라우스에는 여전히 바늘이 꽂혀 있었고, 미처 바느질을 못한 팔 부분은 아래로 축 늘어졌다. 여인의 얼굴은 잔뜩 겁에 질려 있었다.

"빨리 여기서 나가야 해! 불이 났어!"

이미 자리를 떠난 다른 여인들은 당황한 눈빛으로 여기저기를 둘러보았다.

리나도 서둘러 출입구 쪽으로 뛰어갔다. 작업실 안에선 연기나 불꽃을 볼 수 없었다. 오직 두려움으로 가득한 눈동자만이 보였다. 리나 또래의 한 소녀는 두려움에 소리를 지르며 울음을 터뜨렸다. 누군가가 등을 떠밀었지만 리나는 앞으로 나아갈 수가 없었다. 사람들은 서로를 밀치며 밖으로 나아가려 했지만, 한 발자국도 움직일 수가 없었다. 출입구 쪽의 철제 격자문이 여전히 굳게 닫혀 있었기 때문이다. 리나는 누군가가 격자문을 열어 주었으면 좋겠다고 생각하며 주변을 둘러보았다. 그러나 모두들 리나보다 훨씬 키가 컸기 때문에 아무것도 볼 수가 없었다. 그녀의 눈에는 그저 사람들의 어깨와 등, 사리와 검은 머리카락만 보일 뿐이었다. 리나의 등을 떠밀던 사람들은 뒤에서 밀려오는 사람들 때문에 중간에 끼어 오도 가도 못하고 있었다.

"문 좀 열어 줘요!"

누군가가 소리쳤다. 리나도 소리를 질러 보려 했지만 목이 막혀 아무 소리도 낼 수가 없었다. 어딘가에 팔이 끼어 아파 오기 시작했다. 리나는 얼른 팔을 빼내려 했지만 꼼짝도 할 수가 없었다. 두려움에 떠는 눈동자들, 땀에 젖은 머리카락들, 밀쳐 오는 몸들. 여기저기서 문을 열어 달라고 외치는 소리가 들렸다. 리나도 누군가가 얼른 문을 열어 주길 애타게 바랐다. 호흡이 가빠지기 시작했다. 눈을 감으니 칠흑 같은 어둠 속에서 별이 춤을 추는 것 같았다. 누군가의 팔꿈치가 리나의 관자놀이를 정통으로 맞쳤다. 가슴에서 통증이 느껴지기 시작했다. 팔을 들어 올려 보려 했지만 꼼짝달싹도 할 수가 없었다. 여기저기서 울음소리와 절망적인 고함 소리가 들려왔다. 리나는 어머니를 떠올렸다.

레자. 강물. 그리고 그 따뜻한 눈빛도.

리나는 어머니가 요리하는 부엌을 떠올렸다. 바닥과 천장의 갈라진 틈새로 쏟아지던 빛.

항상 길가에 앉아 있던 이름 모를 할머니.

강물 위로 얼굴을 내미는 레자의 젖은 머리카락.

갑자기 리나는 온몸이 갈라지는 듯한 고통을 느꼈다. 강렬한 빛. 하지만 그것도 한순간. 귓가에서 사람들의 외침이 점점 멀어져 갔다. 통증도 서서히 사라지기 시작했다. 눈앞을 맴돌던 빛도 꺼져 버렸다.

일순간, 모든 것이 사라져 버렸다.

✼✻⚘✵✽

일광욕을 하던 에밀리에는 휴대폰으로 신문 기사를 검색해 보았다. 산중이라 그런지 인터넷 연결 상태가 좋지 않아 기사가 모두 로딩될 때까지 한참을 기다려야 했다. 곧 간략하나마 비극적인 기사가 화면을 채웠다. 방글라데시의 다카에 있는 의류 공장에서 발생한 사건. 사망자의 수도 적지 않았다. 좀 더 자세한 상황을 알아내기 위해 저녁 뉴스를 보려면 아직 두 시간은 더 기다려야 했다. 그 사이 에밀리에는 조깅을 하고 간식을 먹고, 샤워를 하며 인내심을 가지고 기다렸다.

마침내 저녁 일곱 시가 되자, 에밀리에는 별장에 있는 작은 텔레비전을 켰다. 소파에 앉아 있던 아버지는 뜻밖이라는 눈초리로 바라보았다.

"너도 뉴스 보려고?"

"네."

에밀리에는 아무 말도 하지 않았다. 어머니는 요구르트를 가지고 거실로 들어와 함께 소파에 앉았다. 뉴스 시작을 알리는 화면에 이어 곧 주요 뉴스가 등장했다. 그중 하나는 바로 방글라데시에서 있었던 사건이었다. 화재가 발생하지도 않았는데 화재 경보 장치가 잘못 작동하는 바람에 노동자들이 겁을 먹고 출입구 쪽으로 몰려들면서 작업장이 아수라장이 되었다고 했다. 사망자는 모두 스물아홉 명. 대부분이 어린 소녀들이었다.

에밀리에는 화면에 뜬 사진을 지켜보았다. 나란히 누운 시체들은 의류 공장에서 사용하는 옷감으로 덮여 있었다. 블라우스, 티셔츠, 그리고 바느질을 반쯤 끝낸 치마들.

카메라는 사망자 중 어린 소녀 한 명의 시체 위에서 잠시 머물렀다. 출입구 쪽을 향해 뒤에서 몰려드는 사람들과 잠긴 문의 쇠 빗살 사이에 끼어 목숨을 잃어야 했던 작은 소녀. 노동자들이 작업 시간에 휴식을 취하는 것을 막기 위해 출퇴근 시간을 제외하고선 항상 잠가 놓았던 바로 그 문과, 두려움에 우왕좌왕하며 파도처럼 밀려드는 사람들 사이에서 꼼짝도 할 수 없었던 작은 소녀. 경비원은 열쇠를 들고 잠긴 문을 향해 달려갔으나 여기 저기서 밀치는 사람들 때문에 끝내 문으로 다가가지 못했다. 공장 건물 밖에서 기자의 인터뷰에 응했던 그는 눈시울을 붉히며 어쩔 줄을 몰라 했다.

"경보음이 울리자마자 출입문으로 달려갔는데……."

경비원은 서툰 영어로 더듬거리며 말했다.

"제 모습을 본 사람들은 황급히 달리기 시작했습니다. 모두들 당황해서 우왕좌왕했어요. 저는 사람들에게 진정하라고 소리를 질렀지만……."

그는 울먹이며 잠시 말을 멈췄다.

"문을 열어야 하니까 길을 열어 달라고 했지만, 아무도 제 말을 듣지 않았습니다. 모두들 정신없이 출입구 쪽으로 뛰어가느라……."

그는 고개를 숙이고 심호흡을 했다.

"이젠 늦었습니다. 죽은 사람들의 생명을 되돌릴 수는 없으니까요."

그의 동료가 어깨에 손을 얹고서 위로해 주었다. 경비원은 끝내 눈물을 참지 못했다.

이 공장에서 노동자들은 H&M, 즉 헨네스 마우리츠 사에 납품하기 위한 여름 상품을 작업하는 중이었다. 뉴스를 전하는 기자는 공장의 정보 담당 책임자도 함께 인터뷰했다. 정장을 입고 마이크 앞에 선 그는 비극적인 사고가 발생한 데 깊은 유감을 표시한다고 말하며, H&M 사에서는 노동 조건을 개선하는 동시에 최저 임금과 노동자들의 권리를 보호하기 위해 노력을 아끼지 않고 있다고 덧붙였다.

그러나 그는 회사가 지급하는 최저 임금으론 노동자들이 생계를 꾸려

가지 못한다는 사실에 대해선 언급하지 않았다. 노동자들의 대부분이 어린아이들이라는 점과 그들이 생계를 꾸려 가기 위해선 초과 근무가 불가피하다는 점도 언급하지 않았다. 뿐만 아니라 그는 H&M 사에서는 자사의 상품을 어디의 어느 하청 업자가 생산하는지에 대해서도 전혀 모르고 있다는 사실을 말하지 않았다. 문제는 이 모든 것이 H&M 사에만 해당되는 것이 아니라는 사실이었다.

의류 브랜드 갭Gap, 자라Zara와 마시모 두띠Massimo Dutti의 모기업인 스페인의 인디텍스Inditex도 다르지 않았다. 장난감과 비디오 게임, 텔레비전을 생산하는 회사들도 마찬가지였다. 이들은 어떤 하청 기업들을 이용하는지 절대 밝히지 않는다. 소비자들과 언론에서 이 하청 기업들에 대해 아무것도 모르고 있다면, 하청 기업의 노동 환경 개선과 도덕 기준을 강화하는 데 노력을 기울이고 있다는 모기업의 말을 우리가 어떻게 믿을 수 있을까? 마치 매년 똑같이 반복되는 신년 연설처럼 말뿐인 노동 환경 개선으로 인해 이젠 노동자들이 목숨을 잃는 일까지 생긴 것이다.

에밀리에는 무슨 일이든 해야 한다고 생각했다. 신문 기사와 저녁 뉴스 시간에 아무리 자주 이런 사고들을 다룬다 하더라도, 사람들은 시간이 지나면 잊기 마련이다. 이전의 생활로 다시 돌아가고, 다시 이전과 같은 가게에서 같은 물건을 구입할 것이 틀림없다.

에밀리에는 세상의 수호자 멤버들에게 문자 메시지를 보냈다.

'오늘 저녁 뉴스 봤어? 방글라데시 공장 사고? 다음 캠페인 주제로 어떨까?'

20

창고를 습격하다

두터운 구름이 거리와 행인들 위에 무거운 그림자를 드리웠다. 에밀리에는 안토니오의 손을 잡고 오로라의 집으로 향하는 마지막 오르막길을 걸었다.

초인종을 누르고 흰색의 오래된 대문 앞에서 기다리자니, 누군가 안에서 소리쳤다.

"제가 열게요!"

곧 빠른 발자국 소리와 함께 오로라의 얼굴이 열린 대문 틈으로 보였다. 소매 없는 티셔츠를 입고 빨간 립스틱을 바른 오로라의 뒤로 헐렁한 바지 허리춤 위에 속옷이 살짝 보이는 시멘이 뒤따랐다. 에밀리에와 안토니오는 두 사람의 뒤를 따라 오로라의 방으로 향하는 계단을 올랐다. 바닥에 방석을 깔고 앉아 이들은 각자의 여름 방학에 대해 이야기보따리를 풀기 시작했다. 잠시 후, 다시 초인종 소리가 들리자 오로라의 어머니가 대문을 열어 주겠다며 아래층에서 외쳤다.

햇볕에 건강하게 그을린 리세는 어쩐지 전보다 자신감이 넘쳐 보였다. 리세가 입고 있던 새 옷 때문일까, 아니면 염색한 머리와 화장 때문일까.

어쩌면 라스와의 관계 때문일지도 모른다고 생각한 에밀리에는 살그머니 안토니오의 몸에 팔을 둘렀다. 누가 보아도 두 사람은 사랑에 빠진 연인 사이였다.

라스는 방학 동안 아버지와 함께 요트 여행을 다녀왔다고 하며, 어느 모터보트가 부두에 정면으로 부딪치는 모습을 봤다고 말했다. 리세는 노르웨이 서부 지방을 돌았던 여행담을 늘어놓으며, 베르겐에서 본 하짓날 저녁의 거대한 모닥불이 인상적이었다고 덧붙였다.

이런저런 이야기로 잠시 수다 꽃을 피우던 일행은 곧 본론으로 들어갔다. 모두들 에밀리에에게 시선을 집중했다. 이번 캠페인의 아이디어를 제안한 이는 바로 에밀리에였으니까. 시멘을 제외한 일행은 이미 이메일을 통해 캠페인에 대한 아이디어를 교환했다. 이젠 자세한 세부 사항을 정하는 일만 남은 셈이었다.

"우린 이미 대부분의 사항에 대해서 이메일로 각자 의견을 교환했어. 이젠 H&M 사를 상대로 캠페인을 진행하는 일만 남은 거야."

안토니오가 고개를 끄덕이며 말을 이었다.

"우리 홈페이지에 등록된 지지자들의 수가 500명을 넘어섰어. 이들의 지원을 받는다면 전국에 흩어져 있는 H&M 사를 상대로 동시다발적인 캠페인을 진행할 수 있을 거라고 생각해. 외국인들도 등록되어 있으니까, 외국에 있는 H&M 사를 상대로 캠페인을 벌일 수도 있을 거고."

어딘가 회의적인 표정을 지으며 묵묵히 듣고 있던 시멘이 마침내 말문을 열었다.

"그것만으로는 부족해…….”

그가 나직이 말했다.

"무슨 뜻이야?”

"가게를 상대로 벌이는 캠페인도 나쁘진 않아. 하지만 이런 종류의 캠페인은 뉴스에 나가고 20분만 지나면 사람들의 기억에서 잊혀지기 마련이야. 스티커는 당장 뜯겨져 나갈 테고, 옷에는 새로운 상표가 붙을 거야. 그러면 모든 것이 원점으로 돌아가 버려.”

"그래……. 그럼 더 좋은 생각이 있어?”

"응. 사실은 더 좋은 아이디어가 있어.”

시멘이 안토니오의 질문에 자신 있게 대답했다. 에밀리에는 놀란 표정으로 안토니오에게 곁눈질을 했다.

"알았어. 그럼 한번 설명해 봐.”

"H&M 사의 본사 창고를 공격해야 해.”

시멘이 당당하게 말했다. 일행은 침묵을 지키며 서로의 얼굴을 바라보기만 했다.

"본사 창고를 공격한다고?”

라스가 되물었다.

"맞아. 바로 그거야.”

"본사 창고가 어디 있는지 알아?”

리세가 물었다.

"오슬로 동쪽 고속도로 옆에 있어. 벌써 오로라랑 사전 답사하고 왔지.”

"그게 정말이야?"

안토니오는 오로라를 향해 되물었다.

"맞아."

오로라는 안토니오의 눈을 똑바로 바라보며 대답했다.

"그런데……. 왜 이메일로는 아무 말도 하지 않았어?"

"그건 시멘과 좀 더 깊이 있는 토의를 한 다음에 너희에게 말해 주고 싶었기 때문이야. 확신이 생길 때까지 기다린 거지."

"그렇다면 지금은 확신이 있다는 말이야?"

"그래. 캠페인의 효과를 한번 생각해 봐. 엄청난 관심을 얻을 수 있을 것 같지 않아? 노르웨이 전역으로 번지는 선전 효과가 만만치 않을 거야. 사람들의 생각을 단번에 바꿀 수 있을 거라고 생각해."

"본사 창고에 몰래 침입할 생각이야?"

리세가 물었다.

"물론이지."

시멘은 미소를 지으며 말했다.

"창고에 몰래 들어가기는 어렵지 않아. 천장 위에 있는 환풍기 통로로 들어가면 돼. 몰래 들어갔다가 들키기 전에 재빨리 빠져나오면 되잖아. 본사 창고가 우리를 부르고 있어! 당연히 너희들도 같이할 거지?"

금요일 저녁, 에밀리에는 부모님과 함께 거실에 앉아 텔레비전을 보고 있었다. 토크쇼를 보던 에밀리에는 일부러 양팔을 치켜들며 짐짓 하품하는 척을 했다. 아버지는 에밀리에의 어깨를 다독이며 얼른 들어가서 자라고 말했다. 그러자 에밀리에는 기다렸다는 듯 욕실로 가서 양치질을 하고 잠옷으로 갈아입었다. 정말로 잠자리에 들기라도 하는 것처럼. 방에 들어간 에밀리에는 불을 끄고 뜬눈으로 침대에 누워 시간이 가기만을 기다렸다. 이제 곧 부모님 몰래 방을 빠져나가 시내로 가는 버스를 탄 후, 약속 장소에서 기다리고 있는 멤버들을 만날 계획이었으니까. 시멘은 일행과 함께 본사 창고로 가기 위해 차를 빌리고, 창고의 문을 따고 들어갈 수 있는 장비도 가지고 오겠다고 말했다. 하지만 창고 안에서 아이들이 할 수 있는 일이 뭐가 있을까? 멤버들은 여기에 대해서 이런저런 토론을 계속했다.

안토니오는 창고 안에 보관된 옷에 스티커를 붙이자고 제안했으나, 오로라는 고개를 저으며 뭔가 더 눈에 띄는 일을 해야 한다고 고집을 피웠다. 표어를 전달하는 데 작은 스티커가 아니라 스프레이나 매직을 사용해야 한다는 게 오로라의 생각이었다.

안토니오의 편을 드는 사람은 아무도 없었다. 에밀리에조차 이번엔 스티커가 아닌 더 확실한 방법으로 캠페인을 해야 한다고 생각했다. 하지만 그녀에겐 이렇다 할 좋은 아이디어가 없었다. 방글라데시 사고를 뉴스에서 본 후에 캠페인을 시작하자고 제안한 사람은 바로 에밀리에였지만, 지금까지 제대로 된 후속 아이디어를 내지 못했기 때문에 다른 멤버들에게 자신의 입지를 빼앗긴 것 같은 느낌이 들었다. 무슨 아이디어든 짜내야만 했다.

"나한테 아이디어가 하나 있는데……. 인형을 이용하는 건 어떨까? 사고 현장에서 목숨을 잃은 사람들을 상징하는 의미로 말이야."

안토니오는 에밀리에의 손을 꼭 잡았다.

"아주 좋은 생각이야."

오로라와 시멘도 고개를 끄덕였다. 라스와 리세도 마찬가지였다.

"그런데 어떤 인형을 말하는 거니?"

오로라가 질문을 던졌다.

"옷가게에서 사용하는 그런 마네킹 말이야?"

"응, 마네킹을 사용할 수 있다면 그보다 더 좋을 수는 없을 텐데……. 손에 넣기가 쉽지 않을 것 같아."

에밀리에가 말했다.

"그래서 말인데……. 오로라, 너희 어머니가 전시회에서 사용했던 인형을 생각해 봤어. 전시회가 끝나서 이제 필요가 없다면……."

에밀리에는 침대에 누워 낮에 멤버들과 나눴던 대화를 떠올리고 만족스런 미소를 지었다. 마침내 다른 멤버들의 제안에만 따르는 것이 아니라 스스로 아이디어를 내놓을 수 있게 되었다. 스스로가 자랑스럽기까지 했다.

에밀리에의 제안에 오로라는 입가에 미소를 띠며 말했다.

"어머니가 사용하던 인형들은 지금 지하실 창고에 쌓여 있어. 학교에서 사진 숙제 때문에 인형을 가져가야 한다고 말씀드리면 허락받을 수 있을 거야."

몇 분 후, 아이들은 오로라의 뒷마당 지하실에서 각각 한 쌍의 인형을 들고 나와 낡은 바비큐 그릴 위에 차곡차곡 쌓았다. 시멘이 점화 연료를 가져와 인형 더미 위에 붓자, 에밀리에는 한 발자국 뒤로 물러나 그 모습을 지켜보았다. 라이터로 가장 위에 있는 인형의 치마에 불을 붙이자 푸르스름한 불꽃이 춤을 추듯 피어올랐다. 머리카락과 치마, 얼굴들은 열기에 녹아내렸고 양볼과 이마도 푸욱 꺼져 가기 시작했다. 눈동자도 까맣게 타들어가더니 쑥 꺼져 버렸다. 무시무시하면서도 한편으로는 환상적이기까지 한 광경이었다. 곧 새카만 연기가 하늘로 치솟으며 플라스틱이 녹는 매캐한 냄새가 나기 시작했다. 리세가 이 모든 광경을 카메라에 담자, 다른 멤버들은 물을 부어 불을 끈 다음 인형들을 햇볕에 쬐어 말리기 시작했다. 그리고 다시 만날 장소를 정한 다음 각자 집으로 돌아갔다.

에밀리에는 휴대폰을 꺼내 시간을 확인했다. 자정이 되기까진 15분 정도 남아 있었다. 곧 집을 나서야 할 시간. 계단에서 침실로 향하며 두런두런 이야기를 나누는 부모님의 목소리가 들려왔다. 잠시 후 화장실의 물 내리는 소리를 마지막으로 집 안엔 정적이 감돌았다. 에밀리에는 조금 더 기다린 후 살며시 이불을 들치고 침대에서 내려왔다. 문밖을 향해 귀를 기울여 보았지만 아무 소리도 들리지 않았다. 부모님은 에밀리에의 방 위에 있는 2층 침실에서 깊은 잠에 빠진 듯했다.

에밀리에는 소리 나지 않게 살금살금 바지를 입고 양말을 신고, 검정색 스웨터를 입었다. 그러고는 천천히 조심스럽게 창을 열어 밖으로 빠져나갔다. 저 멀리 찻길에서 달리는 차 소리가 들릴 뿐, 그 외엔 아무 소리도 들리지 않았다. 에밀리에는 정원을 통해 집 밖으로 빠져나갔다. 2층의 부모님 침실엔 불이 꺼져 있었다. 문득, 지금 되돌아가도 늦지 않았다는 생각이 머릿속을 스쳤다. 다시 발길을 돌려 침실로 들어가 이불 속에 누워도 늦지 않을 거라는 생각. 그러면 내일 아침 여느 때와 다름없이 눈을 뜨고 평온한 하루를 맞이할 수 있을 거라는 생각. 하지만 만약 여기서 발길을 돌린다면 멤버들은 뭐라고 할까? 그리고 안토니오는……?

에밀리에는 서둘러 찻길로 나간 후, 가로등 밑에 홀로 서서 시내로 향하는 야간 버스를 기다렸다.

버스 터미널에 도착하자마자 시멘의 차가 보였다. 시멘은 시동을 끄지 않은 채로 일행을 기다리고 있었다. 에밀리에가 차창을 통해 안을 들여다보니 눈이 마주친 안토니오가 얼른 차 문을 열고 그녀에게 가볍게 입을 맞췄다.

"라스랑 리세는 아직 안 왔어?"

에밀리에는 차문을 닫고 안전벨트를 매며 물었다. 시멘은 방향을 틀어 시내를 벗어났다.

"라스와 리세는 안 온대."

안토니오가 짧게 대답했다.

"뭐라고?"

"30분쯤 전에 라스가 문자 메시지를 보냈어. 두 사람은 이번 캠페인에 참여하지 않겠다고. 오늘뿐만 아니라 앞으로도 이런 식의 캠페인엔 불참하겠다고 통보했어."

안토니오는 '이런 식의 캠페인'을 말하며 손가락으로 따옴표를 그렸다. 조수석에 앉아 있던 오로라는 욕설을 내뱉으며 대시보드를 손바닥으로 쿵 내리쳤다.

"젠장! 그렇게 용기도 없으면서 처음부터 왜 참여한 거야?"

에밀리에는 말없이 차창 밖으로 시선을 돌렸다. 미국으로 유학을 갈 거라던 라스. 앞날을 위해선 어쩔 수 없겠다는 생각도 들었다. 하지만 그렇다고 해서 마냥 입을 다물고 살 수만은 없지 않을까? 사회의 문제에 사람들의 관심을 이끌어 내는 사람도 있어야 하지 않을까?

"그건 그렇고, 창고 안엔 어떻게 들어갈 생각이야?"

에밀리에는 앞좌석 사이로 상체를 내밀며 질문을 던졌다.

"거기에 대해서도 생각해 본 거야?"

"그럼, 당연하지!"

오로라가 자신만만하게 대답했다.

"조사를 좀 해 봤더니 아주 쉽게 안으로 들어갈 수 있을 것 같더라. 키가 큰 울타리 같은 것도 없었어."

"회사 측에선 창고에 누가 침입할 거라는 생각은 아예 하지도 않는 모양이야."

시멘은 미소를 지으며 말했다.

"그냥 창고일 뿐이니까. 그렇지? 노르웨이 동쪽 지방에 있는 H&M 지점에 상품을 조달해 주는 장소일 뿐인 거야."

회전교차로를 지나 거대한 콘크리트 다리를 건너 오슬로 동쪽 외곽에 이르니 드디어 산업 단지가 보이기 시작했다. 밀집해 있는 거대한 창고들 사이로 찻길이 교차되어 있었고, 소각로에서는 연기가 피어오르고 있었다.

H&M 헨네스 마우리츠 노르웨이 지사는 창고 건물 바로 옆에 위치하고 있었다. 벽에는 붉은 글자로 H&M이라 쓰인 간판이 붙어 있었다. 시멘은 건물 옆에 차를 주차시킨 후, 가방에서 네 쌍의 장갑을 꺼냈다. 그가 가져왔던 또 다른 가방 속에는 불에 탄 인형들이 들어 있었다.

길 건너편에서 트럭 한 대가 지나가고 나니 일대에는 정적이 감돌았다.

시멘은 절단기를 꺼내 철조망 울타리를 자르기 시작했다. 탁. 탁. 탁.

안토니오는 잘려 나가 밖으로 휘어진 철조망 울타리를 잡아 주며, 시멘이 반원 모양의 입구를 만들 때까지 기다렸다. 곧 철조망 울타리는 모두 잘려 나갔고 사람 한 명이 기어 들어갈 수 있을 만큼의 공간이 생겼다.

"이쪽으로!"

시멘은 벽에 나 있는 환풍기 통로 입구를 가리킨 후, 전동 드라이버를 사용해 통로의 차단 문을 열었다. 에밀리에는 그가 나사 위에 드라이버를 가져가 꾹 눌러 돌리는 모습을 말없이 지켜보았다.

마침내 박혀 있던 나사를 모두 제거한 시멘은 안토니오의 도움으로 무거운 차단 문을 바닥에 내려놓았다. 환풍기 통로 안쪽은 칠흑같이 캄캄했다. 가장 먼저 통로 안에 기어 들어간 시멘은 뒤를 따르는 일행에게 입구를 막으라고 지시했다.

일행은 그의 말대로 한 후, 시멘의 손전등 불빛을 따라 차례차례 앞으로 나아가기 시작했다. 곧 앞쪽에서 부스럭부스럭 하는 소리가 들리더니 시멘이 숨죽인 채 독려하는 목소리가 들려왔다.

"신사 숙녀 여러분, 이제 행동을 개시할 때가 왔습니다. 어서 오시죠!"

21

출구

에밀리에는 팔꿈치로 몸을 지탱한 채 아래로 내려갔다. 디딜 곳을 찾지 못해 얼마간 허공에서 흔들거리던 두 다리가 곧 창고 안에 쌓아 둔 상자 위에 닿았다. 에밀리에는 쌓여 있는 상자를 하나하나 타고 내려가 바닥에 도달했다.

창고 안은 어마어마하게 커서 마치 거대한 도시처럼 보였다. 여기저기 쌓여 있는 상자들 사이로 물건을 운반하기 좋게 길을 터놓은 것도 보였다.

티셔츠, 청바지와 리넨 양복. 황금색 장식이 달린 어린이용 양말, 핸드백, 샌들, 여름 원피스. 슈퍼맨이 그려진 속옷과 분홍색 털 장식이 달린 겨울 외투. 스카프와 머리띠, 그리고 꽃무늬 블라우스. 이 모든 상품에 지구 반대편에 살고 있는 사람들 저마다의 이야기가 실려 있을 것이다.

감시 카메라가 있을지도 모른다는 생각에 에밀리에는 창고 사방의 구석진 곳과 천장을 둘러보았다. 하지만 카메라 비슷한 물체는 하나도 눈에 띄지 않았다. 만약 에밀리에가 머리 바로 위 천장에 달려 있던 검정색 반구 물체를 보았다면 이야기는 달라졌을지도 모른다. 버스나 건물 안에서 종종 볼 수 있는 종류의 카메라였으니까.

"어디서부터 시작하면 좋을까?"

시멘은 커다란 종이 상자 하나를 끌어내 일행 앞에 놓았다. 오로라가 상자의 테이프를 손톱으로 뜯자, 시멘은 그녀를 말리며 얼른 주머니에서 작은 칼 하나를 꺼내 테이프 위에 대고 주욱 그었다.

종이 상자 안에는 수백 개의 남아용 모자가 들어 있었다. 시멘이 상자를 거꾸로 번쩍 치켜들고 마구 흔들자, 안에 있던 내용물이 바닥에 주르르 쏟아졌다. 오로라는 주머니에서 매직펜을 꺼내 모자 위에 굵직하게 글자를 쓰기 시작했다.

'노예!'

세상의 수호자들이 이전에 사용했던 재기발랄한 표어와 달리 반짝이는 무언가가 전혀 느껴지지 않았다. 단지 짧고 무미건조하고 단도직입적일뿐.

오로라는 에밀리에와 안토니오를 돌아보며 쏘아붙였다.

"너희들은 거기서 아무것도 안 하고 그냥 서 있기만 할 생각이야?"

그러자 안토니오는 얼른 반대편에 있던 상자 하나를 그들 앞으로 끌어냈다. 시멘에게 칼을 빌려 테이프를 뜯은 그는 상자 속에서 옅은 색의 면 티셔츠를 끄집어냈다. 에밀리에는 얼른 매직펜을 들고 옷 위에 '노예!'라고 쓰기 시작했다. 머리를 짜 봤지만 그보다 더 나은 말을 갑자기 생각해내긴 쉽지 않았다. 시멘은 가방을 열고 불에 태운 인형들을 꺼내 바닥에 던져 놓았다. 오로라는 스프레이를 가지고 와서 바닥과 인형들 위에 '세상의 수호자들'이라고 커다랗게 쓰기 시작했다.

에밀리에는 특히나 인형 위의 글씨가 인상적이라고 생각했다. 시멘은 더 많은 상자를 끌어내 그 속에 들어 있던 옷들을 바닥에 흩뿌렸다. 그러고는 오로라가 가지고 있던 스프레이를 들고 바닥 위의 옷들 위에 '노예!'라고 커다랗게 글씨를 썼다.

매우 어지럽고 혼잡스러워 보였지만, 멤버들이 전하고자 하는 뜻은 명확하게 전달될 수 있을 것 같았다. 시멘은 스프레이를 내려놓고 가방에서 플라스틱 통 하나를 꺼냈다.

"그건 뭐야?"

안토니오가 물었다.

"파라핀!"

시멘은 대답과 함께 뚜껑을 돌려 열었다.

"너, 미쳤어?!"

안토니오는 얼른 시멘을 향해 달려갔다. 오로라는 아무 말도 하지 않았다. 시멘은 얼른 플라스틱 통을 등 뒤로 돌려 안토니오의 손을 피했다. 그와중에 파라핀 몇 방울이 바닥에 흘러내렸다.

"지금 이 상황에서 가장 논리적인 행동은 여기 이 옷들에 불을 지르는 거야."

"무슨 이유로? 방글라데시에서 있었던 사고는 화재와는 상관이 없잖아!"

"그건 네 말이 맞아. 하지만 화재 경보 장치가 작동한 건 사실이잖아? 그 때문에 사람들이 죽은 거 아냐?"

"만약 창고 전체에 불이 번지면 어떻게 하려고 그래?"

"문제될 건 없어. 여긴 소화 장치가 되어 있을 거야. 어쨌든 불이 나면 우리는 세상의 더 큰 관심을 받게 될 거고…….”

“오슬로 전역의 소방차와 경찰차도 출동하겠지.”

안토니오가 화난 목소리로 받아치며, 등을 돌려 반대편으로 발을 옮겼다. 한시라도 빨리 그곳에서 벗어나고 싶은 마음만 들었다. 시멘에게선 더더욱 멀리 떨어져 있고 싶었다. 안토니오는 무엇을 어떻게 해야 할지 갈피를 잡을 수가 없었다. 그의 얼굴이 점점 굳어지기 시작했다.

“프레이아 공장 차를 망가뜨린 것도 너였지? 아니야?”

에밀리에는 두 사람을 지켜보며 시멘의 대답을 기다렸다.

“네 말이 맞아. 내가 그랬어. 그래서 어쩌려고? 덕분에 누가 가장 큰 관심을 받는지 생각해 봤어?”

“그럴 줄 알았어! 네가 바로 범인이었어! 넌 세상의 수호자들의 본질이 뭔지 전혀 모르고 있어. 어서 그 파라핀 내려놔!”

안토니오는 파라핀 통을 뺏으려 손을 내밀었다. 하지만 시멘은 얼른 자리를 피해 버렸다.

“어서 내려놔, 시멘! 그렇지 않으면 경찰에 신고해서 모든 사실을 밝힐 테니까.”

안토니오가 소리쳤다.

“좋을 대로 해 봐.”

시멘은 그 말과 동시에 파라핀이 들어 있는 플라스틱 통을 바닥으로 기울였다. 에밀리에는 얼른 통을 들어 올려 뚜껑을 닫았고, 안토니오는 맞은편 벽 쪽으로 다가가며 스프레이를 마구 흔들었다. 에밀리에는 안토니오의 뒤를 따랐다.

"젠장. 저 녀석이 정상이 아닌 줄은 진작 알았지만 이 정도일 거라곤 상상하지도 못했어."

안토니오는 혼잣말처럼 중얼거리며 벽에 스프레이를 뿌려 댔다.

'노동자들의 임금이 얼마인지 아십니까?'

그 순간, 창고 문이 열리는 소리가 들렸다.

그 뒤를 잇는 남자의 목소리.

"거기 누구요……? 안에 누가 있습니까?"

에밀리에와 안토니오는 재빨리 가장 가까이 있던 상자 뒤로 달려가 몸을 숨겼다. 시멘은 숨죽여 욕설을 내뱉으면서 오로라와 함께 환풍기 통로 쪽으로 달려갔다. 경비원의 손전등 불빛이 창고 안을 헤집으며 상자 위를 기어오르는 오로라 쪽으로 향했다. 하지만 재빨리 환풍기 통로 속으로 사라져 버린 오로라를 찾아내진 못했다.

"서둘러!"

여전히 상자 옆 어두컴컴한 곳에서 몸을 숨기고 있던 시멘이 소리치자, 손전등 불빛은 이를 놓치지 않고 그를 정면으로 비췄다. 시멘은 얼른 몸을 숙여 한 손으로 뚜껑을 열고 바닥에 깔려 있는 옷들 위에 파라핀을 쏟아 냈다.

"누구야? 꼼짝 마!"

경비원이 소리쳤다.

그 순간, 시멘은 파라핀 위에 라이터로 불을 붙였다. 그러자 바람이 확빠지는 것 같은 소리와 함께 불꽃이 솟아올랐다. 시멘은 이 기회를 놓치지 않고 서둘러 상자 위로 기어올라 환풍기 통로 속으로 빠져나갔다.

불꽃은 점점 더 커졌고 천장을 향해 검은 연기를 뿜어냈다. 에밀리에는 경비원을 바라보았다. 그는 짙은 색의 머리카락에 회색 유니폼을 입고 있었다. 천장 쪽에서는 오로라와 시멘이 기어가는 소리가 들렸다. 경비원은 무전기를 통해 동료들에게 상황을 전달했다.

천장의 스프링클러가 작동하면서 물이 쏟아지기 시작했다. 상자 뒤쪽에 몸을 숨기고 있던 에밀리에는 머리 위로 쏟아져 내리는 얼음처럼 차가운 물줄기에 놀라 하마터면 비명을 지를 뻔했다. 바지까지 젖기 시작했고, 동시에 솟구치던 검은 불길이 여기저기서 피시식 하는 소리와 함께 꺼졌다. 경비원은 구둣발로 마지막 불길을 비벼 끈 후 창고 안을 손전등으로 비췄다.

에밀리에는 심장이 살가죽을 뚫고 나올 만큼 거세게 뛰는 걸 느꼈다. 안토니오의 이마에서 흘러내린 물방울이 턱 끝에 맺히기 시작했다. 경비원이 그들의 반대편 방향으로 손전등을 비추자, 에밀리에는 이때를 놓치지 않고 얼른 그쪽을 돌아보았다.

경비원은 그들에게 등을 보이며 상체를 구부리고 앉아 있었다. 보아하니 바닥에서 무언가를 손가락으로 긁어낸 후 코끝으로 가져가 냄새를 맡는 것 같았다. 자리에서 일어난 그는 바닥을 손전등으로 비추더니 에밀리에 쪽으로 천천히 걸어오기 시작했다. 에밀리에는 얼른 상자 밖으로 내밀었던 고개를 집어넣고 숨을 죽였다.

손전등 불빛이 점점 더 가까워지면서 경비원의 발자국 소리도 더 가깝게 들리기 시작했다. 에밀리에는 바닥을 내려다보았다. 거기에는 에밀리에가 남긴 발자국이 선명히 찍혀 있었다. 스프링클러에서 쏟아진 물은 파라핀과 섞이지 않고 오히려 신발 자국 속에 작은 물웅덩이를 만들었다. 경비원은 이 발자국을 따라오고 있는 중이었다.

안토니오는 옆 상자 쪽으로 조심스레 기어가서 구석을 살펴보았다. 그 순간 경비원의 손전등 불빛이 그를 정면으로 비췄다.

"거기 누구야? 얼른 나오지 못해?"

에밀리에는 절망적인 심정으로 피할 만한 곳을 찾았지만 아무것도 발견할 수 없었다. 만약 출입문 쪽으로 달려간다면 경비원에게 잡힐 것이 틀림없었고, 설사 경비원을 피해 출입문까지 간다 하더라도 문에는 틀림없이 비밀번호 장치가 있어서 열 수 없을 것이 뻔했다. 정말 다른 방법은 없는 걸까?

안토니오는 에밀리에의 뺨에 자신의 이마를 기댔다. 안토니오의 가쁜 숨소리가 들렸다.

"내가 시간을 벌어 볼게. 그동안 너는 반대편으로 달려가, 알았지?"

안토니오가 나직이 속삭였다.

"안 돼, 그럴 수는 없어!"

에밀리에는 세차게 고개를 저었다. 에밀리에의 얼굴 위로 물방울이 떨어져 내렸고, 스웨터는 흠뻑 젖어 몸에 꼭 달라붙어 있었다.

"내가 너를 이런 상황으로 끌어들인 거나 마찬가지야. 미안해."

안토니오는 슬픈 표정으로 에밀리에의 뺨을 어루만지며, 재빨리 입을 맞췄다. 그가 자리에서 일어나는 동안에도 에밀리에의 손은 안토니오의 등에서 떨어지지 않았다. 곧 안토니오는 구석으로 사라졌고, 에밀리에의 손은 차가운 콘크리트 바닥 위로 떨어져 내렸다. 에밀리에는 두 눈을 꼬옥 감고 상자에 얼굴을 기댔다.

"여기 있어요!"

안토니오의 목소리와 함께 그림자 속을 벗어나는 그의 팔이 보였다. 에밀리에는 그가 경비원의 관심을 돌리기 위해 갖은 애를 쓰고 있다는 걸 알 수 있었다. 손전등 빛을 받은 물방울이 반짝였다. 곧이어 콘크리트 바닥 위를 걷는 경비원의 구두 소리가 들렸다. 에밀리에는 조심스럽게 자리에서 일어났다. 잘하면 몰래 빠져나갈 수 있을 것 같았다. 경비원이 안토니오에게 주의를 기울이는 동안, 쌓여 있는 상자들 뒤에 몸을 숨기고 환풍기 통로를 올라가 건물 밖 철조망 울타리에 뚫어 놓은 구멍까지 가기만 하면 위험에서 벗어날 수 있을 거라는 확신이 들었다.

에밀리에의 바로 옆 바닥에서 손전등 불빛이 드리우는 안토니오의 그림자가 아른거렸다. 그림자의 손은 그녀에게 닿을 정도로 가까웠다. 에밀리에는 심호흡을 한 후 몸을 긴장시켜 도망칠 준비를 했다.

"꼼짝 마!"

경비원이 소리를 질렀다.

안토니오는 꼼짝도 않고 그 자리에 서 있었다. 축 늘어뜨린 양팔에선 한기가 느껴졌고, 여전히 천장에서 규칙적으로 떨어지는 물방울이 그의 머리와 이마, 어깨를 적시고 있었다. 안토니오는 경비원이 정면으로 들이대는 손전등 불빛에 눈이 부셔 눈을 지그시 감고 고개를 돌렸다. 경비원은 그 사이를 놓치지 않고 안토니오의 다리를 차서 그를 바닥에 쓰러뜨렸다. 두려움과 갑작스런 고통에 금방이라도 정신을 잃을 것 같았지만, 안토니오의 머릿속은 온통 에밀리에 생각뿐이었다. 이 기회를 놓치지 않고 얼른 도망쳐야 할 텐데…….

"일행이 더 있나?"

경비원이 소리를 쳤다.

안토니오는 아무 대답도 하지 않았다. 어깨 위로 떨어지는 물방울에 한기를 느낀 안토니오는 몸을 떨기 시작했다.

"엎드려!"

경비원이 안토니오를 향해 고함을 질렀다. 그 역시 온몸이 젖어 있긴 마찬가지였다. 경비원의 유니폼에서 물에 젖은 자국은 점점 커지고 있었다.

'에밀리에, 제발 서둘러 도망쳐! 지금이 아니면 기회가 없을지도 몰라!'

안토니오의 머릿속엔 여전히 에밀리에 생각뿐이었다. 안토니오는 경비원의 말에 따라 물과 파라핀이 섞여 있는 바닥을 향해 몸을 굽혔다. 그때 어둠 속에서 빠져나오는 그림자 하나가 보였다.

에밀리에!

경비원의 손전등 불빛이 에밀리에를 향했다. 젖은 머리카락은 이마에 엉킨 채 달라붙어 있었고, 푸른 눈동자는 불빛을 받아 햇살처럼 반짝이고 있었다. 검정색 바지. 검정색 스웨터. 에밀리에의 이마와 두 뺨에서는 아직도 물방울이 흘러내리고 있었다. 에밀리에는 주저하지 않고 안토니오의 옆으로 다가가 그와 함께 나란히 섰다.

턱에 모인 물방울들. 반짝이는 눈동자.

"에밀리에?"

안토니오는 자신의 손을 꼭 잡아 쥐는 에밀리에의 따스한 손길을 느꼈다.

❋❋❀❀❋

다카의 슬럼가에도 황혼이 찾아들었다. 노을이 붉게 타 들어가는 어느 지붕 아래에서 냄비 속의 음식이 끓고 있었다. 거리는 어린아이의 울음소리, 못질을 하는 망치 소리, 쌀이 익어 가는 냄새와 향긋한 조미료 냄새로 가득했다.

레자는 리나가 자주 걷던 길모퉁이에서 하염없이 그녀를 기다리고 있었다. 일을 마치고 집으로 돌아가는 소녀들의 무리 속에서 리나의 얼굴을 찾던 레자는 결국 텅 빈 거리에 홀로 남았다. 체념한 레자는 손수레를 끌고 가다 모퉁이를 돌기 직전, 마지막으로 다시 한 번 뒤를 돌아보았다.

비록 이 책은 한 권의 소설에 불과하며 에밀리에와 리나도 실제 인물은 아니지만, 책 속의 모든 이야기는 사실에 근거한 것이다.

국제 통계 자료(Ilta 2002)에 따르면, 코트디부아르의 코코아 농장에서 일하는 어린이 노동자의 수는 무려 20만 명에 달한다고 한다. 이들 중 64퍼센트는 14세 미만의 어린이들이다. 국제반反노동착취 기구 홈페이지(www.antislavery.org)에서는 말리 출신의 소년이 코코아 농장에서 돈을 벌기 위해 조국을 떠난 이야기가 소개된다. 노르웨이의 저널리스트 시멘 섀트레Simen Sætre는 서아프리카 지역을 돌며 기록한 이야기들을 책으로 출간했다. 《작고 추한 초콜릿 책Den lille stygge sjokoladeboka》(spartacus, 2004)이 그것인데, 아프리카의 노동 시장 상황을 적나라하게 고발하고 있는 책이다.

방글라데시의 의류 공장에서는 여전히 국제적인 규모의 의류 회사들을 위한 제품이 생산되고 있다. 지난 2000년부터 최근까지 이러한 의류 공장에서 목숨을 잃은 노동자들의 수는 339명에 이른다. 사회적인 문제들을 고발하는 노르웨이 단체 프람티덴 홈페이지(www.framtiden.no)에서는 의류 산업계에서 비밀에 부치고 있는 노동자들의 열악한 환경을 적나라하게 공개하고 있다. H&M 헨네스 마우리츠 사는 이 단체에서 고발한 수많은 의류 업체 가운데 하나이다.

2011년 12월, 이 책을 집필하던 중 나는 실제로 책 속에서 리나에게 일어났던 사고와 안타까울 정도로 비슷한 사고가 발생했다는 뉴스를 접했다. 막혀 있는 출입구를 향해 우왕좌왕 몰려가던 노동자들 다수가 목숨을 잃었다는 비극적인 소식이었다.

애플 사에서는 최근 하청 회사 내의 노동 환경을 개선하는 데 큰 노력을 기울이고 있다고 발표했다. 그 결과는 우리 모두가 함께 지켜봐야 할 것이다. 다른 가전제품 업체는 두말할 것도 없다. 팍스콘은 애플과 노키아 등의 주요 하청 업체로, 직원 수는 무려 43만 명을 넘는다. 팍스콘에서는 외부 기관의 감독을 철저히 배제하며, 노동조합 자체를 거부하는 중국 국내법에 따라 단체 행동을 하는 노동자들에게 감옥 형을 내리고 있다.

책 속의 내용 중에서 가전제품 산업에 대한 사항은 레슬리 챙Leslie T. Chang이 집필한 《여성 노동자들Factory Girls》(picador, 2009)을 참고했다. 이와 관련하여 〈이런 미국 생활This American Life〉의 팟캐스트도 함께 추천한다(www.thisamericanlife.org). 특히 454번째 에피소드인 '미스터 데이지와 애플 공장Mr. Daisey and the Apple Factory'을 한번 들어 보길 권한다.

양계장의 잔혹한 상황에 대한 더 많은 정보는 노르웨이 국영방송 NRK 홈페이지 자료실에서 찾아볼 수 있다. 이 책에 나오는 양계장 관련 내용은 바로 이들 자료를 참고로 한 것이다.

2012년 1월 17일
오슬로에서,
시몬 스트랑게르

시공간의 제약에서 벗어나 온전히 다른 세상을 경험할 기회를 주는 것. 그것이 문학의 힘이라고 생각합니다. **갈매나무 청소년 문학** 시리즈에서는 우리 청소년들에게 틀에서 벗어나는 사고력과 상상력을 길러 줄 수 있는 작품들을 소개하고자 합니다. 세상에 대한 관심을 이끌어 낼 이야기와 메시지로 청소년들에게 독서의 즐거움을 선사하겠습니다.

1. 세상의 수호자들

시몬 스트랑게르 지음 | 손화수 옮김

"세상을 바꾸기 위해 나는 어떤 일을 할 수 있을까?"라는 질문을 던지게 만드는 작품. 에밀리에는 우연한 계기로 '세상의 수호자들'이라는 비밀 클럽에 가입한다. 세상의 수호자 멤버들은 사실 여느 10대들과 마찬가지로 아직 불안하고 미숙하다. 그러나 남다른 의지와 재기발랄함으로 대기업의 횡포와 아동 노동자 문제 등 온갖 사회적 비리를 폭로하고 세상을 변화시키기 위한 활동을 펼친다. 에밀리에와 방글라데시의 의류 공장에서 일하는 평범한 소녀 리나의 이야기와 교차되어 전개되면서, 우리가 매일 누리는 현대의 이기가 저절로 이뤄지는 것이 아님을 보여 준다.

2. 아무에게도 말하지 마(근간)

야나 프레이 지음 | 장혜경 옮김

폭력의 정당성은 어디에서 비롯되는 걸까? 폭력이 어떤 교훈을 줄 수 있을까? 열네 살 자미는 세상에 혼자 버려진 것만 같다. 엄마의 재혼, 갑작스레 생긴 의붓동생들, 할머니 할아버지의 이사……. 더구나 자신을 알아주는 유일한 친구라고 생각했던 레안다가 자미가 좋아했던 카를로타와 사귀자 엄청난 배신감을 느낀다. 모든 것이 버겁고 외로운 그때 손을 내민 사람은 불량아 라파엘. 자미는 라파엘과 어울리면서 난생 처음 약자가 아닌 강자가 되고, 폭력과 권력이 안겨 주는 쾌감을 맛본다. 그러나 그 뒤에 숨어 있던 어두운 함정이 자미를 찾아온다.

3. 상괭이(근간)

이용우 지음

청보리밭과 붉은 노을이 아름다운 섬마을을 배경으로 펼쳐지는 성장 소설. 사람의 미소를 지닌 작은 돌고래 상괭이를 통해 꿈꾸며 자아를 발견하고 성장의 아픔을 치유해 가는 두 소년의 삶과 희망을 그리고 있다.

세상의 수호자들

초판 1쇄 발행 2014년 10월 1일
초판 2쇄 발행 2015년 6월 8일

지은이 시몬 스트랑게르
옮긴이 손화수
펴낸이 박선경

기획/편집 • 권혜원, 이지혜
마케팅 • 박언경
표지 디자인 • 이든 디자인
표지 일러스트 • 클로이
본문 디자인 • 김남정
제작 • 디자인원(031-941-0991)

펴낸곳 • 도서출판 갈매나무
출판등록 • 2006년 7월 27일 제395-2006-000092호
주소 • 경기도 고양시 덕양구 화정로 65 2115호
전화 • (031)967-5596
팩스 • (031)967-5597
블로그 • blog.naver.com/kevinmanse
이메일 • kevinmanse@naver.com

ISBN 978-89-93635-51-5/43850
값 12,000원

이 도서의 국립중앙도서관 출판예정도서목록(CIP)은 서지정보유통지원시스템 홈페이지
(http://seoji.nl.go.kr)와 국가자료공동목록시스템(http://www.nl.go.kr/kolisnet)에서 이용
하실 수 있습니다.(CIP제어번호: CIP2014026428)